大家小书

古典小说漫稿

吴小如 著

北京出版集团公司
北京出版社

图书在版编目（CIP）数据

古典小说漫稿 / 吴小如著 . — 北京 ：北京出版社，2016. 7
（大家小书）
ISBN 978-7-200-12087-5

Ⅰ. ①古… Ⅱ. ①吴… Ⅲ. ①古典小说—小说研究—中国—文集 Ⅳ. ①I207. 41-53

中国版本图书馆CIP数据核字（2016）第077066号

总策划：安　东　高立志　　责任编辑：严　艳

· 大家小书 ·
古典小说漫稿
GUDIAN XIAOSHUO MANGAO
吴小如　著
*
北京出版集团公司
北京出版社　出版
（北京北三环中路6号　邮政编码：100120）
网　址：www.bph.com.cn
北京出版集团公司总发行
新华书店经销
北京华联印刷有限公司印刷
*
880毫米×1230毫米　32开本　10.125印张　164千字
2016年7月第1版　2022年11月第4次印刷
ISBN 978-7-200-12087-5
定价：36.00元
质量监督电话：010-58572393

序　　言

袁行霈

“大家小书”，是一个很俏皮的名称。此所谓“大家”，包括两方面的含义：一、书的作者是大家；二、书是写给大家看的，是大家的读物。所谓“小书”者，只是就其篇幅而言，篇幅显得小一些罢了。若论学术性则不但不轻，有些倒是相当重。其实，篇幅大小也是相对的，一部书十万字，在今天的印刷条件下，似乎算小书，若在老子、孔子的时代，又何尝就小呢？

编辑这套丛书，有一个用意就是节省读者的时间，让读者在较短的时间内获得较多的知识。在信息爆炸的时代，人们要学的东西太多了。补习，遂成为经常的需要。如果不善于补习，东抓一把，西抓一把，今天补这，明天补那，效果未必很好。如果把读书当成吃补药，还会失去读书时应有的那份从容和快乐。这套丛书每本的篇幅都小，读者即使细细地阅读慢慢地体味，也花不了多少时间，可以充分享受读书的乐趣。如果把它们当成补药来吃也行，剂量小，吃起来方便，消化起来也容易。

我们还有一个用意，就是想做一点文化积累的工作。把那些经过时间考验的、读者认同的著作，搜集到一起印刷出版，使之不至于泯没。有些书曾经畅销一时，但现在已经不容易得到；有些书当时或许没有引起很多人注意，但时间证明它们价值不菲。这两类书都需要挖掘出来，让它们重现光芒。科技类的图书偏重实用，一过时就不会有太多读者了，除了研究科技史的人还要用到之外。人文科学则不然，有许多书是常读常新的。然而，这套丛书也不都是旧书的重版，我们也想请一些著名的学者新写一些学术性和普及性兼备的小书，以满足读者日益增长的需求。

“大家小书”的开本不大，读者可以揣进衣兜里，随时随地掏出来读上几页。在路边等人的时候，在排队买戏票的时候，在车上、在公园里，都可以读。这样的读者多了，会为社会增添一些文化的色彩和学习的气氛，岂不是一件好事吗?

“大家小书”出版在即，出版社同志命我撰序说明原委。既然这套丛书标示书之小，序言当然也应以短小为宜。该说的都说了，就此搁笔吧。

意惬关飞动　篇终接混茫

——读吴小如先生的《古典小说漫稿》

李鹏飞

《古典小说漫稿》所收吴小如先生论中国古典小说的文章，大都写于20世纪五六十年代，这正是笔者一直所期许的将小说论文写得跟小说一样好看的文章，可以让人一鼓作气地看完。

跟那个时代的大多数学者一样，吴先生也难免受到当时流行的阶级斗争学说的影响，并运用这一学说来分析古典小说作者的思想和情感，以及小说人物的性格、行为与人物的相互关系，在评价小说的历史地位时，也会特别重视其人民性、批判性与反抗性。有一些具体的表述大概会是今天已经远离那个特定时代的读者们所难以接受，甚至有些反感的，然而所幸吴先生早年受过传统治学方法的良好训练，这让他并未被流行学说引上歧途，大发凿空之论，而是在充分掌握原始文献与贴紧小说文本的基础上提出他的观点，再加上吴先生深厚的古典文学功底与过人的文学悟性，这让他每发一论，皆能持之有据，言之成理，从不蹈袭盲从他人，极具启发性。事实上，在很多情况下，所谓阶级斗争理论的运用在他只不过是虚晃一枪，既无关宏旨，也无伤大雅。我们完全可以抱着得鱼而忘筌、得意而忘言的态度来阅读这些文章，从中领略吴先生关于中国古典小说的真知灼见，应该说，他的很多看法直到今天也依然值得小说研究者重视，甚至可以作为古典小说研究的指导性意见来对待。

收入这本论文集的十多篇文章涉及唐传奇、宋元话本以及明清小说等中国古代重要小说类型与经典小说作品，看上去虽各自独立成篇，但也基本贯穿了整个中国古代小说史。在对《儒林外史》《红楼梦》《三侠五义》等一些经典作品所做的集中深入且极为精彩的分析之中，贯穿着鲜明的社会史、文学史与小说史的意识。在论述一种新生的小说类型或者深入剖析一部小说作品时，吴先生一定会周详地交代这一类型的历史源流，交代其题材的沿革演变，交代作者生活的时代，以及作者个人的生平交游与思想情感，在论述具体的小说艺术特色时，也必定会追溯它在传统文学与文化中的根源与地位。这样一来，吴先生就把一棵已被时间之斧伐倒的小说之树重新放回它曾经生长的森林里去，让我们看到这棵树所曾赖以成长的土壤、阳光、空气与整个森林的环境。这其实也就是传统治学方法所讲究的“知人论世”的原则，让一个过去时代的研究对象重回鲜活、立体的“真实”历史时空，加以尽量周全的审视，这一方法在吴先生手中运用起来是如此地自然娴熟，没有任何斧凿勉强之痕，在我们这个文学学术研究日益只见树木、不见森林，从而把研究对象拆解得支离破碎、不成片段的时代，让人油然而生重睹天地之大美的惊奇与新鲜之感，也油然感到老一辈学者治学气象的苍莽浑朴与元气淋漓。更为重要的是，吴先生还让我们看到了古典小说这一文类本身所蕴含的气象、价值和尊严，这一点，大概是过去一百年的古典小说研究所未能完全做到的。

长久以来，作为古代通俗文学之一支的古代通俗小说都曾是不登大雅之堂的低级文类，它进入现代学术殿堂虽然已有一百年的时间了，但它的经典性以及在文学、文化意义上的重要性并不是不证自明的问题，直到今天，也仍然有人怀疑它的价值，轻视其在整个传统文化体系中的地位。然而古语有云：人能弘道，非道弘人。那么，如若道之不弘，则其原因自不应在“道”本身，而应在那“弘道”之人了。但是，古典小说本身能否如同传统的经、史典籍一般，成为“道”之载体，或者能体现“道体之一端”以至可以上升到跟经、史之学并驾齐驱的地位呢？这么说，自然难逃拿小说跟地位向来尊贵的经、史之学攀亲戚的嫌疑，但是如果它们之间原本确实存在着紧密的血缘关系呢？那么，能够确认这一点，对于提高小说的文化地位当然是很重要的，但更重要的则是：揭示这一事实，并且始终在这一事实所构成的宏大视野中去审视与研究小说就成为完全必要的了。而研究视野的改变，对我们认识小说的重要性与艺术特性自然也是极为重要的。

通俗小说跟传统经、史之学的联系，过去的学者（包括冯梦龙、金圣叹等明清时代的小说家与小说评点家）并不是没有意识到，甚至还有人十分明确地指出过“通俗演义”“足以佐经书史传之穷”（明代无碍居士《警世通言叙》），这是就小说的功能与经、史殊途同归这一点而言的。而在具体艺术技法的层面上，古代的评点家也曾多次指出过小说与传统的《左传》《史记》叙事艺术的联系，只不过他们彼此心照不宣，只是点到即止，从不愿意去做更细致深入的剖析。吴小如先生的文章则在继承前辈学者成说的基础上，通过对一些具体小说艺术手法与艺术原则的深入分析之后，更明确地指出：史传文学的表现方法实与小说并无太多的出入，史官写史的态度与传统一直贯穿于小说史之中，尤其是贯穿于文人作家的创作之中，他们会以史官写史时所秉持的明辨是非的、严正的“公心”来写小说。如《儒林外史》《红楼梦》这些伟大的文人小说之所以能达到如此高的成就，跟它们继承并发展了古代史传文学的构思、体例和布局，继承并发展了史官笔法中“皮里阳秋”与“微言大义”之类重要的叙事传统有关。可以说，跟史传文学的血肉联系乃是中国古典小说艺术传统的本质特征。吴先生从这一立场出发，比较透彻地解释了鲁迅对《儒林外史》的艺术特色的经典性评价，也透彻地解释了鲁迅为什么认为晚清四大“谴责小说”只能称为“谴责小说”而不能称为“讽刺小说”这一著名论断（参见《吴敬梓及其〈儒林外史〉》《说〈二十年目睹之怪现状〉》《闹红一舸录》等文）。

在对《水浒传》《儒林外史》《二十年目睹之怪现状》《孽海花》等小说的具体分析之中，吴先生反复强调其社会认知意义，并且反复从文化、历史与思潮的背景下来分析作者的创作心态与小说人物的性格，在一定程度上是把这些小说视为中国古代社会特定阶段的精神生活史的，尤其是视为当时的知识分子与小市民这两个主要阶层人物的精神生活史，并试图从历史的角度对这些精神生活的特点加以说明，同时也并不放弃从作者态度与人物心理行为的角度去观察时代与社会的变迁，从而在作为社会生活缩影的“历史”与作为某阶层精神生活图景的“小说”艺术之间灵活地游移。

《聊斋志异》《儒林外史》《红楼梦》《孽海花》这类较集中表现明清时代知识分子生活的小说自然无法回避对这些人物的思想状态的表现，但这一表现未必是以直接论道的形式来呈现的（直接论道的内容自然也会有，而且还不少），而是通过对他们的生活方式与人生道路选择的描写来予以呈现的。这一点在《儒林外史》中表现得最为明显：这部小说的主要人物大部分都是浸淫儒学程度极深的读书人，但从作者本人到小说中人物，众人所信奉并践行的思想主张却并不完全一致，作者对人物的塑造及具体态度也是受制于一定的思想学说的，对这样一些复杂的问题，吴小如先生在他论述《儒林外史》的两篇文章中都进行了比较深入透彻的阐说，让我们看到了传统儒学及其演变在新的时代对读书人的复杂影响，以及这些思想对作家塑造人物、构造情节的隐蔽而深刻的制约。可以说，儒、道、佛各家典籍中的抽象的思想教义，只有到了小说中才真正成为活生生的行为准则，表现出它们塑造人物思想、情感与行为的巨大力量，以及由此带来的相应的社会后果。

吴小如先生这一代学者所受的人文教育尚未完全脱离传统学术的完整浑融状态，因此他们即使进入现代分科体制之下的大学来研究古代文学与古典小说，也仍然没有局限于从狭隘的纯文学角度来研究古代小说，而是从大文学的视野来研究之，这一做法正好契合了中国古典小说自身的特点，亦即脱胎于史传而仍与史传保持着血肉联系，与经、史学问虽无直接关联而始终以其作为深层的思想背景。这就启示今天的古典小说研究者也应该从更广阔、更完整的知识视野来进入古典小说这一并不那么单纯的研究领域，只有如此才能够真正把握、理解这一对象的特质和意义。

2015年8月底，于畅春园

目　录

唐代传奇小说简介

一

正如世界上一切文学发展的规律一样，我国的小说最早也是渊源于神话和传说的。神话是上古劳动人民对于自然现象素朴的解释，和企图征服自然以减轻自己劳动的美丽的幻想；传说则是人民群众对于自己祖先（半神化的人物）的英雄事迹的歌颂和描述。它们的形成由简单而繁复，由口头流传而逐渐变成书面记载。它们不但是小说的渊源，也是人类历史的渊源。最早的历史同神话传说几乎没有什么显著的区别；到了后来，那些包含神话和传说的成分较重，或者未经过当时统治政权直接干涉因而传闻异辞、更主要的是其立场观点不尽符合于当时统治阶级利益的作品，就被称为“野史”，以与所谓的“正史”区别开来。从文学角度来看，先秦两汉以来的“野史”恰好成为从神话传说过渡到正式小说的桥梁，像《山海经》、《穆天子传》以及《燕丹子》等，就最能说明这种性质。而我国的“野史”一类的作品，一直被认作小说范畴中的重要组成部分，甚至我们祖先撰写历史著作的方法和后世创作小说的方法也有不少相通之处，恐怕正是由于这个缘故。

时代再晚一些，带有较浓厚的神话和传说色彩的作品就渐与专记“人事”的野史（鲁迅先生称之为“志人”小说）分清畛域，前者便成为魏晋六朝以来的“志怪小说”。所谓“志怪”，正说明它与神话传说之间有着明显的差别。由于西汉时阴阳五行之说的盛行，由于东汉中叶以后道教思想在民间的传播，由于魏晋以后佛老思想的曼衍成风，这就形成了“志怪小说”的特色。在现存的六朝志怪小说中，除保存一部分神话传说之外，多数是带有唯心主义倾向的宣传因果报应的记载，以及一些求长生不老、白日飞升的宗教故事。另外，属于“野史”范围的作品也逐渐系统化了，有的专记一时一地的史实（如《吴越春秋》《华阳国志》），有的专记某一阶层中人物的清言逸行（如《世说新语》），其中虽不免有神怪成分，但就其整体来看，已纯为“志人”的作品了。

作为文学作品来看，“志怪小说”和“野史”中有不少值得肯定的东西，它们在一定程度上反映了人民的愿望和社会上各阶级之间的种种矛盾。有些故事的出发点，明显地与当时的统治阶级相对立，其是非爱憎的倾向是非常清楚的。某些“志怪小说”中保存了极富于幻想力的出人意表的故事情节（如《搜神记》《幽明录》《续齐谐记》等书所载的故事“杨林入梦”“阳羡鹅笼”之类都很有名），“野史”中有不少故事对人物形象和个性的刻画描述已颇具规模，记述者往往用极简单而生动的笔墨就能把故事中人物的性格勾勒出来。而唐代的传奇小说，就正是在这个优良传统的基础上加以发展，并在其本身特定的历史条件下和社会环境中产生出来的。

二

鲁迅曾给唐代传奇小说做过两段极为精确而概括的论述。他说：

> 小说亦如诗，至唐代而一变，虽尚不离于搜奇记遗，然叙述宛转，文辞华艳，与六朝之粗陈梗概者较，演进之迹甚明，而尤显者乃在是时则始有意为小说。胡应麟云：“变异之谈，盛于六朝，然多是传录舛讹，未必尽幻

设语，至唐人乃作意好奇，假小说以寄笔端。”其云“作意”，云“幻设”者，则即意识之创造矣。此类文字，当时或为丛集，或为单篇，大率篇幅曼长，记叙委曲，时亦近于俳谐，故论者每訾其卑下，贬之曰“传奇”，以别于韩（愈）柳（宗元）辈之高文。顾世间则甚风行，文人往往有作，……实唐代特绝之作也。（《中国小说史略》第八篇。胡应麟语见《少室山房笔丛》卷三十六）

他又说：

> 传奇者流，源盖出于志怪，然施之藻绘，扩其波澜，故所成就乃特异，其间虽抑或托讽喻以纾牢愁，谈祸福以寓惩劝，而大归则究在文采与意想，与昔之传鬼神明因果而外无他意者，甚异其趣矣。（《小说史略》第八篇）

从这两段话里我们可以认清几点。一、传奇小说是从传统文学、特别是志怪小说的基础上发展演进而成的。二、传奇小说绝大部分是文人有意识的创作。三、传奇小说在艺术形式方面有了极大的改进，不仅“叙述宛转，文辞华艳”，而且“篇幅曼长”，意想丰富。这些就是传奇小说之所以“特绝”而成就“特异”的原因。然则我们要问，为什么小说到了唐代就要“变”呢？无疑是当时社会起了一定的变化的缘故。因为任何一种社会意识形态都是在特定的历史条件下和社会基础上产生的。

首先是唐代在经济方面起了较重要的变化。从唐朝统一（公元618年）到安史之乱（公元756年），所谓“初唐”“盛唐”时代，生产力是相当发达的。历史学家认为这一时期是封建社会上升到高峰的阶段。这个繁荣昌盛的局面同隋末的大规模的农民起义是分不开的。巨大的农民武装力量强有力地打击了封建统治阶级，迫使唐朝的统治者不得不在经济上、政治上有所让步和改良，以缓和阶级矛盾。当时的统治阶级为了巩固政权，为了保证有一定的剥削收入（赋税），为了给地主阶级“保证劳动人手”（列宁语），于是就实行了均田制[①]。这就使原来找不到人力来耕作的大批官田比较合理地分配到那些流亡日久的农民手中，一般苦于无地可耕的农民大体上可以分得土地，这就在一定程度上缓和了阶级矛盾，而使生

---

① 这是一种计口授田的制度。最早始行于北魏，北周和隋也都实行过。但大地主、大官僚是希望兼并土地越多越好的，所以唐玄宗时，均田制已行不通。安史之乱后，这个制度被无形取消。这原是由地主政权来推行均田制的必然结果。

产力同生产关系得到某种程度的适合，进一步得到了发展。农民既有所归，官私奴隶就大大减少，这就促成了民间的手工业和商业的迅速发展。加以当时全国统一，封建经济的地盘日益扩大，特别是海外贸易的迅速发展，格外刺激了商业和手工业，使国家在这两方面的税收增多，于是减轻了统治者对民间工商业的压迫。这才在唐太宗时出现了著名的“贞观之治”和在玄宗时出现了“开元全盛日”，而唐代商品经济的发展也就成为宋元以后商品发展的基础，进而成为孕育明清之际我国资本主义萌芽的历史前提。安史之乱以后（所谓“中唐”），均田制虽已被破坏无遗，剥削阶级加于广大人民身上的负荷也日益增重，可是商业资本却始终是要求发展的，因而社会仍在按照如列宁说的“所谓螺旋式”的路线向前不停地迈进。很多新事物在当时出现了：小工商业者的行会组织开始兴盛；货币大量增加并扩大了使用范围；在城市中，就出现了介于农民和大地主之间的市民。市民这一阶层的势力虽然到宋代才表现得更具体、更壮大，但在中唐以后已开始萌芽了。

其次，由于经济上的变化，唐代的政治方面也有它的特色。最显著的就是用科举制度代替了一直维护世族门阀（贵族地主阶级）利益的“九品中正制”，使得出身卑贱的中下层知识分子有了参与政权的机会。这固然是唐室的皇帝在统一后想利用平民的力量来同相沿已久的门阀势力对抗；但是当这一批批来自中下层社会的知识分子在向豪门贵族要求分享统治权，特别是在企图取消门阀制度这种特殊垄断势力的时候，他们的行动无疑是与被剥削的人民大众的利益有一致之处的；他们在把握到政权的最初阶段，所体现在政治上的一些措施，也必然是在一定程度上符合于广大人民的利益和愿望的。因为这是在一定的经济条件下自然产生的社会力量。在文学领域中，唐代的诗歌和小说的成就所以能远远超越于前代，我想，这同它们的作者们在当时社会所具有的进步意义是有密切联系的。作为作品有成就的因素之一，我们不能忽略体现在唐代知识分子身上同人民大众千丝万缕的联系。

由于市民阶层的逐渐形成，城市中自然出现了萌芽的市民文艺。由于唐代的国势强盛和海外贸易扩张的结果，文化交流也促进了市民文艺的成长。中唐以来，由佛教僧徒传教用的变文俗讲逐渐发展为民间的“说话”，就是萌芽的市民文艺最主要的一种艺术形式。此外，傀儡戏和参军戏在此时也大为盛行起来。就在这同时，大批文士笔下也大量地产生了传奇小说。

从传奇小说的内容看，大部分优秀作品都反映了当时的市民思想意识；对于当时社会中存在的种种矛盾，也敢于明白公开地揭露。由于传奇小说的作者大部分是出身于中下层的知识分子，他们的社会地位以及思想意识究竟不同于长期骑在人民头上的豪门贵族，因此他们对社会上的矛盾症结自然比较容易看得到、摸得清。但也无可讳言，这些中下层的知识分子毕竟属于地主阶级，他们与社会最底层的广大劳动人民之间还有若干矛盾和距离，所以他们的作品以及作品中反映的思想意识也就有了一定的局限性。

在传奇小说中，知识分子常成为故事的主角。有的是见义勇为、有志气、有操守的正面人物；有的则为功名利禄所牵引纠缠，一心想往上爬，当然也有作为贵族集团的维护者和门阀制度的执行者等等被否定的人物而出现的。由于传奇小说的作者们对这些“读书种子”了解得相当深刻，这些人物的形象在作品中都很鲜明生动，有个性，有血肉。传奇小说的作者对于奴隶、娼妓和一些被剥夺了人身自由或婚姻自由的女性，大都是表示同情而且予以大力歌颂的；并且在不少优秀篇章中，作者们还根据当时社会实有的游侠风尚，结合人民的热诚愿望，加上他们自己的浪漫而丰富的想象力以及受古代传说和外来故事的影响，创造了各种不同精神面貌和特殊性格的男女侠客。由这些主要人物所构成的各个故事，大都具有肯定婚姻自主，强调爱情专一，正面鼓励复仇和人身解放，以及打抱不平等等近于追求个性自由的主题。根据这些具体情况，我们应该承认大量优秀的传奇小说是反映了当时城市平民的生活和感情的，是赋有某些异于传统封建文学作品的新因素、新内容的，已同过去的“传录舛讹”之作迥然有别了。而从传奇小说的形式和风格来看，则正因为它内容的需要，显然吸收了变文俗讲、民间“说话”的特点，受到了当时萌芽的市民文艺的直接影响，在六朝的“粗陈梗概”的志怪小说的基础上提高到“篇幅曼长，记叙委曲”、有文藻、有波澜的阶段；也就是说，一个故事已具备了人物和情节。而在语言方面，传奇小说一方面保存了自六朝以来一直流行的骈文的语汇和音节，使字句精练谨严、音调抑扬可诵；一方面却又吸取市民文艺语言中的素朴而自由的特色，突破了骈文的死板的四六对仗形式，减少了过分古雅的典故堆砌：这就恰好形成了最能为传奇小说那种既富有现实意义而又带浪漫情趣的内容服务的一种特殊的语言。当然，唐代的佛老思想仍极流行，传奇小说又是直接渊源于志怪小说的，所以有些作品神怪唯心的色彩依然非常浓厚，有的甚至还不免荒诞迷信；而某些故事则专以记述轶闻秘事为主，或竟借小说作为人身攻击的工具，则又是从“野史”的路线沿袭下来的不好的一面：我们对这些作品应该分别对待，有些糟粕则应该进行批判。

三

早期的传奇小说，一般都以王度《古镜记》和张鷟的《游仙窟》为代表。[①]前者写作年代较难估计，后一篇大致可以确定为公元685年至公元700年即武后称帝时的作品。

《古镜记》叙隋末王度在炀帝大业七年从侯生处得到一枚神镜。神镜最大的功能是照妖驱怪。它先后照出：一、程雄家新收一婢名鹦鹉，乃是华山的“千岁老狸”；二、芮城枣树中一条害人的妖蛇；三、嵩山石室中两个健谈的老头儿，一个是龟精，一个是猿精；四、太和县井旁池中一条常兴水患的鲛；五、在汴梁张家作祟的一只老雄鸡；六、在丰城李家迷惑其三个女儿的黄鼠狼、老鼠和大壁虎（守宫），并把它们都置之死地。中间还写到河北大饥，“百姓疾病”，王度曾用古镜把一个姓张的全家的疾病治好。王度想：镜既甚灵，何妨使它多照病人，既“无害于镜，而所济于众”；于是令人“密持此镜，遍巡百姓”。但镜神却认为：“百姓有罪，天与

① 另外还有一篇《补江总白猿传》，有人认为是初盛唐间文人的手笔，但也很可能是晚唐的作品，而内容又无甚可取，所以就从略不谈了。

之疾，奈何使我反天救物？”并嘱王度：“无为我苦（不要再麻烦我）。”至大业十三年即隋亡的一年，镜神因“宇宙丧乱”，不能再久居人间，就“悲鸣而逝”。

这个故事有两处是非常矛盾的。一处是治病的问题。从全篇故事看，中心角色自然是古镜本身，但王度无疑也是本篇作者的代言人。可是王度对民间疾苦的看法就与镜神迥不相同。王度想“济众”，镜神却认为百姓生病是因为他们本身“有罪”，所以不肯“反天救物”。这显然是立场不同。但在这篇故事的其他情节中，王度和古镜并没有这种矛盾。

另一处是对妖精的态度问题。在被古镜所消灭的妖精中，大部分都是害人的，照理应被消灭；至于嵩山的龟和猿，死得就有些冤枉。尤其是程雄家的婢女，虽是千岁老狸，但它已明白地说：“变形事人，非有害也。”可是它既遇到神镜，就必须承认“逃匿幻惑，神道所恶，自当至死”，最后只得唱了一首挽歌而凄然死去。这样看来，古镜简直不允许任何希望变成人的动物有变人的机会，即使那动物本不害人，而且已经费尽心力变成了人。这岂不恰好反映出某些维护阶级特权的统治者的冷酷面目吗？所以读者在读这一段时，是完全同情那个老狸的，相反，却感到王度多事，古镜可憎。这与后面治病救人的描写显然是矛盾枘凿的。

因此有人说，《古镜记》是一篇用若干个有关镜子的志怪故事补缀加工而成的作品，不完全出于作家有意的创作；这个说法有一定的道理。我们从这篇故事也的确很清楚地看出由志怪小说过渡到传奇小说的痕迹，从而肯定它是早期的作品。但《古镜记》毕竟是一篇有现实意义的小说而不是七拼八凑的志怪故事。那枚“古镜”本身原是正统势力的象征，它在当时社会上确有一种“威权”，只要它不想替百姓治病，王度便奈何它不得。可是，一到“宇宙丧乱”的时候，它就无法存身了，于是不得不“悲鸣而逝”。隋朝的灭亡正是农民斗争所收到的实效，可见人民的力量到了足以打击封建统治者的时候，古镜也就无法显它的神通了。这就是《古镜记》究竟不同于志怪故事的地方。

《游仙窟》的故事叙张鷟本人出使西北，中途夜投一家大宅，遇见两个自称是贵族出身的青年寡妇——十娘和五嫂。十娘见张即互相爱慕，于是三人一同宴饮欢笑；十娘留张同宿一宵，次日张才恋恋不舍地辞去。通篇情节非常简单，完全由许多咏物咏人的、带有双关隐语的小诗堆砌而成，在形式和风格上显然未脱模仿当时民间文学的痕迹：不仅文中口语成分和色情描写较多，即以用含有双关的隐语写成的咏物诗做全篇主体这一点来看，也同我们今天所能看到的一些中唐以后的民间俗曲小赋十分相近。而这种韵文散文相错综于一篇作品之中的形式，也正具有了同变文俗讲相近似的风格。后来的传奇小说，男女主角总不免要赋诗言志，也正是从这种形式一脉相承下来的。从而我们可以推断《游仙窟》确是早期的作品。在内容方面，有两点是值得我们注意的：一、这篇作品没有志怪小说的神怪气息，纯粹是“人事”的描写，这是很难能可贵的。二、十娘和五嫂的形象应该是体现了当时一些企图冲破礼教藩篱的女性的生活苦闷的，而男主角张文成则以一个知识分子的形象出现；可见其基本精神是与中唐以后很多以恋爱为主题的作品相一致的。像《莺莺传》一类的故事，正是在这个基础上成长起来并逐渐趋于成熟的。

四

安史之乱后，社会经过较大动荡，属于统治阶级上层的人物，不论是旧时的豪门世族或新发迹的达官贵人，已不能长久保持其荣华富贵；升官发财、封妻荫子只不过是过眼的云烟。特别是中唐以后，中央皇室同地方藩镇已成对立局面；内廷的宦官和执政的公卿们也有着不可调和的矛盾；而士大夫之间，新进士集团和虽说是残余而实力依然雄厚的门阀子弟也在此起彼伏地争权夺位。统治阶级内部矛盾愈复杂尖锐，这些达官贵人的命运也就愈显得岌岌可危。韩愈在一篇称赞泥水匠人的文章《圬者王承福传》里，就借王承福的口说明这种情况：

> 吾操镘以入富贵之家有年矣。有一至者焉，又往过之，则为墟矣。有再至三至者焉，而往过之，则为墟矣。问之其邻，或曰："噫，刑戮也！"或曰："身既死，而其子孙不能有也。"或曰："死而归之官也。"

今天乘高车驾驷马的人明天就可能身居陋巷，今天是钟鸣鼎食之家的主人，明天就可能成为阶下囚。刘禹锡的名句"旧时王谢堂前燕，飞入寻常百姓家"，也正好反映出豪门世族的没落。而在传奇小说，中唐前期就出现了沈既济的《枕中记》，后期更出现了李公佐的《南柯太守传》。这两篇作品都用一种新手法——梦境——集中而深刻地写出了统治阶级内部人物盛衰无常的悲剧。

《枕中记》写小有产者卢生，脑子里充满了"建功树名""出将入相""使族益昌而家益肥"的利禄思想。他在旅店中遇到了仙人吕翁，由于吕翁知道卢的心事，就给他一个枕头让他睡去。他在梦中娶了贵族家的女儿，做了节度使，当了宰相。正在炙手可热之时，竟被人诬告为要造反，马上要被抓到狱中去。他才对妻子说：

“吾家山东，有良田五顷，足以御寒馁，何苦求禄？而今及此！思衣短褐，乘青驹，行邯郸道中，不可得也。”

说着就“引刃自刎”，被他的妻救了。后来总算借了宦官的力量才慢慢恢复从前的地位，但已年老多病，终于死掉。梦醒之后，旅店的主人一顿饭还没有炊熟呢。《南柯太守传》则写一个“累巨产、养豪客”的淳于棼，在梦中到蚂蚁国去当驸马、做太守的故事。由于他同另一蚂蚁国打仗失败，妻子又病死，以致忧谗被逐，又回到人间。除主题与《枕中记》相同外，更露骨的是对当时上层社会的讽刺——王侯卿相不过是一群蝼蚁而已。

梦中发迹的题材原是六朝志怪小说中早就存在的。这两篇传奇小说都是以宋刘义庆所辑的《幽明录》中“杨林入梦”的故事为蓝本。然而这两篇作品的文学价值却远在“杨林入梦”之上。其主要区别就在于沈既济和李公佐把故事主人公的性格刻画得非常清晰准确。卢生和淳于棼在梦中的情景，正是当时上层社会中显要人物活生生的写照。通过作品中细节的真实描绘，那种岌岌可危和朝不保夕的政治环境是非常典型的。我们看到了那些官僚在炎凉的世态和浮沉的宦海中的内心苦闷。有人认为故事中充满了厌世无常的消极情绪是它们的缺点，我个人的意见是，正因为作者所反映的是属于封建统治阶级内部上层人物的悲哀，作品中带有悲观色彩以及结局的悲剧气氛才是必然的，才是符合于现实主义精神的。

五

恋爱故事是传奇小说中数量较多而质量最精的部分。通过许多恋爱故事我们可以看到当时社会上的种种矛盾和斗争。在这些恋爱的悲剧和喜剧中，我们看到了一些为人民大众所喜爱的健康而爽朗的人物性格，感到了与人民感情休戚相关的青年男女的情操，他们的爱情的圆满结局使人兴奋喜悦，而另外一些人不幸的遭遇则又使人寄予深厚的同情。这些作品不但带有鲜明的倾向性，也带有强烈的感染性。

体现爱情的精诚专一和对于封建礼教的反抗经常是统一在一个人物身上的。陈玄祐的《离魂记》和李景亮的《李章武传》都是刻画这种人物的成功之作。《离魂记》里的张倩娘和表兄王宙的爱情很深，但倩娘的父亲却把她许给别人，于是“女闻而郁抑”，王宙也借故远行。婚姻不能自主正是被礼教束缚的结果。但倩娘的灵魂却能离开躯壳，追上王宙而缔结婚姻。五年后王宙同妻归省，才知道“倩娘病在闺中数年”；等外面的倩娘与室中病女相遇，竟“翕然合为一体”。“其家以事不正，秘之。”所谓“不正”，正是由于女儿私奔与封建礼教相违碍的缘故。《李章武传》是写李章武在华州与一王姓家的儿妇有私情。八九年后，章武再到华州，遇到一个邻妇，告诉他王氏因思念章武以致成疾而死，并请他留宿于王氏的故居。这天夜里，章武竟与王氏的亡魂相会，互通款曲，然后挥泪诀别。全篇的描写是非常凄婉动人的。作者强调了有夫之妇王氏对章武的爱情，实际上却起了破坏礼教大防的效果。王氏的爱情专一乃是建筑在她反礼教的基础之上的。这种离经叛道的描写正是作品出色的地方。

这两篇故事都带有浓烈的唯心色彩，但也正体现了女子爱情的专笃以及她们在礼教束缚下的苦闷。剥去唯心色彩的外衣，我们将更亲切地体察到当时妇女渴求意志自由的潜力。

肯定男子爱情专一的故事则有家喻户晓的陈鸿的《长恨歌传》。这篇故事是写李隆基和杨玉环的爱情。作者虽然揭露了李隆基和唐王朝宫廷的奢靡，宠信杨氏兄弟姊妹，招来了“渔阳鼙鼓”，但也肯定了他们的爱情，因而对他们的悲剧结局也给予了同情。因为在当时社会既已存在着新的思想意识，则作品肯定男女生死不渝的爱情原属当然，人民并没有不许皇帝恋爱的意思。不过由于他们的阶级地位，由于他们的爱情无可置疑是建筑在人民的痛苦之上的，这才产生了他们的悲剧结局。给杨玉环做掘墓人的正是李隆基自己。但人民对李隆基思念杨玉环的权利并未剥夺，甚至还表示了一定的同情。这就是从《长恨歌》所以能发展为《长生殿》的原因。这也正表现了人民公允而辩证的态度。

元稹的《莺莺传》是世界驰名的爱情故事。身为大家闺秀的女主角崔莺莺，能够勇敢地同张生恋爱，实带有反礼教的叛逆倾向。有的专家把崔莺莺考订为一个同娼妓身份差不多的女性，并且认为在本文中崔母并未出头干涉她女儿同张生恋爱，因而觉得莺莺还是比较自由的。这实在是贬低这篇作品价值的看法。我们只要细读本文，就可以感到莺莺在爱情和礼教之间一直存在着无所适从的痛苦和矛盾，她同男人讲恋爱并不那么自由自在，而是在几经斗争之后才同张生发生关系的。这正是当时恪守封建礼法的闺阁少女敢于走向叛逆道路的一个真实写照。至于张生，作者主观愿望无疑是把他作为正面人物来写的，但我们却能清楚地发现这个人物灵魂中的卑污成分。张生一面对人流露出自己的艳福不浅，一面又骂莺莺是尤物、妖孽，只有终于抛弃了她而另娶新人才算是“能补过”，这恐怕正是元稹本人思想中有见不得人的地方，才流露出这种虚伪而热衷的卑劣本质来。这应该解释为作者的世界观影响了他所塑造的人物灵魂的高尚。所以到了《董西厢》和《王西厢》中，为了符合于客观现实，为了满足人民大众的愿望，张生的形象就大为改观了。

娼妓在唐代是没有社会地位的。不要看她们物质生活很阔绰，其实她们的身份几乎同奴隶相等。她们只是供公子王孙玩弄的对象。当时的宦家子弟，如果认真同妓女讲爱情订终身，不但会被家族认作败家子弟，甚至还会断送自己的政治前途。而在妓女方面，却除了求助于这些公子哥儿之外别无他路可以解脱自己。《霍小玉传》里的霍小玉就是想借重那门族清华的进士李益的力量使自己跳出火坑的。然而李益对自己的富贵功名看得要比一个妓女的爱情更“实际”一些，所以终于负心了。而霍小玉既不想再做玩物，当然只有以身殉情一条死路。她实在是阶级迫害下一个可怜的牺牲者，她的绝望而死并不仅仅由于李益的忘情负义，而是一幕具有社会意义的悲剧。《霍小玉传》的作者蒋防既刻画出霍小玉的矢志不渝，也倾注了对李益的强烈憎恨。我们从故事的结局可以看到作者对痴心女子的同情和对负心男子的鞭挞：这个故事就成为后世多少篇描写男子负心的作品的范本。

白行简的《李娃传》恰好与此相反。男主角荥阳公子被他父亲看作不成器的败家精，而精明强干的妓女李娃却处处居于主动。李娃最初是抛弃了荥阳公子的，后来竟把他一手扶植起来，不但恢复了贵公子的名誉地位，同时也“解放”了自己。作者肯定了荥阳公子敢于背叛自己的门第和父亲，并赞美了李娃的智勇才情。李娃的形象是被描写得栩栩如生的，这正是作者对当时被侮辱与被损害的弱者强有力的歌颂。通过《霍小玉传》和《李娃传》，我们可以从两个不同的方面看到传奇小说鲜明的现实主义倾向。

传奇小说中的恋爱故事还有一个特色，即当男女双方不能获得圆满结果时，常由一个打抱不平的侠客挺身而出为他们克服困难。《霍小玉传》中的黄衫豪士就属于这一类型。而在许尧佐的《柳氏传》和薛调的《无双传》中，侠客的作用就格外突出。在《柳氏传》中，韩翃是个“羁滞贫甚”的书生，他的情人柳氏在乱后竟被一个强盗般的番将劫去。作者描写了这种肆无忌惮的胡作非为，是有其现实依据的。而韩翃、柳氏的遭遇也正是当时一般人民所经常受到的不幸。这时恰好有个身份同鲁提辖差不多的小武官许俊知道了这事，就单刀直入地闯进番将的府第把柳氏夺回。在《无双传》中，王仙客的未婚妻刘无双因父亲从逆被没入掖庭，终由大侠古押衙设法救出。为了保证王、刘二人的幸福，古押衙竟自刎以灭口。从艺术性来看，《柳氏传》虽稍平淡而情节近于真实，使读者容易接受；《无双传》则不免过于追求离奇怪诞，反冲淡了故事的主题思想。但从这些侠客同统治者短兵相接的情况着眼，人民大众对这种逞志快意的作品还是喜爱的。

用知识分子的形象来表现侠客见义勇为的作风，李朝威的《柳毅》实在是出色之作。书生柳毅为了抱不平而替受虐待的龙女传书，正是人民光明磊落的优良品质的具体表现。而在故事的后半，当钱塘君硬要说服柳毅娶龙女时，柳毅虽有“叹恨之色”，而终“不诺钱塘之请”，可以说是反映了知识分子开始要求个性自由的一种倾向。而龙女的处境，则应该是当时一般妇女所遭到的凄惨命运的真实写照。最后龙女宁愿舍弃高门，不惜一等再等，终于得到与柳毅结婚的机会，也正体现了当时妇女对人身解放的初步要求。至于钱塘君，当然是作者塑造的理想人物，而这在唐人传奇小说中确是罕见的。那种“刚肠激发”、叱咤风云的形象，那种快人快语、天真直率的作风，使人立即联想到张飞、李逵或鲁智深来。他身为贵族，而能与柳毅成为知心朋友，不是没有道理的。不论从思想内容或艺术形式来看，《柳毅》在传奇小说中确称得起是出类拔萃之作。

总之，传奇小说中的恋爱故事是带有要求个性解放和意志自由的倾向的，而侠义故事则是人民希望解脱苦难、减轻迫害的最天真的幻想。这正是恋爱和侠义这两种题材常常融合在一个故事里的原因。

六

从传奇小说的作者对待各阶层人物的态度也可以看出鲜明的倾向性。被歌颂和被同情的女性除娼妓外，还有被贵族人家豢养做歌妓侍婢的少女们。《虬髯客传》中的红拂和《昆仑奴传》中的红绡，都是有眼光、有见识、机警聪明的人，懂得怎样把自己从牢笼中拯救出来。而皇甫枚《三水小牍》中的《步飞烟传》，写一个作为功曹参军的侍妾步飞烟，竟因与邻家少年发生爱情而被“缚之大柱，鞭楚血流”以致惨死，就更令人产生无限同情。而在这几篇故事中的杨素、“一品勋臣”和功曹参军武公业，就都成为作者憎恨和嘲弄的对象。这种两相对照的写法在传奇小说中普遍出现绝非偶然，而是作者受到人民大众爱憎影响的自然结果，然后作品又翻转来对人民的爱憎起了一定的启发作用。

优秀的传奇小说的作者们对于男女奴隶的歌颂揄扬也是不遗余力的。晚唐时代袁郊《甘泽谣》中的《红线传》，写女奴红线几乎是个神出鬼没的奇人。她把拥有千军万马的节度使看成酒囊饭袋，略施小技就把一场统治阶级内部互相倾轧的战争消弭于无形，这对于爱好安居乐业的人民是有极大好处的。她在功成以后，就飘然远行，不知所终，这说明真正能左右上层社会的英雄人物最后还是回到广大的人民群众中去，不甘心永远受统治阶级的豢养。那种昂头天外的英姿正是人民所景仰爱戴的形象。

唐朝由于海外贸易发达，大官僚、大地主们常常从南洋一带买来奴隶供其驱使，这就是传奇小说中经常出现的昆仑奴。这些奴隶不仅没有社会地位，有时连生命都毫无保障。袁郊《甘泽谣》中另一篇故事《陶岘》，就描写了一个由于被主人陶岘强迫入水取物而惨遭非命的昆仑奴。但在裴铏的《传奇·昆仑奴》中，作者对于主角昆仑奴磨勒就采取了积极歌颂的态度。磨勒帮助小主人崔生把那个“一品勋臣”的歌妓红绡劫出府来，还打死了一品家中所畜养的看家猛犬。他视贵族的深宅大院直如无人之境。两年以后，崔生和红绡的事被“一品勋臣”发现，召崔面诘。崔生不敢隐瞒，便把昆仑奴帮助劫走红绡的实情说出。因为崔生毕竟是“自己人”，“一品勋臣”虽责骂红绡为“大罪过”，却终于表示“不能问是非”；而对磨勒，就“须为天下人除害”。磨勒当然不是崔生和红绡的“害”，而只是“一品勋臣”这种剥削阶级人物的“害”！可是“一品勋臣”的心思是徒然的，这种“害”他永远消除不了：

> 命甲士五十人，严持兵仗，围崔生院，使擒磨勒。磨勒遂持匕首，飞去高垣，瞥若翅翎，疾同鹰隼。攒矢如雨，莫能中之。顷刻之间，不知所向。

而表现得愚蠢阘茸的倒是“一品勋臣”自己，“后一品悔惧，每夕多以家童持剑戟自卫，如此周岁方止。”作者在这里酣恣地描绘出磨勒的无形威力——这威力竟使得那些擅作威福的达官贵人整年价寝不安席！

七

唐末五代时所流传的一些野史性的传奇故事，就更明显地暴露出最高统治者的罪恶，如托名为颜师古和韩偓所写的若干篇叙述隋炀帝荒淫无道的故事，都深深地体现了人民愤怒的心情和渴望着重新出现一个治世的意愿。而把这种思想反映得最清楚的，则应推收在五代时杜光庭所撰集的《神仙感遇传》中的《虬髯客传》（原名《虬须客》）。唐末社会已动乱到极点，因此唐太宗曾经统一宇内的史绩，便成为广大人民心目中唯一的向往。在封建社会中，每逢乱世，就盼着出现真命天子把局面安定下来，好过太平日子，这原是广大人民一贯的想法；但在虬髯客心中却还有另一套称王图霸的打算，这种思想实际上是与当时统治阶级对立的。虬髯客一方面想自己成事，一方面又担心另有“真人”出现，这种宿命论和叛逆思想是矛盾的，可是却交织地体现在虬髯客的身上。及至他一旦发现了李世民，为了不使天下再乱下去，就自动地退让了。但虬髯客并不甘心于向李世民俯首称臣，于是他跑到海外去找新的天下。如果仅从“真命天子论”这一方面看，无疑是一种落后思想，并且极容易被新的野心家（如赵匡胤、朱元璋等）所利用；而从另一面去看，虬髯客的向海外另觅出路对于中原的统治者李世民来说，毕竟是一个不小的威胁。人民所以对虬髯客表示喜爱而心存向往，不是为了他对“真命天子”的让步，而是为了他的始终不向唐王朝称臣。而且，作者在故事中是肯定唐太宗的，这同唐末五代时人民的利益和愿望也并不矛盾，可是作者却把虬髯客以及李靖夫妇写成了唐太宗成事的物力人力的泉源，然则虬髯客等竟成了“真命天子”统一天下的物质基础，这种素朴而深曲的想法就很值得人们深思了。这就是《虬髯客传》所具有的现实意义。

一九五五年十二月初稿

一九五六年六月改写讫

一九八一年一月校订

释“平话”

宋代说话人各有家数，其说话底本叫作“话本”，而讲史一家的说话底本则名“平话”。相传为宋刊本（郑振铎氏疑为元刊本）的《五代史平话》（残本），是现在所能见到的最早的一种讲史家话本。其次则元代至正年间新安虞氏刊本《全相平话五种》，也都属于讲史类。“平话”一词，近人十之八九都认为即是“评话”，并释“评”为“评论古今”之意。如孙楷第氏《词话考》云：“以其品目言之，谓之‘俗讲’；以其演说故事言之，谓之‘说话’；以其有吟词唱词言之，谓之‘词话’；以其评论古今言之，谓之‘平（评）话’；以其依傍书史言之，谓之‘说书’：其名称不同，其事一也。”（《沧州集》卷一）又如程毅中氏《宋元话本》一书初版中有云：

> 现在我们所见到的讲史话本，多半叫作“平话”。“平话”也写作“评话”。“平”本来也就有评论、议论的意思。《醉翁谈录》甲集卷一《小说引子》（原注：“演史讲经并可通用”）末尾诗曰：“讲论只凭三寸舌，秤评天下浅和深。”这就是平话的语源。《警世通言》第三卷《王安石三难苏学士》里说：“后人评这篇话道……”又把评和话分开来说了。（第四十六页，第二章，第一节）

依孙、程所说，有两点可以商榷。一、如释“平”为“评”，以为说话人有叙述有评论，那么不仅讲史有评，小说（指短篇话本）亦有评，而且评得更多些，何以讲史底本独称“平话”？二、宋元旧本只写作“平话”①，初未尝用从“言”之“评”字，岂能以后律先，以近绳远？因此我一直怀疑这一说法的可靠性。检北宋人沈括《梦溪笔谈》卷十四有一则说：

① 明代以后的载籍才有写为“评话”的，如都穆《谈纂》云，“京师瞽人真六，善说评话”之类。

往岁士人多尚对偶为文，穆修、张景辈始为平文（着重点系笔者所加），当时谓之“古文”。[1]

称不尚对偶的散体文为“平文”，这个“平”字，正与“平话”的“平”用法相类。现代汉语词汇中有“平生”“平素”“平昔”“平时”“平日”等，都是表时间的；古代小说戏曲中又有“平民”“平人”（如《杨温拦路虎传》“这员外也不是平人”）、“平等”（如京戏《朱砂痣》唱词有“看形相亦非是平等之人”，这个“平等”应解作“一般等级”，不是现在常说的自由平等的意思）诸词，则是表人的身份的。所有这些词汇中的“平”字，都指一般的、不特殊的而言，即平平常常的意思（“平常”一词，是“平”“常”二词的同义复合，联列为词，与“遭遇”“生活”的构词法相同，“平”就是“常”，“常”就是“平”）。然则“平话”之“平”，也应同这些词汇中的“平”字用法相类。苏

① 此文写就于1973年，当时并未出以示人。有一次晤启功（元白）先生，谈及我的这一论点，启先生自箧中出其从未发表过的读书笔记手稿，亦有论“平话”一条，所引证据即《梦溪笔谈》中的此条。结论亦与鄙见相合，谓“平话”之名是对“诗话”“词话”而言者。真所谓不谋而合。因揭橥以告于世之治古小说者。

轼《殢人娇·小王都尉席上赠侍人》词有云："平白地为伊肠断。"南宋程大昌《演繁露》卷十三里有一则说："李太白《越女词》曰：'东阳素足女，会稽素舸郎，相看月未堕，白地断肝肠。'此东坡长短句所取，以为'平白地为伊肠断'也。"（元人傅幹注《东坡词》，全袭程说。）"平""白"二词义同，故复合为一词，至今尚有"平白无故"的说法。明末张岱《陶庵梦忆》记柳敬亭说书一则有云："余听其（指柳敬亭）说'景阳冈武松打虎'白文，与本传大异。""白"是纯用口语，不加歌唱的意思。这"白文"一词的"白"，很有助于我们对"平话"的"平"字的理解。我认为，"平话"是对话本中"诗话""词话"等称谓而言的。盖讲史家（如霍四究、尹常卖、王六大夫之流）说历史故事，只说而不唱（中间偶尔夹有少数诗句、韵语或对称式的形容赞语，也只是朗诵，与"小说人"之说、唱兼施者不同），故称其说话底本为"平话"；而另外有说有唱的话本，则称为"诗话"（有诗有话，如《大唐三藏取经诗话》），或名"词话"（有词有话，如明人所撰《金瓶梅词话》，实是拟话本，笔者别有考，兹不赘）。总之，"诗话""词话"与纯粹讲说而不唱的说话底本"平话"是不同的。[1]犹之戏曲称唱词为“曲文”，而称非唱词而只念诵的部分为“白”或“宾白”。只有这样理解，“平话”的“平”字才有着落，不致空泛无归。至于加“言”旁作“评”，我怀疑最初并非取其评议、评论之意，不过因为说书的行为是用言语

---

① 拙文成后，读《浦江清文录》，获知鄙见在数十年前浦先生的遗作中已发其端。我虽未详考浦文与孙楷第氏《词话考》二者发表的时间先后，但实际上浦文对孙氏论点也已作了答复。为了证明“吾道不孤”，谨将浦文节录如下：

> ……故小说一名词话，词指唱，话即说话，即有说有唱之意。往往先唱几首词，引起故事，如读此书（笔者按：指《京本通俗小说》）即可明白。细辨之，话字包含有故事之意，今日本文中犹用此义，恐尚是唐人之旧。故说话者非他，即讲故事之谓。今称说小书者谓弹词，乃偏举其唱的部分而言，而忽略其讲说之部分，尚不及宋人之用词话一名称为确当也。因后世论词之书皆称词话，于是目录学家乃感迷惑。《也是园书目》将此类小说编入词话类中，原有依据，而缪荃孙氏遽论为必系评话之误，其说大谬。盖缪氏心中认为词话乃论词之书，评话则是小说之别名耳。不知评话者乃演史一家之称，与小说之一名词话者，门庭各别。……此《碾玉观音》等数篇，不可以称为评话，但称为话本则可，因话本两字乃概括的名称，演史家所用之本，可称为话本，小说家所用之本亦可称为话木。缪氏殆将小说、话本、评话三个不同的名称混用，而未细别其定义也。

对评话两字之解释，今学者尚无定论。或谓唐代通俗小说有变文，评与变殆一音之转。此说牵强过远，未为笃论。余意评话原作平话，平话者平说之意，盖不夹吹弹，讲者只用醒木一块，舌辩滔滔，说历代兴亡故事，如今日之说大书然。且评话之名称至今尚保存着。北方谓之“说平书”。江浙一带说书场中分两派，一派说唱《珍珠塔》《玉蜻蜓》之类，谓之“说小书”，亦称“弹词家”；一派说《岳传》《三国》等，谓之“说大书”，亦称“评话家”。后者自是宋人演史之嫡系，迄今亘八百年而未变者。余见有扬州人说《水浒传》，粉牌上标“维扬评话”之目。以今证古，知宋人演史一派，中间亦不夹歌唱之部分。（《浦江清文录》《谈京本通俗小说·其余几篇及附论》节录）

进行的，所以就“平”字擅加“言”旁。正如今人因安装电灯或暖气管是用“手”的行为，遂于“安”字加上“手”（扌）旁；因上鞋用线，遂生造一个从“纟”“尚”声的“绱”字，其实都是画蛇添足。而后世不得“平”字确切的解释，遂就“评”字望文生义，以致原来的意思反倒湮没了。

但据近人许政扬氏《古今小说·前言》注里的说法：“‘评话’并非讲史的专称，它也包括短篇的小说。如《警世通言》第十一卷《苏知县罗衫再合》：‘这段评话，虽说酒、色、财、气一般有过，……’又第十七卷《钝秀才一朝交泰》：‘听在下说这段评话。’都指短篇故事。”则其说似未必成立。我的意见是：许氏所引两篇作品都是明人拟话本。而自明代以后，“平话”的“平”已转为“评”，更因不得其解，故所指的内容范围也打破了讲史和小说的界限。如以宋元旧本考之，“平话”还是只限于讲史家的说话底本。所以拙解与许说并不矛盾。

孙楷第《词话考》又说：“宋以来又有‘平话’。纪昀谓优伶敷演故事者谓之‘平话’，清人书或作‘评话’。据李斗《扬州画舫录》所记，‘评话’与‘平词’有别。‘平词’为不吟唱者，则‘评话’当为吟唱者。然则‘评话’亦‘词话’也。”这段话可商榷处实在太多了。一、纪昀语本不足据。二、“评话”一词，明人已如此作，并非始于清人。三、遍检《扬州画舫录》，无涉及“评话”与“平词”有别的叙述，不知孙氏何所见而云然。四、谓“评话当为吟唱者”，纯属臆测无据之谈，现存的宋元讲史话本（即“平话”）无一种可以证明是能“吟唱”的。五、谓“评话亦词话”，是明代以后的情况，宋元平话并非如此，孙说亦失之武断。因与前说有关，故附论及之。

从关羽祢衡的问题谈到对历史人物的分析和评价

一　前言

我对黄裳先生的戏曲论著一向是爱读的。从他的《旧戏新谈》开始，几乎每一篇文章我都不曾放过。我佩服他犀利的眼光，流畅的文笔，尤其是一些鞭辟入里然而深入浅出的见解。并且据我所知，黄裳先生对华东区的戏改工作曾尽了不少力量。我对黄裳先生一直是怀着很大的敬意的。

但当我读了黄裳先生的《谈水浒戏及其他》和《西厢记与白蛇传》这两本著作时，觉得他对历史人物的看法不免有些偏激。特别是他论关羽和祢衡，有些观点实在不能使人同意。这儿我把自己一点不成熟的看法写出，一方面就正予黄裳先生，另一方面求教于其他的专家和读者。

二　黄裳先生对关羽和祢衡的意见

黄裳先生论关羽是在他一篇题为《关于武松》的文章里谈到的。[1]他从《三国演义》的评者毛宗岗（黄裳先生误写作毛声山）给关羽所加的谥号说起，研究为什么要称关羽为“天人”。他的结论是：一、关羽是报恩主义者；二、关羽对嫂子“采取了在封建社会中被认为非常恰当的态度的缘故”。他认为：“关云长封金辞曹，为的是不忘刘备。……这一精神发展到后来，就是华容道的放曹。”他从京戏《古城会》里看到了关羽向二位嫂子问安，请她们上车，说话……种种生活细节的描写，感到是“最不近人情”的，并且说：“这情景是使人看了最不舒服的，仿佛是清楚地看到了那条‘礼教之大防’，实在凛然可畏。而这，就正是毛声山之流认为了不起的处所，作为一个‘天人’的必备条件了。”

当然，黄裳先生的企图是很好的。他说：“像……关羽这样的人物，除了……好的一面外，也还有着很多被利用了来宣

① 见《谈水浒戏及其他》，平明版，页一一七至一二七，本文所引原文皆从此摘出。

传封建道德的处所。为了爱护在人民中间有深厚基础的英雄人物，使他们的性格更完美更健康，我们是有理由进行一些分析的。”我们今天所以要同黄裳先生商榷，目的原无二致，也正是“为了爱护”这些“英雄人物”才这样做的。

黄裳先生论祢衡则见于他的一篇题为《打鼓骂曹》的文章。[①]他根据京戏《打鼓骂曹》，整个否定了祢衡。他认为：祢衡是“统治阶级帮闲的一群中间”的“一位‘憨大’”，“把主子痛快地骂了一通，自然要使这一批奴才们为之动容”。他认为祢衡“斗争”的目的，“并不是想打倒这个阶级”，而只是要“争取”更好一点的待遇。从祢衡出场自叙的台词中，他指出祢衡是“为了货色卖不出去而焦急，而愤懑”，指出祢衡对曹操的不满，是“因为曹操用了一批在他看来远逊于他的帮闲帮凶”。他认为，“后来决定了打鼓骂曹，那目的也还是为了个人的声名。”最后他用斥责的口吻批判祢衡：

> 结尾时终于怕死而接受了曹操的下书差遣，听了曹操“顺说刘表归顺我，管叫你头戴乌纱身挂紫罗”的话以

① 见《两厢记与白蛇传》，平明版，页一四二至一四六，本文所引原文皆从此摘出。

后，就又心满意足地执行新的任务去了。因为到了这里，他的基本企求已经获得了批准。……

“接过书信用手托，披星戴月奔江河。顺说刘表若不妥，愿死他乡作鬼魔！”这非常流行的四句摇板就正好写出了受雇以后“才子”的心悦诚服、死力以赴的心情，与胡适的“做了过河卒子，只得拼命向前”的诗意是完全一致的了。

三　试论关羽并对黄裳先生意见的商榷

诚如黄裳先生所说，关羽是多少年来被统治阶级用来愚弄人民、麻醉人民的偶像；在关羽的身上，涂了不知有多少反动的色彩。我们今天确有推翻其偶像作用与洗剥那些色彩的必要。可是，我们得研究一下，封建统治阶级何以特别要利用关羽做偶像，把一些乌烟瘴气的头衔加在关羽头上，而不去利用别人——譬如说董卓或曹操——当偶像呢？我想，这固然是因为关羽的言行对封建统治阶级有利，但主要的却因为他的言行是为人民大众所喜欢、所爱戴的。正因为关羽是有“群众基础”的英雄人物，统治阶级才把他涂饰得成为“伏魔大帝”或“关圣帝君”的。至于人民大众为什么对关羽有感情，那得先简括地谈一下《三国演义》的渊源所自才更清楚。

据苏轼《志林》卷六上的记载：

> 王彭尝云："涂巷中小儿薄劣，……令聚坐听说古话。至说三国事，闻刘玄德败，频蹙眉，有出涕者；闻曹操败，即喜唱快。"以是知君子小人之泽，百世不斩。

可见同情刘备反对曹操的看法由来已久。到了南宋，偏安局面既定，正统观念因而益强，刘备身价日益抬高，正是这一观念的具体表现。朱熹的《通鉴纲目》之所以迎合了当时的人心，同其时的政局是大有关系的。等到经过元代统治，人民就更把刘备当作民族英雄的代表人物，自然在这一人物身上寄予了更多的同情。今天的《三国演义》，是从宋代口头的说话经过《三国志平话》阶段与金元院本杂剧阶段并包罗了其他失传的民间口头创作而成书的，当然，那种袒护刘备贬斥曹操的成分就完全保存在内，这正是当时人民大众真实感情的烙印。关于《三国演义》的作者，我们今日确定为元末明初的罗贯中大抵也不成问题。根据文献记载，罗是个"有志图王者"，亦即是一个鼓动（或竟是倡导）民族运动的"危险分子"，那么，《三国演义》本身也是起到一定的宣传鼓动作用的。果真如此，关羽的问题就很容易解决了。

小说中的关羽和刘备是结义兄弟。关羽一生，对刘备是绝对忠实的。这用封建道德的术语来说，叫作“义气”。“义气”这一概念的实质，正是封建社会中人民大众最喜爱、最拥戴的东西。因为在封建社会里，大部分的社会关系（所谓“五伦”）如君臣父子夫妇之类，都是压迫与被压迫、统治与被统治的对立关系，只有“朋友”一伦，才是比较平等的“道义”关系。它没有压迫剥削的关系在内，自然为人民大众所喜爱拥戴。也就是说，“意气相投，拔刀相助”和“不愿同年同月同日生，但愿同年同月同日死”的交情，才是人民所向往的。而这种社会关系就具体表现在桃园弟兄刘、关、张的身上。关羽对刘备的友谊，称得起“死生不渝”，这“死生不渝”的义气就是人民大众对关羽有感情的唯一因素。

“义”和“忠”不同。忠是“君臣”关系，里面有被动和虚伪的成分①；“义”是朋友（最高形式到成为“异姓手足”）关系，主要是纯洁友谊的结合。关羽并不是在刘备称帝以后才死心塌地地当“忠臣”，而是远在刘备栖栖皇皇、东奔

① 清初方文（号嵞山，是桐城方苞的同族前辈）有诗云：“五伦最假是君臣。”已是一针见血了。

西跑、倒霉透顶的时候，就已经“效死弗去”了。徐州失陷以后，关羽暂投曹操。曹操对关羽极尽威胁利诱之能事，关羽却始终没有背叛刘备。这就是“义气”，也就是人民喜爱关羽的主要原因。照今天的眼光看，关羽对曹操的确是“报恩主义”，甚至可以给关羽扣帽子，说他在华容放走曹操是“敌我不分”[①]；可是他对刘备，却并非因为刘备对他有什么具体的“恩”才“保定皇嫂，过关斩将”，只是根据“义气”的原则行其“心之所安”而已。黄裳先生把关羽对刘备和对曹操等量齐观，我觉得是不妥当的。

但是，封建统治阶级所渲染所“借重”的是关羽对一姓之主的“忠”，人民大众所肯定所同情的却是关羽对刘备本人的“义”：这二者现象相近，本质迴殊，是一定要分清的。可是后来封建统治阶级却故意鱼目混珠，指鹿为马，人民大众自然不免上当。黄裳先生在这一方面显然是并未加以分析的。

如果读者对此表示怀疑，我还可以从《三国演义》中找到证据。那就是：刘备即使在称帝之后对关羽的情形仍不像君对

---

① 奚啸伯先生生前曾谈及《三国演义》中关羽华容放曹操事，他认为关羽是忠于刘备的有心人。曹操不死，汉献帝不过是个傀儡，刘备称王称帝的野心可以实现。曹操一死，刘备不过是帝室远裔，不可能由他来“挟天子以令诸侯”，最终只能做到州牧。因此，读者不可为关羽表面的“报恩主义”行为所蒙蔽。

臣的关系，而且刘与关的关系显然比刘与诸葛亮的关系亲近得多。因为后者的关系毕竟是“君臣”。关羽演出“走麦城”的惨剧，完全是恃宠而骄，被刘备过分信任的结果。而刘备也竟因关羽之死，不惜亲自伐吴，以身殉“弟”。也是明末清初人王夫之在他的《读通鉴论》里说过的：

> 关羽可用之材也。失其可用，而卒至于败亡，昭烈之骄之也，私之也，非将将之道也。……先主之信武侯也，不如其信羽明矣。（卷九）

由此可见，假定当时关羽失掉荆州而竟逃脱性命，刘备也未必用孔明斩马谡的办法来对待他。我以为王夫之这个说法同《三国演义》作者的看法是比较吻合的。不过王夫之是从批评“正史”的立场看问题，所以只认为刘备不善“将将”罢了。

说到这儿，关羽对嫂嫂的问题可无庸多论了。当然，《三国演义》的作者写关羽，是把他作为一个十全十美的具有封建道德品质的人来处理的。但他所以要对两个嫂嫂讲“礼”，则还因她们是刘备的太太的缘故。后来赵云截江夺斗，关羽听说之后也并未抗议，可悟其理。黄裳先生要求写杂剧或写演义的人在几百年前打破礼教的框框，改变对嫂子的态度，那是同要求封建社会的人民不要讲“义气”而去讲“阶级友爱”一样的不妥当的。至于今天舞台上关羽的形象使黄裳先生“看了不舒服”，那是不能由真正的关羽或《三国演义》里的关羽负责的。

黄裳先生在他那篇文章里还引了一段陈寿《三国志》的“原文”①，和在长江一带流传的吹腔戏《斩貂蝉》来否定关羽，我以为这也是不妥当的。原因是：我们要分析一个历史人物，所依据的材料应该有一致性。在裴松之的时代，关羽不过是刘备的一员大将而已，既非“帝”又非“圣”，乞取吕布的妻，又有什么关系！后世《斩貂蝉》的剧本不知是什么时代的产物，但据毛宗岗评本凡例，就可证明“斩貂蝉”的故事在罗氏原本里是根本没有的（何况还有明弘治本为证），而这情节亦为毛氏所不取：

> 后人捏造之事，有俗本（按：此所谓俗本实指毛本以前的旧本）演义所无而今日传奇所有者，如关公斩貂蝉……之类，此其诬也，则今人之所知也。

---

① 那段原文是：“《蜀记》曰：曹公与刘备围吕布于下邳，关羽启公：布使秦宜禄行求救，乞娶其妻。公许之。临破，又屡启于公。公疑其有异色，先遣迎看，因自留之，羽心不自安。此与《魏氏春秋》所说异也。”见《关羽传》裴松之注文引，并非陈寿的手笔。黄裳先生显然是因为没有细检而弄错了。

可见卫道者如毛宗岗，对“斩貂蝉”也是否定的。至于罗贯中，更与《斩貂蝉》一剧的作者无关，这里就不用多说了。

然则黄裳先生或用《三国演义》所不取的材料，或用远在《三国演义》以后几百年的今天舞台上的关羽的形象，来批判《演义》里的关羽，未免近于无的放矢。因为晚于这部小说的材料，都是封建统治阶级给关羽涂上色彩以后的产物，三国时代的关羽当然不能负责，即罗贯中也是不能负责的。黄裳先生不但没有把关羽的本来面目分析清楚，反给他扣了好些帽子，而且一会儿说关羽是“英雄人物”，一会儿又说，“这也是涂在这个反动人物身上的另一种色彩”，到底关羽是反动人物呢，还是英雄？黄裳先生自己好像也弄不清楚了。

四　试论祢衡并对黄裳先生意见的商榷

照历史唯物主义的正确评价，曹操这个人在建安时代有他进步的一面。他延揽人才，统一中原，恢复生产，都有利于当时社会的发展。可是他对人才的网罗还是有个限度，像孔融、祢衡就不能见容于曹操。孔融是曹操借口说他不孝把他杀了的，鲁迅在《魏晋风度及文章与药及酒之关系》一文中就说过：

倘若曹操在世，我们可以问他，当初求才时就说不忠不孝也不要紧，为何又以不孝之名杀人呢？然而事实上纵使曹操再生，也没人敢问他，我们倘若去问他，恐怕他把我们也杀了！

可见曹操的“人才主义”还是自有尺度的。谁要反对他，轻视他，就会被他要了命，祢衡也就是在这种情形下牺牲的。

陈寿写《三国志》，对祢衡的事情是讳莫如深的；后来注《三国志》的裴松之才把祢衡的事迹放在《荀彧传》的注文里叙述出来。幸亏晚出的范晔《后汉书》记载得比较详细，我们才能确定果然有这么一个敢于反抗曹操的人。这现象很值得注意。因为连当时的史书里都不敢记载的人，必然是统治阶级最不满意的。既为统治阶级所不满，必然因为他敢于同统治阶级对立。只要是一个敢同统治阶级对立的人，必然会博得被统治者——从劳苦大众到贫寒的知识分子都包括在内——的同情和赞美，甚至为人民大众所喜爱拥戴。至于被反抗的统治阶级是否还有某些进步成分，反抗者动机如何，都没有什么关系；反正有人敢反抗统治阶级，就对被统治阶级有利，就可以为人民所肯定。

到了《三国演义》，曹操已被作为“众矢之的”的统治阶级的典型人物来处理了，人民大众所有憎恶、愤怒的感情，都集中于曹操的身上，正如周扬同志在1952年全国戏曲观摩大会总结报告里所讲的，这个人原来究竟是不是“好人”反而没有多大关系了。因此，凡有不利于曹操的人物和事迹，都被《三国演义》的作者强调而且夸张地描写出来，作为攻击这一反面典型人物的题材。“火烧赤壁”不用说了，就连“长坂坡”，本是曹操露脸刘备倒霉的场面，也要把曹操写得非常阘茸狼狈，可见作者的用意是非常明显的了。

京戏《打鼓骂曹》完全以《演义》中“祢正平裸衣骂贼”一回的情节为蓝本，内容与上述的情形完全一致。曹操一贯是被当作十恶不赦的统治阶级的典型人物来处理的，而祢衡则以反抗统治阶级的“寒士”姿态出现。今天这出戏所以还能活在舞台上，正是因为它具有一个强烈的、无情的对统治阶级做正面反抗的人物形象，才被人民大众所喜爱拥戴。相反，它绝对不是因为专门暴露了旧知识分子的弱点，或者因为祢衡被帮闲人物或奴才们所拥护才流传下来的。黄裳先生说，祢衡骂了“主子”，自然要使这一批奴才们为之动容。要知“动容”的岂但是“奴才”，连“主子”也吃不消，甚至于大惊失色呢。而人民大众却因奴才的主子被骂而欣喜快慰。黄裳先生没有考虑祢衡在人民心目中究竟比重如何，只从“主子”和“奴才”上着眼，无疑是不会得出正确结论来的。

事实上，“奴才”们对祢衡的举动并不欣赏，他们的“动容”只是怒形于色，京戏《打鼓骂曹》中的张辽就是确证。可是黄裳先生却认为《骂曹》的主题只是祢衡兜售货色和争取待遇，而为了这样的目的竟不惜冒宰相之大不韪甚至牺牲自己的性命，无怪黄裳先生要称祢衡为帮闲人物中的“憨大”了。然而人民大众竟对这样的“憨大”表同情，也不过是欣赏他的“帮闲欲”而已，这岂不有点侮辱人民大众嘛！

如前所述，祢衡的动机如何，人民大众是不大关心的；而黄裳先生却一味追求动机，甚至讥讽祢衡决定“骂曹”“也还是为了个人的声名”。死命抓住了旧知识分子的弱点（弱点并不就等于反动！）而忽略了为人民大众所喜爱拥戴的一面，这是否合于辩证唯物主义，明眼人自然一望可知。况且，要求建安时代的祢衡不为“个人”，而为别的目的去骂统治阶级，是否合于历史唯物主义，明眼人也是不难一望而知的。

黄裳先生还曲解了《骂曹》结尾的四句摇板，竟把祢衡与胡适同样看待。为了弄清楚祢衡与胡适的区别，我们应该先弄清祢衡是怎样到荆州去的。

第一种记载是裴松之在《荀彧传》注文中所引的《平原祢

衡传》：

……于是众人皆切齿。衡知众不悦，将南还荆州。装束临发，众人为祖道。……

第二种是裴在同处所引的《文士传》亦即《后汉书》与《三国演义》所本，其文如下：

衡……数骂太祖（曹操）。太祖敕外厩急具精马三匹，并骑二人，……乃令骑以衡置马上，两骑扶送至南阳。……

而《演义》也说：

衡不肯往，操教备马三匹，令二人扶挟而行。……

我们可以看出，第一种说法是祢衡被众人（即黄裳先生所指的“奴才”）所迫，已不能在许昌存身；第二种则是被曹操强逼着出发的。总之，这并非出于祢衡自愿。京戏里处理得确乎软弱了些，由众朝臣下位将祢衡劝走。但他在答应去荆州以前还唱了两句摇板：“要往荆州不能够，岂与奸贼做马牛！”以及一段表现自己思想斗争的二六。最后他唱“事到头来无奈何”，才表示愿赴荆州。就舞台演出的气氛看，观众还是感到有压力在“挟持”着祢衡的。末句的“愿死他乡做鬼魔”，明明是祢衡已经看穿曹操借刀杀人的把戏，而黄裳先生竟说这是同胡适的“拼命向前”一样，简直有点厚诬古人了。

五　结尾

我觉得，要给历史人物以正确评价，要对历史人物进行分析批判，应该是非常慎重而缜密的事。实事求是的方法，平心静气的态度，是治学问起码的条件。我们既不能用批评现代人的标准来苛责古人，也不能毫无保留地对古人全盘肯定。更应引为大忌的是，不能单从个人兴趣出发，以一己主观的好恶来随意臧否历史人物：或用嬉笑怒骂的态度对古人乱加贬斥，或对古人寄予一些无原则的同情。如果我们不认真负责地来做这件工作，不但对古人无补，反会对今天的人民大众有害。这是值得我们三思的。

一九五三年末写讫

一九八一年初订正

论水浒人物卢俊义

作者按：此文脱稿于1963年，距今已历十六寒暑。在这漫长的岁月里，我曾几次就这篇肤浅而冗赘的东西进行反复思考，但结果却是：我在这篇东西中所持的观点依然没有改变。今天，我想我应该本着既敢于坚持真理，又不怕接受批评的精神，让这篇久藏箧底的所谓“论文”有一次接受群众检验的机会了。因此完全保留它原来面目，不做任何修改，使它公之于世：知我罪我，是在广大读者。1979年2月记于北京。

作为古典小说，《水浒传》是我国文学史上第一部反映农民起义的鸿篇巨制。它艺术地概括了中国历史上农民起义从发生、发展直至失败的全部过程。作者在书中塑造了各种不同阶级出身，并且有深刻典型意义的起义英雄群像。通过这些起义英雄的生活遭遇，从不同角度揭示和证实了这样一点：由于阶级压迫使被压迫者不得不挺身起来反抗（即所谓“官逼民反”或“逼上梁山”），是造成封建社会农民起义的根本历史原因。但是，梁山英雄的起义事业到底失败了。受到当时社会生产力的限制和没有先进阶级对革命事业的领导，是封建社会农民起义失败的根本历史原因；然而，从《水浒传》中所描写的梁山义军失败的具体过程来看，在北宋王朝屡次征剿遭到挫败之后，梁山义军竟走上接受招安的错误道路，进而更同其他农民革命队伍自相残杀以致两败俱伤，终于被封建统治阶级瓦解、消灭——却是与梁山第一首领宋江（这也是《水浒传》作者所精心塑造的一个典型人物形象）所领导的错误政治路线分不开的。这就明显地反映了《水浒传》作者（假定是施耐庵）对农民起义问题的认识有着严重的阶级局限和时代局限。

在参加梁山义军的一百单八位头领中，卢俊义这个人物的出现是很晚的；而且比起鲁达、林冲、武松、李逵或宋江来，作者为他所费的笔墨确也不够充分。但是，卢俊义在梁山泊的地位却仅次于宋江，而且无论在政治方面的威望或在军事方面所负的责任，他都和宋江平分秋色——在忠义堂前，高悬绣字红旗二面，一书“山东呼保义”，一书“河北玉麒麟”；同时他和宋江又都是“梁山泊总兵都头领”。我们认为，这样一个“后来居上”的人物，对于决定梁山泊的命运是不可能不起作用的。本文即试图根据《水浒传》里有关的描写，从卢俊义的阶级出身、参加起义的思想基础，以及受招安前后与宋江错误思想的相互默契等方面，来分析这一艺术形象的思想意义。

一

从现存的材料看，在《水浒传》成书以前，民间关于卢俊义故事的流传并不很多。在龚开的《三十六人画赞》中，卢俊义被列在第三位。《大宋宣和遗事》中的李进义，应该是卢俊义这一人物的前身，他是“落草为寇”的十二指使中的首领。这些素材，可能为《水浒传》作者塑造卢俊义形象提供了一些原始依据，并决定这个人物在起义头领中的地位；但我们认为，这些并不是主要的因素。《水浒传》作者显然是有意识地把卢俊义当作一个“忠义无伦”“出身豪富”“才能出众”、虽受官僚迫害却依然效忠于赵宋王朝的典型正面人物来加以歌颂的。因此，作者把他安排在书中，作为梁山主要领袖之一，自有其特殊的思想意义。

由于卢俊义这一形象本身存在着严重的矛盾性和局限性（后面要着重分析），从艺术感染力来看，作者对这个人物的描写确实不够饱满。与卢俊义有关的一些篇幅，给读者的印象也确实不如描写鲁达、林冲、武松的那些章节来得深刻、强烈。由于作者的思想局限，他竟以同情和赞美的笔调描述了卢俊义身上某些应该批判的东西，因而削弱了这个人物形象的思想力量和艺术感染力量。这是在我们读作品时所以感到不满足的原因。但是，我们不能因此就忽视这一人物形象在梁山义军中所起的特定作用。并且我们认为，《水浒传》中卢俊义的性格，基本上还是完整统一的。作者描写他的思想发展过程，基本上是符合艺术真实和生活逻辑的，因而基本上也是符合现实主义创作方法的精神的。

卢俊义是河北大名府（宋代叫北京）的“第一等长者”（富豪），开着解库（当铺），放高利贷剥削平民。家里掌管财物出入的“行财管干”就有四五十个。他经常自己夸耀：“我自是北京财主”，“薄有家私”，“我家五代在北京住，谁不识得！”蔡福向李固索要贿赂时，说他是：“北京有名的卢员外。”这里的“有名”，当然不是指他的“棍棒无敌”，而是指他的“富豪之名”。由此可见，他是大名府的“剥削世家”。卢俊义不但经济上是剥削阶级上层人物，在思想意识上，也是封建制度的驯顺奴才和封建正统思想的积极拥护者。他以出身于剥削阶级的“家世门第”自豪，初见吴用，就踌躇满志地自我表白说：

卢某生于北京，长在豪富之家；祖宗无犯法之男，亲族无再婚之女；更兼俊义作事谨慎，非理不为，非财不取……（杨定见本《百二十回水浒》第六十一回。以下引文均据此书。一本“不取”下有“又无寸男为盗，亦无只女为非”二句）

这段话清楚地说明：卢俊义的家族血统是一支非常纯粹的地主之家的血统，卢本人也是恪遵封建礼教、坚决维护封建正统秩序的循规蹈矩的所谓“正派”人。卢俊义在被陷害以前的具体行动，正是他的阶级出身和思想意识的真实反映。

卢俊义在上山以前，是有他的人生理想的。他对吴用说，自己是一个“作事谨慎，非理不为，非财不取”的人，这就说明他是一个丝毫不敢背叛封建礼教的“正人君子”。他有一身超群出众的武艺，这正是他企图为封建王朝尽忠效力的本钱。在动身上泰安州以前，他对燕青明白表示，他要“特地去捉”“梁山泊那伙贼男女”，“把日前学成武艺显扬于天下，也算个男子大丈夫”。在路过梁山泊时，为封建王朝“建功立业”的思想支配着他，直接向梁山义军进行挑衅，在他的货车上挂起了四面白绢旗，上面写着："慷慨北京卢俊义，远驮货物离乡地；一心只要捉强人，那时方表男儿志。"李固等人劝他不要撩拨梁山泊，一心与农民义军为敌的卢俊义却过高地估计自己的力量，完全不听劝告，同时也更加明显地暴露了他的地主阶级的面目——

> 卢俊义喝道："你省的甚么！这等燕雀，安敢和鸿鹄厮并！我思量平生学的一身本事，不曾逢着买主，今日幸然逢此机会，不就这里发卖，更待何时！我那车子上叉袋里，已准备下一袋熟麻索（金圣叹本此句下夹批：可知……不是为趋吉避凶之计，写卢员外精神过人），倘或这贼们当死合亡，撞在我手里，一朴刀一个砍翻，你们众人，与我便缚在车子上。撇了货物不打紧，且收拾车子捉人（金本夹批：可知此行不为买卖而来，真乃写得精神过人），把这贼首解上京师，请功受赏，方表我平生之愿。若你们一个不肯去的，只就这里把你们先杀了。"（同上，金圣叹批本文字略有出入）

牢固地站在封建统治阶级立场的反动文人金圣叹对卢俊义这种"精神过人"的表现是非常赞许的。除了他在夹批的赞语中点出卢俊义这次离家的目的不专为“趋吉避凶”而另有他的“平生之愿”，在这一回的总批里也说明了卢俊义所抱负的“鸿鹄之志”是什么具体内容：“写卢员外……之一片雄心、浑身绝艺无可出脱，而忽然受算命先生之所感触，因拟一试之于梁山……写英雄员外正应作如此笔墨，方有气势。”可见卢俊义这个“英雄员外”，正是把封建统治阶级提出的人生理想——“学成文武艺，货与帝王家”——当作自己的行动指南的。而且卢俊义表现得格外狂妄，他进一步要凭着自己的“一身本事”，竟单枪匹马地去镇压梁山义军，然后向封建统治者去“请功受赏”，以遂其“大丈夫”的“鸿鹄之志”。

在这种思想支配之下，他对于农民革命自然是深恶痛绝、誓不两立的。梁山泊上许多头领，都是被俘虏的军官，他们在上山前都是镇压农民起义的反动将领。但卢俊义和他们还有所不同。这些军官的反动意识和他们的职业性质融合为一，不管他们自己的想法如何，他们的职业就是“搜捕”、镇压农民义军。他们同梁山作对，是“奉命完成任务”。他们职业的反动性质，决定了他们必须执行封建王朝的命令，与人民为敌。而卢俊义与梁山为敌，对义军的极端藐视，却纯粹出于自觉的反动阶级本质。他不在反动政权中担任任何职务，也没有人指挥命令他这样做。促使他与梁山为敌的动力，只是他自己根深蒂固的地主阶级感情。所以他的反革命行为，是以单枪匹马的面目出现的，是自觉自愿的，因而态度也非常坚决、狂妄。但是，螳臂不能挡车，卢俊义在梁山英雄既定的部署下很快就当了俘虏。被擒上山后，宋江随即请他“为山寨之主”。他一再地坚决拒绝：“宁就死亡，实难从命”，“生为大宋人，死为大宋鬼，宁死实难听从！”在一百单八将中，曾经与梁山为敌、被俘后却坚决不肯入伙的，卢俊义是唯一的一个（在卢俊义之前，还有一人曾拒绝入伙，这就是后来坐第一把交椅的呼保义宋江。这不能不使人深思）。《水浒传》作者在刻画卢俊义的这种性格时，是非常真实、深刻的。

卢俊义在被俘以后，不但态度十分顽固，拒绝入伙；而且对自己家族的“声誉”还十分珍惜，对封建秩序更丝毫不敢背叛。尤其表现得鄙俗的，是时时刻刻不忘自己是个财主，在宋江等人面前一再夸耀：“小可身无罪累，颇有些少家私”“非是卢某说口，金帛钱财，家中颇有。”这说明在卢俊义思想深处对自己的剥削享乐生活是恋恋不舍并且引以自豪的，对自己既得的阶级利益更是牢牢维护，一点也不肯放弃。而对于封建法制、封建政权以及自己本阶级里面的人，却表示了极大的信赖。这是他所以坚持非回家不可的原因。从梁山回家，路遇燕青，告诉他家庭出了变故，苦劝他不要回家。燕青本来是卢俊义最宠信的奴隶，平日是言听计从的；可是一到紧要关头，卢俊义就充分暴露出他的阶级偏见：“我的娘子不是这般人，你这厮休来放屁！”在奴隶和家族之间，卢俊义当然只相信后者。至于不相信李固竟敢霸占他的妻子和家产，倒不是对李固特别信任，而是由于“我家五代在北京住，谁不识得！量李固有几颗头，敢做恁般勾当！”卢俊义终于自己撞进封建统治阶级布置下的天罗地网，正是由于他被阶级偏见蒙蔽了眼睛，使他不能清醒地认识现实；由于他对封建法制充满了幻想，过分相信阶级地位会对自己有所保障的结果。

燕青痛哭，拜倒地下，拖住主人衣服。卢俊义一脚踢倒燕青，大踏步便入城来。（第六十二回）

这一细节看似平常，但在刻画卢俊义的阶级性格上，却是生动的一笔。

尽管卢俊义在梁山泊寨中一再表示“宁死不屈”，态度十分死硬顽固；可是在梁中书留守司的堂上却表现得那样温顺、屈辱，带着一副可怜相。上堂以后，首先申诉：“小人一时愚蠢，被梁山泊吴用，假做卖卦先生来家，口出讹言，煽惑良心，掇赚到梁山泊，软监了两个多月。今日幸得脱身归家，并无歹意，望恩相明镜。”等到申诉不通，就“跪在厅下，叫起屈来”。最后被梁中书严刑逼供，“打熬不过”，只好“仰天（金批本作‘伏地’）叹曰：‘是我命中合当横死，我今屈招了罢！”（第六十二回）连一句反抗的硬话都没有。就在同一回书里，作者用惊心动魄的笔触，精彩地描写了拚命三郎石秀为救卢俊义而跳酒楼、劫法场、奋不顾身、英勇果敢的行动。下层平民出身，受过革命锻炼的石秀，和卢俊义成了鲜明强烈的对比。卢俊义是单枪匹马与梁山为敌，目的只是为了向封建统治者“请功受赏”，求得个人“显扬于天下”；石秀也是在敌我力量悬殊的形势下孤身奋战，但斗争的矛头却指向封建官僚政权，而目的又是这样光明磊落——为了执行梁山命令，打击敌人气焰，表现了无畏无私、舍身救人的英雄气概。尤其是被捕之后，在同一个留守司公堂上，请看石秀是怎样对待梁中书的：

> 石秀押在厅下，睁圆怪眼，高声大骂：“你这败坏国家、害百姓的贼！我听着哥哥将令：早晚便引军来，打你城子，踏为平地，把你砍做三截！先教老爷来和你们说知。”石秀在厅前千贼万贼价骂，厅上众人都吓呆了。（第六十三回）

这是石破天惊的豪言壮语，这是凛然无畏的革命气魄！梁中书慑于这种气势，不禁感到自己的猥琐渺小，在“沉吟半晌”之后，竟连刑也没有动，就把石秀收监了。对于反动的敌人就是这样：你怕他，他就张牙舞爪，发狠行凶；你敢于向他斗争，他反倒显得阘茸气馁，一味逡巡退缩了。卢俊义和石秀在公堂上的两种态度，正是两种阶级性格的明显对比。

卢俊义不但在封建官僚面前低首下心，屈打成招；就在那些狐假虎威的下层爪牙面前，也表现得怯懦软弱，十分没有骨气。梁中书把他刺配沙门岛，押送他的公差董超薛霸受了李固的贿赂，收拾包裹，连夜起身。卢俊义先是恳求说：“小人今日受刑，杖疮疼痛，容在明日上路。”被薛霸骂了一顿。卢俊义不死心，继续央告：“念小人负屈含冤，上下看觑则个！”又被董超骂了一顿。最后只好“忍气吞声”，乖乖地随着上路。一路上更是逆来顺受，吃尽苦头。甚至遭到董、薛谋害，被燕青救了性命以后，仍旧毫无主见，首先考虑的还是“射死这两个公人，这罪越添得重了”。如果不是燕青强调“今日不上梁山泊时，别无去处”（第六十二回），卢俊义自己是不会想到走这条路的。卢俊义不是普通人，他有“一身好武艺”，是个“棍棒天下无对”的好汉。论起他的武艺，不比武松差。可是把他对待公差低声下气的态度来和武松发配时的情形相比，我们就可以看出：具有不同阶级性格和阶级意识的人，在对待同一事件上，也是迥不相侔的。卢俊义上山前这一切言行和他待人处世的表现，正是由他的阶级性格和阶级意识所决定的。

二

根据以上的分析，卢俊义参加农民起义队伍的可能性显然是非常少的。但他又是怎样上了梁山的呢？

我个人认为：卢俊义所以上梁山，主要是由于封建王朝统治集团极端反动腐朽，在阶级矛盾日益尖锐、日益深刻的影响下，统治阶级内部矛盾也日益加深，终于急剧分化的结果。

《水浒传》所描写的历史环境是北宋末年，当时在位的皇帝宋徽宗赵佶，是一个极度骄奢淫逸、昏聩腐朽的家伙。他所宠信的执政大官僚如蔡京、高俅、童贯等，在他的庇护下更是穷奢极欲，拼命搜刮，对人民的剥削残害，无所不用其极。由于政治上的黑暗腐败，民不聊生，阶级矛盾自然日益尖锐，日益深刻。《水浒传》里所展示的大大小小的农民义军，便是最清楚的说明。与此相应，统治阶级内部分化也日益显著。这些大官僚、大地主为了维护既得利益，植党营私、排斥异己，结成了一个上下其手、狼狈为奸的官僚统治集团。我们只看《水浒传》里出现的贪官酷吏，大都同蔡京、高俅有密切瓜葛[①]，就雄辩地说明了这一历史现实。在这种极端黑暗腐败的封建统治之下，在这一批无恶不作、唯利是图的官僚的压榨迫害之下，统治阶级中一部分"在野"的，或不得势而受排挤的人，就愈来愈多地分化出来，有的甚至被迫背叛了自己的阶级，参加了农民起义队伍，反抗封建王朝的压迫。如林冲是禁军教头，杨志是世袭军官，柴进是没落王孙，宋江是中小地主，都由于某种原因遭到诬陷和迫害而参加了梁山义军，走上反抗的道路。另外，据历史记载，宋代自开国以来，从赵匡胤"杯酒释兵权"开始，就采取重文轻武的专制政策，武职将领一直受着文臣（所谓士大夫）的等级歧视。因此，历史上出现了北宋的潘美嫉贤，陷害杨业[②]，和南宋的秦桧卖国，冤杀岳飞。而在文学作品《水浒传》中，则表现为

---

① 如江州蔡九知府是蔡京的儿子，大名梁中书是蔡京的女婿，华州贺太守是蔡京的门生，高唐州知府高廉是高俅的堂弟等。

② 参看清俞樾《春在堂随笔》和近人余嘉锡《杨家将故事考信录》。后者见于一九六三年中华书局出版的《余嘉锡论学杂著》。

大批的武官在蔡京、高俅窃踞统治阶级垄断地位的情况下走上了梁山。就连清风寨的文知寨刘高，也对武知寨花荣表示了极不平等的歧视和进行了蛮横无理的欺压。这一切，都是由于阶级矛盾日益尖锐、日益深刻所导致的统治阶级内部日益分化的结果。

卢俊义是大富豪、头号高利贷者，固然是剥削阶级中的上层人物。但比起封建官僚和一般地主阶级来，他却有其独具的特点。第一，他虽富而不贵，有钱而无势，也就是说，他并没有利用财富爬进封建官僚统治集团中去，还是一个“在野”的“安善良民”。第二，他“奉公守法”“非理不为，非财不取”。这应该理解为：他积极拥护封建制度，恪守当时社会秩序；他通过开当铺来剥削人民的巨量财物，在当时社会乃是“合理合法”的“将本图利”。这既不同于明目张胆的横行霸道（如殷天锡）或瞒心昧己的巧取豪夺（如毛太公），更不同于贪官酷吏或土豪劣绅那样直接对人民进行残酷剥削和迫害（如梁中书的搜刮民财向蔡京献生辰纲，西门庆的奸占潘金莲），甚至双手沾满了淋漓鲜血（如高俅害林冲、西门庆害武大）。所以卢俊义在剥削阶级的行列中，还得算是个“安分守己”的“正派”人。这也正是卢俊义在社会上享有一定声望的原因之一。第三，他一面养尊处优，吃剥削饭；但另一面他又有全身武艺，“棍棒天下无对”，只知“打熬气力”而不爱沉湎于声色狗马之中（如西门庆、贺太守）。因此在那些荒淫无耻、糜烂堕落的财主堆里，别具一副特殊面貌。

正因为他只富而不贵，多财而乏势，不同官府勾结，不直接用“非法”的手段去鱼肉乡里，所以和大权在握的封建官僚还有一定的距离。像梁中书和卢俊义，一个在留守司做官，一个在北京城当财主，平时没有利害冲突，阶级利益一致，他们是可以一鼻孔出气的。财主凭借封建政权进行“合理合法”的剥削，官僚也维护财主的利益以巩固其封建统治，因而把财主当作可靠的“安善良民”。一旦发生利害矛盾，情况就不同了。当李固向梁中书首告，卢俊义已在梁山坐了第二把交椅的时候，身为封建官僚的梁中书，为了保护自己的阶级利益（特别是当时梁山声势已十分浩大，斗争形势十分尖锐，就更促使他加强了反动的阶级警觉），当然要对卢俊义立时翻脸，进行迫害，而且采取“先下手为强”的办法，“宁可错拿，不可错放”了。因为这时他已认为卢俊义不再是“良善”之辈，倘不及时镇压，就必然要妨碍自己切身利益，影响王朝统治政权。统治者是宁可牺牲一个家私万贯的大富豪，也不肯轻易放过一个横被“强盗”之名的嫌疑犯的。何况在陷害卢俊义的过程中，梁中书不仅为封建统治阶级“名正言顺”地除了“害”，而且自己还从中得了“利”，可以更加肆无忌惮地用卢俊义的家产填充自己的宦囊欲壑，他又何乐而不为呢！卢俊义被妻子和李固陷害，在梁中书严刑拷问下造成冤狱的情节，充分反映了当时封建官僚集团的黑暗贪暴，以及他们对人们压榨迫害的范围广泛到什么程度。正是由于这种情形，才迫使像卢俊义这样几乎不可能上山“造反”的人物，最后也上了山，造了反，从统治阶级内部分化了出来。反过来看，连卢俊义这样的人都参加了农民起义的行列，那么封建王朝的黑暗腐朽已达到何种程度，也就可想而知了。

封建迫害的范围愈广泛，从统治阶级内部分化出来的人数也愈多；与此相适应，农民义军的力量也就愈加壮大，革命形势当然也愈来愈发展。梁山泊争取卢俊义上山，无疑是为了扩大政治影响。但有一点却值得注意：只有在革命形势发展到一定阶段，像卢俊义这样的人物才有可能被争取上山。这是客观形势发展的必然结果。我们只看：争取卢俊义不是在梁山泊初具规模，星火初燃，义军力量尚未壮大的时候，而是在梁山泊日益兴盛，已经有了巩固的武装基础和广泛的社会影响的时候，就可以从侧面证实这一点。总之，卢俊义的被迫上山，既反映了封建政权的极端黑暗腐败和统治阶级内部的分崩离析，也反映了农民革命影响的日益扩大和参加起义队伍的成分日形复杂。

梁山泊为什么要费那么大的气力争取卢俊义上山呢？作者在书中没有给我们多少正面的回答。第六十回末尾，宋江、吴用在听到大圆和尚谈起“河北玉麒麟”之后，曾有这样一段对话：

> 宋江、吴用听了，猛然省起，说道：“你看我们未老，却恁地忘事！北京城里是有个卢大员外，双名俊义，绰号玉麒麟，是河北三绝。祖居北京人氏，一身好武艺，棍棒天下无对。梁山泊寨中若得此人时，何怕官军缉捕，岂愁兵马来临！”吴用笑道：“哥哥何故自丧志气！若要此人上山，有何难哉！”宋江答道：“他是北京大名府第一等长者，如何能勾得他来落草？”吴学究道：“吴用也在心多时了，不想一向忘却。小生略施小计，便教本人上山。”

从表面理解，“山寨中若得此人时”，就不怕“官军缉捕”“岂愁兵马来临”，好像宋江等人只看重了卢俊义的武艺。可是，在经过几番周折，卢俊义终于上山之后，寸功未立，就让他坐了第二把交椅。到“排座次”时，无论是忠义堂前的旗号还是实际的职务，卢的地位绝不低于宋江，其声威权势且远远高出于上山最早的林冲、花荣之上。这就不单纯是武艺高强与否的问题了。

根据书中具体描写，我们可以看到最热衷于争取卢俊义的是宋江。宋江在晁盖死后，已正式成为山寨之主，对梁山的革命事业应该有个通盘打算。从宋江的言行中可以看出，他一方面要求扩充义军队伍，希望壮大革命力量；另一方面却又时时刻刻不忘接受“朝廷的招安”。可见在宋江的思想意识中，既有反抗封建统治的革命的、正确的一面，又有对最高统治者——皇帝——抱有幻想的反动的、错误的一面。因此，他既要争取一些新的英雄人物上山，同时又希望这些新上山的人物能在思想上和他有默契，以便在执行政策时对他表示支持和拥护。这样，卢俊义就成为宋江正式坐了梁山泊第一把交椅后第一个争取的对象。

如前所述，像卢俊义这样的“剥削世家”和循规蹈矩的“正派”人物都能上山“造反”，这对于封建统治阶级内部的一些“在野”的上层分子，无疑是一个巨大的震动。就是对于争取其他的起义者，也会有一定的鼓动作用。因此，大力争取卢俊义上山，既可以分化统治阶级，又可以给梁山增加一些号召力，从而在一定程度上扩大了政治影响。从梁山义军发展形势的客观要求，“勾得”卢俊义前来“落草”，是完全必要的。

但更主要的还是和宋江的整个政治路线有关系。希望“招安”是贯穿在宋江全部政治路线之中的主导思想。很显然，义军队伍中像卢俊义这样阶级出身、思想意识的人愈多，在将来接受“招安”时，阻碍也就愈少。卢俊义刚一上山，宋江就要将第一把交椅让给他。那还远在卢俊义活捉史文恭以前，可见并非专为遵照晁盖的遗嘱办事。这是因为在宋江的心目中，确实感到卢俊义比自己“出身好”“社会地位高”“有威信”，可以利用他的这一切，来达到将来争取受“招安”的目的。从宋江对卢俊义的卑逊态度中，我们冷眼看到了宋江思想上的严重局限。也正是由于这个道理，梁山英雄才在宋江大力主持下想尽各种办法把卢俊义争取上山。

单靠“争取”，卢俊义是不会死心塌地地上山的。这从卢俊义被梁山俘虏后坚决不肯入伙的事实就看得很清楚。吴用说得好：“员外既然不肯，难道逼勒？只留得员外身，留不得员外心。”（第六十二回）只有在血淋淋的现实面前，才使得卢俊义的思想起了变化。他经常引以为自豪的“祖宗无犯法之男，亲族无再婚之女”的“清白”家庭，原来却是这样的污秽、丑恶。他的妻子勾搭上了李固，并且不惜公堂作证，凶狠地要置他于死地。这对他自己的那些吹嘘简直是无情的讽刺。他衷心维护的封建秩序，奉为圭臬的封建教条，以及寄予极大信赖的阶级门第，在封建官僚的迫害下，都不能给他以任何保障。卢俊义对于自己本阶级所抱的幻想，在残酷的现实面前彻底破产了。而在这生死关头，他所仇视的梁山英雄却采取了相反的态度，竭尽全力击溃了封建武装，从死亡线上把他救出来。这样，不管卢俊义情愿不情愿，除去上梁山，再没有第二条路可走了（可惜这方面作者写得很不充分，因此卢俊义的形象就远不如林冲的形象那样饱满）。

从现象看，卢俊义上山的因素有三：一、家庭变故；二、梁山争取；三、官府迫害。但最重要的因素还是官府迫害。如果没有梁中书贪污受贿、将无作有、严刑逼供，卢俊义是不会死心塌地上梁山的。所以说到底，还是“官逼民反”的结果。至于梁山泊通过吴用的“智赚”来大力争取，不过是利用了统治阶级内部矛盾而因势利导，只能算作促使卢俊义上山的一个外因罢了。

《水浒传》描写了很多“官逼民反”的历史现实。不过“民”的内涵较广，所包括的具体内容不同。官府对三阮的压榨，地主对二解的迫害，以及官僚对武松的诬陷，都是统治阶级对下层人民直接进行阶级压迫的现实反映。而对于林冲、柴进以及卢俊义等人的陷害，则属于统治阶级内部的矛盾冲突。被压迫者对于压迫者的反抗，其主动性达到什么程度，乃是他们阶级性格的具体考验。前一类人是下层人民，是劳动者，在被迫害时就表现了强烈的反抗精神；后一类人是“帝子神孙，富豪将吏”，是上层社会中各种类型的代表人物，因而在被迫害时就表现了不同程度的容忍妥协、逆来顺受、犹豫动摇以及对封建统治阶级抱有幻想等阶级性格特征（当然这也不可一概而论，如晁盖与宋江、卢俊义的表现就不一样）。《水浒传》作者相当真实地描写了卢俊义被逼上梁山的经过，刻画了这个人物的阶级性格，从而由侧面反映了封建社会另一种类型的“官逼民反”的历史现实，同时也展示出在阶级斗争的大风暴中，统治阶级内部矛盾也趋于尖锐化的生活图景。

三

卢俊义一上山，宋江就“再三拜请”，要卢俊义坐第一把交椅。当时李逵和武松就表示了反对的意见——

只见李逵道："哥哥若让别人做山寨之主，我便杀将起来！"武松道："哥哥只管让来让去，让得弟兄们心肠冷了。"（第六十七回）

在这种形势下，卢俊义当然非常不安——

卢俊义慌忙拜道："若是兄长苦苦相让，着卢某安身不牢。"（同上）

最后吴用出来打圆场："且教卢员外……安歇，宾客相待。等日后有功，却再让位。"才算把僵局暂时缓和下来。

等到打破曾头市，卢俊义擒住史文恭，给晁盖报了仇。为了第一把交椅应该由谁坐的问题，在梁山义军内部展开了一场正面争论——

宋江就忠义堂上，与众弟兄商议立梁山泊之主。吴用便道："兄长为尊，卢员外为次，其余众弟兄，各依旧位。"宋江道："向者晁天王遗言：'但有人捉得史文恭者，不拣是谁，便为梁山泊之主。'今日卢员外生擒此贼，赴山祭献晁兄，报仇雪恨，正当为尊，不必多说。”卢俊义道：“小弟德薄才疏，怎敢承当此位！……”宋江道：“非宋某多谦，有三件不如员外处。第一件，宋江身材黑矮，貌拙才疏；员外堂堂一表，凛凛一躯，有贵人之相。第二件，宋江出身小吏，犯罪在逃，感蒙众弟兄不弃，暂居尊位；员外生于富贵之家，长有豪杰之誉（一本作‘员外出身豪杰之子，又无至恶之名’），虽然有些凶险，累蒙天佑。第三件，宋江文不能安邦，武又不能附众，手无缚鸡之力，身无寸箭之功；员外力敌万人，通今博古，天下谁不望风而服。尊兄有如此才德，正当为山寨之主。他时归顺朝廷，建功立业，官爵升迁，能使弟兄们尽生光彩。宋江主张已定，体得推托。”卢俊义拜于地下，说道：“……卢某宁死，实难从命。”吴用劝道：“兄长为尊，卢员外为次，人皆所伏。兄长若如是再三推让，恐冷了众人之心。”原来吴用已把眼视众人，故出此语。只见黑旋风李逵大叫道：“我在江州舍身拼命，跟将你来。众人都饶让你一步，我自天也不怕！你只管让来让去做甚鸟！我便杀将起来，各自散火！”武松……也发作叫道：“哥哥手下许多军官，受朝廷诰命的，也只是让哥哥，如何肯从别人？”刘唐便道：“我们起初七个上山，那时便有让哥哥为尊之意，今

日却要让别人！”鲁智深大叫道：“若还兄长推让别人，洒家们各自撒开！”（第六十八回）

宋江以晁盖的遗言为理由，要把梁山泊的首座让给卢俊义，从表面上看，乃是重视义气的表现，似亦未可厚非。但李逵等人公开反对宋江让位，却不单纯是为了与宋江个人之间的关系，也不能被认为是轻视晁盖遗言，而是由于以梁山的革命事业为重。宋江做梁山领袖，是经过实际考验的。尽管他时时刻刻不忘“归顺朝廷”，向往“招安”，但是从私放晁盖、梁山泊奠基创业开始，一直到“三打祝家庄”“踏平曾头市”，一系列事实都可以证明宋江是个有威信、有谋略、有军事才能和组织才能，对起义事业有过贡献的领袖。梁山泊实力日强，声势日大，同宋江的领导是分不开的。因此头领们对于起义军由谁领导的问题不能不十分重视。他们推戴宋江，正是由于信赖宋江的领导。把第一把交椅轻易让给初上山不久的大地主、大富商卢俊义，头领们不仅不甘心，而且也不放心。晁盖个人的遗嘱，卢俊义个人的功绩，甚至宋江个人的坚决举荐，都不能动摇头领们的坚定意志。因为反对让位的意见是从维护梁山整体利益的原则出发的。我们只看反对最激烈的人，恰好是李逵、鲁智深等几个革命性最坚定的人（甚至连打过圆场的吴用这时也公开站在反对的一边），就可以体会这个道理。这些人平时对宋江是衷心服膺的，但到了紧要关头，却公开提出反对意见。他们当然没有什么理论，但是他们真诚坦率，言辞虽激烈，态度却十分明朗，动机也非常光明磊落。他们既不怕得罪卢俊义，也不怕得罪宋江。

我们再看宋江所提出的让位的理由。宋江自称不如卢俊义的三个条件，第一条根本不成理由，甚至看起来十分可笑。第二、第三条却值得研究。所谓“员外生于富贵之家，长有豪杰之誉”“员外力敌万人，通今博古，天下谁不望风而服”，实际上都反映了宋江思想意识中的严重阶级局限。而“他时归顺朝廷，建功立业，官爵升迁，能使弟兄们尽生光彩”的提法，更是赤裸裸地暴露了宋江的错误政治路线。宋江所以竭力争取卢俊义上山，上山后又非把第一把交椅让出来不可，主要原因只在于，如果卢俊义这样的人当了“山寨之主”，对将来“归顺朝廷”是有利的。在这种思想支配之下，宋江自然不考虑起义事业的结果，反而想尽办法让出梁山泊的领导权。这同李逵、鲁智深、武松等人的思想无疑是针锋相对、格格不入的。所以这一场争论，实质上是两种政治路线的斗争，是把农民革命政权交给谁去领导的斗争。在这一场斗争里，宋江没有拗过群众的意见，仍旧坐了第一把交椅。[①]但是，由于作者的严重思想局限，却把李逵、鲁智深、武松等人的形象和性格给歪曲了，使他们非但不能认识到宋江本人就是错误路线的引导人和执行者，即使宋江才能再大、威望再高也不能弥补或抵消他引导和执行错误路线这一根本性缺陷；相反，还让他们对宋江表示了誓死不贰的忠

---

① 《水浒传》作者在这一段情节以后没有马上就写“排座次”，而是加入了一个插曲：宋江和卢俊义用拈阄的办法决定分头去打东平府和东昌府，谁先得胜，谁就坐第一把交椅。“调拨人马”的工作是由宋江传令安排的，他把一向视为自己左膀右臂的吴用、公孙胜都派给了卢俊义；卢俊义部下的战将比起宋江自己所率领的也有过之无不及。这样做的用意很明显，还是“让位”的思想在支配着宋江。第七十回开始，当宋江听到卢俊义打东昌府失利时，曾有一段自白：

> 宋江见说了，叹曰：“卢俊义直如此无缘！特地教吴学究、公孙胜帮他，只想要他见阵成功，山寨中也好眉目（金批本作‘坐这第一把交椅’），谁想又逢敌手！”

宋江的这个愿望终于未能实现，最后还是在宋江的指挥下打下了东昌府。我们认为，这个插曲也是有意义的。从故事叙述中可以看出：以吴用、公孙胜为代表的梁山头领，在这一战役中并没有为卢俊义尽全力。卢俊义出兵迎敌，只伤了郝思文、项充二将，吴用就派白胜去向宋江求救；及至宋江兵到，却有十五员将领奋勇争先，同张清厮杀。最后“弃粮擒壮士”的计谋，是吴用策划，并由公孙胜配合进行的。而在宋江未到时他们却没有发表什么意见。这说明初上山的卢俊义远不及宋江有群众基础。人心所向决定了宋江在梁山的领导权。金圣叹对这一点是有认识的，但其结论却认为这是宋江有意不让卢俊义成功，则是错误的。当然，作者这样写，也受宿命论观点的支配，正如吴用所说，究竟谁坐第一把交椅要“听从天命”。不过从书中具体描写看，卢俊义之“必不得与宋江争也”（金圣叹语），却是“虽曰天命，岂非人事哉”。

心。因此全书发展到“排座次”之后，在当时历史的局限之下，在宋江具体的错误领导之下，梁山义军到底没有逃开毁灭性的悲剧结局。①

《水浒传》作者通过这一段情节——宋江和卢俊义的关系，宋江和李逵等人的思想冲突，给我们揭示了梁山义军内部尖锐矛盾的实质（两条政治路线的斗争），也暗示给我们：梁山英雄这时已经逐步走上了无可避免的悲剧结局的道路。

四

卢俊义虽没有坐第一把交椅，但坐了地位仅次于宋江的第二把交椅。对于宋江来说，在走“招安”路线方面确实增添了一个有力的支持者和赞助者。尽管作者在后半部没有用更多的篇幅来描写卢俊义对宋江的正面支持，但还是有线索可寻的。

简本（一百一十五回本）《水浒传》第一百零一回中有这

---

① 芥子园本《水浒》第六十七回，在宋江让位给卢俊义时，眉批云：“死晁天王山寨不知无主，让卢员外兄弟反欲相争，可见同德推尊自有最胜，众心归向必无二人。”杨定见本第六十八回末亦有总评云：“众人十分拥戴宋江而江愈谦让，所以英雄帖服，豪杰归心。”这些从不同角度提出的意见，都可供参考。

样一段描写。征王庆的途中，卢俊义对宋江曾明白地吐露出自己在受“招安”以后蕴藏了很久的肺腑之言：

> 男儿之志，在于四方。卢某自北京被难之后，得蒙仁兄援力相救，上山同兴大义。幸今皇上降诏招安，乃得与朝廷出力，征讨四方。今当取封侯，立功名；而不酬其志，则平昔所学，岂不徒然！

征王庆虽是续书，但这段话却符合卢俊义的思想发展逻辑。卢俊义上山以后虽很少发表意见，但内心是充满了矛盾的。他人虽被迫上了山，他的人生理想却并未因参加梁山义军而彻底改变。他并不甘心终身做一个梁山头领，其最终目的也和宋江一样，仍旧是幻想“归顺朝廷，建功立业”，最后博得个“封妻荫子，官爵升迁”。如果说上引的一段话出于续书不尽足凭，那么再看杨定见本第一百十九回的描写，也可以“思过半矣”。

征方腊以后，由于起义军自相残杀，梁山队伍已经土崩瓦解，面临悲惨的结局。一百单八将只剩下三十六人，而且病的病，死的死，十分暗淡凄凉。鲁智深在杭州“坐化”，武松也预感不妙，抽身隐退了。就在这时，奴隶出身的燕青也来劝卢俊义“纳还官诰”“寻个僻静去处，以终天年”。可是卢俊义丝毫不省悟，反而回答燕青道：

> 自从梁山泊归顺宋朝以来，俺弟兄们身经百战（一本此句作“北破辽兵，南征方腊”），动劳不易，边塞苦楚，弟兄损折，幸存我一家二人性命（指他自己和燕青）。正要衣锦还乡，图个封妻荫子，你如何却寻这等没结果？

尽管燕青再三苦劝，用韩信、英布等人相比，可是卢俊义竟自忘了血的教训，仍旧对封建王朝充满了幻想，认为：“我不曾存半点异心，朝廷如何负我？”这充分暴露了卢俊义严重的阶级局限，不但对封建统治者丧失了警觉，而且灵魂深处追求功名富贵的庸俗鄙陋的思想意识也完全展现出来了。这一套想法同他上山以前的人生理想正是一脉相承的。

自“梁山泊英雄排座次”以后，由于客观形势的发展，在对待“招安”问题上，义军内部开始不断发生矛盾。以宋江为代表的投降派，就同李逵、鲁智深、武松等反对“招安”派发生了正面冲突。李逵为了反对“招安”，甚至激烈到“一脚把桌子踢起，攧做粉碎”（第七十一回）。等到陈宗善第一次来梁山泊招安时（第七十五回），具有两种不同思想倾向的人，表现了截然相反的态度。宋江一派的人卑躬屈节，委曲求全，尽量容忍对方的轻蔑和侮辱；反对派中如阮小七、李逵、鲁智深、武松等人，就采取了提高警惕、不合作、反抗屈辱的行动，直至公开揭露封建统治者的阴谋和进行针锋相对的斗争。在这一次揭露假招安的斗争里，反对派占了优势，连剥削阶级出身的人（如穆弘），最后也都站到反对招安的这一面来。这一场政治骗局，在反对派猛烈攻击之下，终于被粉碎了。然而，即使真相已经大白，宋江在陈宗善被赶跑以后，还是忍不住埋怨大家："虽是朝廷诏旨不明，你们众人也忒性躁。"真是惋惜遗憾之情，溢于言表，连吴用都听不过，批评宋江太"执迷"了（第七十五回）。

在这一场斗争里，卢俊义的态度如何呢？作者没有记述他发表过什么言论，但是他有行动，而且倾向性很明确：

> 萧让却才读罢（诏书），宋江已下皆有怒色（应理解为除宋江外皆有怒色）；只见黑旋风李逵从梁上跳将下来，就萧让手里夺过诏书，扯的粉碎，便来揪住陈太尉，拽拳便打。此时宋江、卢俊义大横身抱住，那里肯放他下手。……宋江道："太尉且宽心，休想有半星儿差池。且取御酒，教众人沾恩。"随即……令裴宣取一瓶御

> 酒，倾在银酒海内，看时，却是村醪白酒。……众人见了，尽都骇然，一个个都走下堂去了。鲁智深提起铁禅杖，高声叫骂；……赤发鬼刘唐也挺着朴刀杀上来；行者武松掣出双戒刀；没遮拦穆弘、九纹龙史进一齐发作；六个水军头领都骂下关去了。宋江见不是话，横身在里面拦挡，急传将令，叫轿马护送太尉下山，休教伤犯。此时四下大小头领，一大半闹将起来。宋江、卢俊义只得亲身上马，将太尉并开诏一干人数护送下三关，再拜伏罪。……这一干人吓得屁滚尿流，飞奔济州去了。（第七十五回）

卢俊义在这次斗争里，并未单独出面说一句话，但他扮演的是什么角色，却十分明显。和宋江一起“大横身抱住”李逵的是他，和宋江一起“亲身上马”送走陈宗善、“护送下三关”“再拜伏罪”的又是他。可见他是不在“一大半闹将起来”的头领之内的。作为梁山主要负责人之一，卢俊义采取了与宋江和谐一致的行动。在力图委曲求全以争取“招安”这一点上，他和宋江之间是有长久的默契的。因此，他和宋江一样，在陈宗善面前，是以一种表示愿竭全力为王朝效忠的“正面人物”的姿态出现的。他和宋江的这种表现，又一次同李逵等反对“招安”的英雄们的行动形成鲜明、尖锐的对照。

卢俊义在做“员外”时一天也没有受过阶级压迫，相反，他对农民起义还十分仇视。他在极其被动的形势下勉强上了山，参加革命的思想基础显然十分薄弱而且很不稳固。上山以后，一直没有丢掉对统治阶级的幻想，因此也就无法成长为一个真正的农民革命的领袖。他成为宋江错误政治路线的“同路人”，是很自然的。这正是卢俊义的阶级出身、阶级意识和参加起义的思想基础太欠深厚所造成的必然结果。终于，在宋江和卢俊义坚持执行错误路线的影响下，导致了梁山义军失败的悲剧结局，同时也就毁灭了他们自己。

五

反动的封建文人金圣叹从仇视农民革命的反动立场出发，把《水浒传》第七十一回以后的情节全部删去，在结尾处添写了一段“卢俊义梁山惊恶梦”的情节。他的目的是：希望通过这段情节，让读者形象地看到梁山泊一百单八将都被统治阶级杀掉，然后才可能出现“天下太平”的局面。虽然金圣叹采用了做梦的象征性手法，但给人的印象却十分残酷阴森，并用以预示起义者的最后命运。这种对梁山英雄采取全部否定的态度，用心是非常恶毒的。但他选择了卢俊义作为“惊恶梦”情节的主角，却对我们分析卢俊义这个人物的阶级性格，在客观上起了一定的启发作用。

卢俊义上山之前，思想意识是那样反动顽固，对梁山是那样敌视，只是由于被封建统治阶级逼得走投无路才上的山。可是后来居上，在他上山不久“排座次”的时候，他不但坐了第二把交椅，而且还和宋江平分秋色，也当了“总兵都头领”。从大富豪一变而为阶下囚，又从封建统治阶级的阶下囚一跃而为义军领袖：这对当时的卢俊义来说，在他的人生道路上，变化是非常急剧的；在情绪上，也必然会引起一则以喜、一则以惧的强烈波动。在他上山之后的心理状态，很可能是矛盾丛生的。一方面由于客观形势的逼迫，不得不把梁山当作权且栖身之所；而另一方面，对革命本无足够的信心，自然也就不能安于长期“落草”的现状。其灵魂深处既惴慄于起义失败，自己受到“王法制裁”；又憧憬着那种“建功立业”“封妻荫子”的“美丽”幻想。因此，他一面盼望朝廷尽快“招安”，使自己早日恢复原来的社会地位，重新过安定“合法”的生活，一面又不免担心事情闹得太大，北宋王朝是否肯赦免自己所犯的“叛逆”罪行。在这一系列矛盾动摇的思想活动和忐忑不安的心理状态之下，卢俊义做出这样的“恶梦”是完全有可能的。

金圣叹的思想极为反动是不待言的；但他同时也具有敏锐的反动阶级嗅觉。凭着他尖锐的阶级敏感，一下子就找到像卢俊义这样思想基础不稳固、革命信心不坚定的人物——这正是符合他的需要，可以利用来编造“惊恶梦”情节的中心人物。很难设想，金圣叹会选取像李逵一类的人物来作为“惊恶梦”的主角。李逵只能一面高声叫骂，一面“轮起双斧”，以复仇之神的姿态在皇帝的梦里出现（杨定见本第一百二十回）。李逵强烈的阶级仇恨和无畏的革命气魄，使最高统治者在睡梦里都会吓得“浑身冷汗”。李逵的心中只有反抗到底和勇往直前，而没有投降和失败。卢俊义和李逵的阶级性格是完全不同的。这是《水浒传》作者塑造人物的成功之处。正如一切反动派善于寻找符合他们胃口的同路人一样，金圣叹以其敏锐的反动阶级嗅觉从反面给我们提供了识别阶级性格的线索。卢俊义“惊恶梦”的情节本身是一株毒草，金圣叹编造这一情节的动机和目的也肯定是极其反动的。不过我们却可以从中得到启发：卢俊义所以被金圣叹看中，正是由于这个人物形象本身具有严重阶级局限的缘故。

*　　　　*　　　　*

《水浒传》的作者（假定是施耐庵）既以高度的热情歌颂了梁山上许多英雄人物轰轰烈烈的革命斗争，描写了一支农民义军从发生到发展的宏伟图景；又以强烈的憎恨揭露了封建统治阶级自上而下一系列剥削人民、残害人民和镇压人民反抗的大大小小罪行。我们认为，如果作者没有亲身经历过农民起义的实际斗争，没有受过封建统治阶级血淋淋的迫害，是写不出这样一部巨著的。但是，书中同时也反映了作者严重的阶级局限和历史局限。在全书若干具体描写中，作者对封建王朝的皇帝抱有不切实际的幻想，表现了严重的“忠君”观念，从而把“招安”路线当成农民起义理想的出路，甚至在描写农民义军自相火并的时候竟然对自称帝号的义军领袖方腊进行诬蔑，根据封建正统观念诋毁他为“盗贼”，并用来同走投降路线的宋江等人的所谓“忠义”对立起来。这样一来，从“排座次”以后，作者就把农民义军反抗封建王朝的一场规模浩大的阶级斗争，转化为仅只是反对谗邪奸佞、贪官暴吏的斗争，从而模糊了阶级矛盾和统治阶级内部矛盾的界限。尽管作者在后半部书中写出了执行投降路线的惨痛下场，揭示了血淋淋的教训；但毕竟由于作者过分强调了“忠义”的“忠”，只反对蔡京、高俅等人而开脱了荒淫腐朽的首恶宋徽宗，并把宿元景等写成了正面人物，因此给这部古典名著的思想性和艺术性带来了很大的缺陷。而这种缺陷自然也影响到对卢俊义这一形象的塑造。

总之，对《水浒传》中卢俊义这样一个人物的分析和评价，正如对待《水浒传》本身一样，应该采取一分为二的看法：卢俊义既是一个被作者歌颂的正面人物，又是一个有着严重缺陷的艺术形象。作者基本上是把卢俊义放在典型的历史环境里，按照其阶级性格和真实的思想发展逻辑来描写的。用这个人物形象来揭露封建政权的黑暗残酷，来映衬农民起义的声势浩大，来表现统治阶级内部分化的具体过程和作为一个被分化出来的上层分子参加农民起义过程中的思想矛盾，以及最后仍不免遭到统治阶级的毒手，等等，是反映了一定的历史真实的。另外，这个形象的"第一等长者"身份，"忠义无伦"的阶级意识，"建功立业""封妻荫子"的人生理想，恰恰又成为支持和拥护宋江"招安"路线的思想基础。而梁山泊有了这样两个地主阶级出身的人（宋江和卢俊义）做"总兵都头领"，最后导致土崩瓦解的悲剧结局，也就不是偶然的了。但是，也必须指出，作者在描写卢俊义被逼上梁山的思想转变过程时，是不够充分、不够深刻的；尤其对卢俊义上山后的妥协动摇，和在投降路线上与宋江的默契一致，作者不但没有给予严正有力的批判，反而把某些言行当作"美德"来加以宣扬。这无论在思想或艺术方面，都是十分严重的缺陷。过去的评论家以为卢俊义这一人物是个失败的艺术形象，我以为其所以失败的主要原因正在这里。

《聊斋志异》简介*

《聊斋志异》（以下简称《志异》）是我国古代文言短篇小说中一部杰出的作品，两三百年以来，在社会上有很大影响。1962年中华书局出版的“会校、会注、会评”本《志异》，共收四百九十一篇，是目前最完善的一个本子，近年已由上海古籍出版社重印。

《志异》的作者蒲松龄（1640—1715），字留仙，号柳泉居士，“聊斋”是他的书斋的名称。他是山东淄川（今山东淄博市）人，出身商人小地主家庭。到蒲松龄这一辈，家道已经没落，由于“家贫不足自给”，在他三十一岁那年，曾到江苏高邮、宝应等地当了一年幕僚，这是他一生中唯一的一次远

---

* 这是笔者1972年至1973年间为北大中文系同学编写的讲义，未公开发表过。现收入本书，并以笔者1965年写的一篇短论作为附录。

游。他一生大部分时间是在蒙塾里教书，又比较熟悉农村生活，因此对一年到头受地主剥削压迫的劳苦农民和穷苦出身的知识分子都有一定的同情和了解。这在《志异》中是有明显反映的。

蒲松龄对功名很热衷，但他从十九岁进考场，考中了秀才之后，却一直没有再考取，直到七十一岁，才得了一个岁贡。科举的失意对他刺激很大，使他对封建社会中许多黑暗现实有了比较清醒的认识，也使他对科举制度的种种弊端和丑恶现象感到愤慨。由于仕途没有出路，他就把精力转到著书方面来。1679年春，《志异》已基本写成，因此他写定了一篇《志异自誌》。此后，他一直在不断修改、补充这部书，直到死前为止。

蒲松龄生于明末，经过改朝换代的大动乱，到了康熙年间，清王朝的统治已基本稳定。满族统治者采取了勾结汉族地主阶级共同镇压广大劳动人民的办法，思想统治是非常严密而恐怖的。为了避免清初严酷的文网，蒲松龄便借着写花妖狐魅的故事来抒写他自己的愤懑不平。他在《志异自誌》中说：

集腋为裘，妄续幽明之录（《幽明录》是南北朝时一部志怪小说）；浮白载笔，仅成孤愤之书：寄托如此，亦足悲矣！

寄托“孤愤”正是他写《志异》的真正目的。

但《志异》里面的故事有很多都是来自民间传说，群众创作的成分占有很大比重。《自誌》里说：

才非干宝，雅爱搜神（晋干宝编写过一部志怪小说叫《搜神记》）；情同黄州，喜人谈鬼（宋苏轼被贬到黄州后，总爱让别人讲鬼的故事给他听，别人说没有，苏轼就让他“姑妄言之”）。闻则命笔，遂以成编。久之，四方同人，又以邮筒相寄，因而物以好聚，所积益夥。

《志异》所以在很大程度上反映了当时的社会矛盾并且具有较高的艺术感染力，正由于其中的许多篇章都是在民间传说和群众创作的基础上加工而成的。

在《志异》的四百多篇作品中，有很大一部分是民主性的精华与封建性的糟粕杂糅在一起的，必须将其中封建性的腐朽反动的东西和在当时多少带有民主性与革命性的东西区别开来，然后加以批判和吸收。另外还有一小部分则纯属糟粕性质，应该完全否定。因此我们在读原书时必须进行审慎的抉择。

《志异》中除极少量的作品是写现实生活里的人和事外，绝大部分都是带有浓厚的幻想成分的狐鬼故事。在这些作品中，通过作者所塑造的各个艺术形象和所描绘的许多离奇情节，曲折地反映了封建社会现实生活中的各种矛盾和斗争。我们今天读《志异》，最有认识价值的，就是一批尖锐地揭露封建统治阶级对广大人民进行残酷压榨迫害的作品。这类作品在全书中并不占很大比重，但比较有代表性。如《促织》《席方平》《红玉》等都属于这方面写得相当成功的作品。此外如《向杲》《梦狼》《潞令》《冤狱》《王者》等篇，作者从不同角度暴露了大大小小封建统治者镇压人民、草菅人命的狰狞面目。蒲松龄在《梦狼》的结尾处曾大声疾呼："天下之官虎而吏狼者，比比（一个接一个）也！"这正是封建社会广大被剥削被压迫者有力的控诉和愤怒的呼声。

由于蒲松龄一生在科举功名上不得意，他对当时科举制度的许多黑暗和丑恶的现象是非常愤慨的，因而在《志异》中对此也进行了无情的抨击。对于当时封建知识分子因迷恋于科举功名而造成的思想精神上的堕落和道德品质的败坏，他都给予了批判和讽刺。他认为读书人所以考不中，是由于考场中的贿赂公行和考官的有眼无珠（《司文郎》《于去恶》），竟使一些被埋没的人才郁郁而死（《叶生》《司文郎》）。相反，一个考生从多少落卷中把根本不通的坏文章“连缀成文”，勉强记住了去应考，竟高中经魁（《贾奉雉》）。有人做梦也想着考科举，尽管家里穷得一无所有，可是在梦见他自己“高中”时却“大呼长班”，摆起了官架子（《王子安》）。这些犀利而辛辣的笔触揭示了封建科举制度毒害下的知识分子的丑恶灵魂。而这种嬉笑怒骂的文章正是出于蒲松龄一生出入考场的切身感受。

蒲松龄在上述两类作品中所反映出来的阶级局限是非常严重的。他对于科举，只反对受贿赂和不学无术的考官，却不反对为封建统治阶级培养统治人才的科举制度和专门束缚思想、毒害灵魂的八股文；对于封建社会，只反对社会上出现的种种黑暗丑恶现象，却不反对构成和维系整个社会的支柱和纪纲——封建道德伦理观念和森严的等级差别；对于封建统治阶级，只反对贪官污吏和土豪劣绅，却不反对最高统治者——皇帝。相反，他把希望和理想始终寄托在好皇帝、清官、识别真才的贤考官和慈善开明的地主这些人的身上，并且慨叹儒家所宣扬的一套所谓爱民如子的“仁政”和忠孝节义等封建教条的不能付诸实施。事实上，他正是封建社会的支柱和纪纲的一个真诚的维护者。比如在《促织》的篇末，蒲松龄有一段谴责封建统治阶级的评论：

天子偶用一物，未必不过此已忘；而奉行者即为定例。加以官贪吏虐，民日贴妇卖儿，更无休止。故天子一跬步，皆关民命，不可忽也。

尽管这段话所以被后来的刻本删掉，是由于作者触及了封建统治者的痛处，但实际上这里只是谴责了“奉行”皇帝命令的贪官暴吏，对“天子”本身只作了非常温和客气的规劝，并加以开脱。可见作者并没有把矛头直接指向封建最高统治者和吃人的剥削制度。而在《胭脂》《席方平》等篇中，作者所美化和歌颂的正面人物不过是那些清明的官僚和正直的神。这就充分说明蒲松龄的立场和世界观完全是属于封建地主阶级的，并没有超出几千年来正统儒家“民本”思想的范围和体系。他的出发点充其量也不过是为了发泄和寄托个人的“孤愤”，对于封建主义剥削制度和当时社会上所流行的封建意识形态（如礼教之类），他从来没有怀疑过。因此，每当他看到和写到现实社会中种种不合理现象的时候，他就把这一切委之于命运使然，从而在《志异》的绝大部分作品中随时随地都流露出一种无可奈何的命定论，并对一些安分守己、逆来顺受、甘心受命运摆布的人物加以肯定和宣扬。这显然对封建社会中被剥削被压迫者起了严重的麻痹作用，而不是鼓励他们起来反抗。由于他的美学观点的庸俗腐朽，他对八股文是醉心钻研、乐而忘返的，因此在《志异》中许多正面人物形象的身上总是流露出迂腐的头巾气。有些评论家认为蒲松龄具有像鲁迅那样“反戈一击”的精神，这无疑是很不恰当的。

《志异》中篇幅占比重最大的是那些以鬼狐与人相恋爱为题材的爱情故事；也有一些爱情故事只带部分虚幻情节，并不涉及狐鬼。这一大批以爱情婚姻为主题的狐鬼故事，大都具有冲破礼教堤防和等级差别、强调婚姻自主等进步内容。特别是有一些爱情婚姻故事与阶级矛盾和阶级斗争紧密相连，它们的思想内容就更有认识价值。如《红玉》和《张鸿渐》中的狐女，是同情和援助被迫害者的；又如《鸦头》和《细侯》中的两个女主人公都是被压迫的妓女，她们的行动是反抗迫害者的；再如《窦氏》，则是揭露地主阶级玩弄女性“始乱终弃”的罪恶行为的。而《王桂庵》一篇，则写纨绔子弟对待出身贫寒的女子，如果是真诚相爱，以平等身份相待，就可以被肯定；如果用金钱买笑的玩弄态度，那就要被否定并受到谴责。这些故事，都反映出作者的世界观中的若干进步因素，可以说是《志异》的精华所在。但在另一些故事中，作者或大力肯定男女主人公是情痴，实际上是宣扬剥削阶级的爱情至上；或对地主阶级腐朽享乐的生活方式表示艳羡，并大肆宣扬一夫多妻制，流毒很广；或由女主人公出面，以爱情作为鼓励男子考科举、求功名的动力，通过爱情的外衣吹嘘妻财子禄这一套地主阶级的庸俗思想。此外，作者还刻画了悍妇、妒妇等被歪曲了的女性形象，这实际上反映了作者男尊女卑的封建伦理观念。这些作品都应加以批判，甚至应完全否定。把它们也当作全书的精华加以推崇，显然是错误的。

这一切都与蒲松龄的地主阶级立场和天人感应的唯心主义世界观分不开。作者是迷信神仙佛祖的，他既承认妖术可以迷人害人，也相信法术可以救人降妖。在人与人的关系上，他更是个大讲因果报应的轮回论者和神秘主义者。为了使好人有好报，他不惜给许多有认识价值的篇章加上庸俗的尾巴，如《促织》中的成名最后成了家累千金的富翁；《席方平》中的席氏父子最后成了长命百岁的地主。为了写女子有“美德”，让佳人配才子，便不惜一再安排一夫多妻的情节作为作者所同情和歌颂的男女主人公的归宿。为了倾吐自己一生穷苦的怨气，作者便把发家致富、升官发财和世代簪缨作为最美好的愿望和理想，几乎在绝大部分的篇章里都不知疲倦地津津乐道。至于在作品中歪曲诬蔑农民起义为“盗”“贼”“寇”“乱”，强调忠、孝、节、义等封建伦理观念为做人处世的根本，肯定以男子为中心的等级观念等，更是作者维护封建秩序和保卫封建纪纲的具体表现。

中国古典小说是有着悠久的历史来源和艺术传统的。远古的许多神话和传说大都保存在先秦古籍里。战国时代，诸子百家争鸣，许多思想家和政治家在宣传他们比较深奥难懂的抽象理论和头绪纷繁的政治主张的同时，还讲了一些浅显易晓、美丽生动的故事，借以阐释他们所要说明的大道理。这些故事就是寓言。有不少寓言（如《庄子》中的“庖丁解牛”和《列子》中的“愚公移山”）是利用原有的神话和传说加工而成的，这就给后世的小说创作打开了一条门路。从两汉到六朝，小说大体上分为“志怪”“志人”两种。“志怪小说”除了一些荒诞神奇的故事外，还有很多宣扬因果报应、讲求长生不老等宗教迷信的东西。“志人小说”则属于野史范畴，以记载封建士大夫的“嘉言”“轶事”为主，但也有不少夸张虚构成分。到了唐代，封建文人就把这两种类型的作品从形式上加以扩大融合，写成有头有尾，既反映社会现实又饰以虚幻色彩的传奇小说。宋元以后，市人白话短篇小说和长篇讲史逐渐盛行，传奇和志怪日被淘汰。而到了清初蒲松龄的手中，《志异》一书就成为我国古代短篇小说的集大成者。鲁迅曾说《志异》是“用传奇法，而以志怪”，可见它在体裁上是既兼众长而又独树一帜的。其中不少有寄托、有寓意的作品，则是继承了古代寓言的传统。另外《志异》中还有一些篇幅短小的、大抵属于琐闻杂记之类，则是模仿“志怪”“志人”小说的产物。蒲松龄还在一篇故事的末尾往往附上大段议论，用“异史氏曰”的形式从正面发挥作者自己的观点，这显然是有意识地仿效我国古代史传文学的做法。总之，凡是过去短篇小说中所有的东西，《志异》里都有了，并有所发展和提高，这说明《志异》在小说发展历程中的艺术成就。

在《志异》的几百篇故事中，作者塑造了上百个有声有色的女性形象。这些人物形象既具有人类的各种阶级烙印，又赋有动植物的不同特征。鲁迅曾说蒲松龄写《志异》，“使花妖狐魅，多具人情，和易可亲，忘为异类：而又偶见鹘突（意外的变化），知复非人”。这说明作者成功地把幻想世界和现实社会在故事中融为一体，创造了各种瑰丽离奇而又生动新颖的艺术形象，给作品增加了吸引力和感染力。加以《志异》中的故事多采自民间传说，因此富有曲折的情节和惊险的场面。这对我们今天创作是有一定的启发和借鉴作用的。

从文言发展到白话，是我国语言进化的必然历程。而《志异》却是用文言写成的。不过《志异》所用的文言，特别是用于对话的文言，是我国白话小说已经流行了几百年以后的产物。它既不同于佶屈聱牙的古代书面语，也不同于明代以来封建文人死学古人的假古董，而是从口语加以提炼而成的。它虽不如口语鲜明浅显，却具有特殊风格，显得洗练凝缩，而又口吻毕肖。如果我们扬弃其故意用典和爱用生僻词汇的缺点，而吸取其精练的特色，对于学习运用祖国语言，也还是可以借鉴的。

〔附〕 从《促织》谈起

蒲松龄写的《促织》，是《聊斋志异》中的名篇。最近重读这篇故事，感到文章的可肯定处还在于揭露了封建统治阶级的罪恶。由于明宣宗朱瞻基（年号宣德）爱玩蟋蟀（即促织），竟使得故事中的主人公成名（姓“成”名“名”）几乎家破人亡。故事一开头是这样写的：

> 宣德间，宫中尚促织之戏，岁征民间。此物故非西产（中国西部的出产）；有华阴令欲媚上官，以一头进，试使斗而才，因责常供。令以责之里正。……里胥猾黠，假此科敛丁口，每责一头，辄倾数家之产。邑有成名者，……为人迂讷，遂为猾胥报充里正役，百计营谋不能

脱。不终岁，薄产累尽。会征促织，成不敢敛户口，而又无所赔偿，忧闷欲死。……宰（县令）严限追比；旬余，杖至百，两股间脓血流离，……转侧床头，惟思自尽。

为了皇帝的区区“促织之戏”，官府竟把老百姓打得“脓血流离”“惟思自尽”，已经够惨无人道了；但更严重的后果还在下面。故事写成名好不容易捉到一头“巨身修尾，青项金翅”的蟋蟀，“备极护爱，留待限期，以塞官责”。没想到成名的儿子只有九岁，“窥父不在，窃发盆”，蟋蟀“跃掷径出，迅不可捉。及扑入手，已股落腹裂，斯须就毙”。于是一幕惨绝人寰的悲剧发生了：

儿惧，啼告母。母闻之，面色灰死，大骂曰：“业（孽）根！死期至矣！而（尔）翁归，自与汝复算耳！”儿涕而出。未几成归，闻妻言，如被冰雪。怒索儿，儿渺然不知所往；既得其尸于井。因而化怒为悲，抢呼欲绝。

到这里为止，作者用犀利而酣畅的笔锋，把封建统治阶级的罪恶已揭露得相当深刻，爱憎感情鲜明而强烈地充满于字里行间。今天读了，还不禁使人动容发指。可惜作者对故事后半的处理采取了幻想式的手法，让成名的儿子的魂灵化成一只蟋蟀，不但让他父亲完了差、进了贡，而且还给家里挣来了大量家私。这固然体现了作者对被迫害者的同情，却也给整个故事带来了庸俗无聊的尾巴，从而冲淡了读者对封建统治者的仇恨。不过我们可以想到，在现实世界，小孩子投井自溺当然不能复生，而魂灵变蟋蟀更是荒诞无稽的鬼话。成名的命运究竟如何，也就可想而知了。

蒲松龄活在清初，用明初为背景来写这个故事，当然有他的用意。他曾用“异史氏”的名义对这个故事的主题作了发挥：

> 天子偶用一物，未必不过此已忘；而奉行者即为定例。加之官贪吏虐，民日贴妇卖儿，更无休止。故天子一跬步，皆关民命，不可忽也。（见影印抄本《聊斋志异》第二册）

其实这段话只是谴责了“奉行”皇帝命令的贪官暴吏，对“天子”本人仅作了非常客气的批评，并加以开脱。然而在刻本《聊斋志异》中却已将这几句“违碍”之言删去，只剩下羡慕成名“裘马扬扬”的话了。可见封建统治者对文化的钳束控制，原是无所不至的。更值得注意的是当时大官僚王士禛（字阮亭，号渔洋山人）的几句评语：

宣德治世，宣宗令主，其台阁大臣，又三杨（杨士奇、杨荣、杨溥）、蹇（义）、夏（原吉）诸老先生也，顾以草虫纤物，殃民至此耶？惜哉！抑传闻异辞耶？

轻轻数语，便把蒲松龄所揭露出来的封建统治者的严重罪行统统勾销了。皇帝是“好”皇帝，宰相是“好”宰相，哪里会因为小小蟋蟀而“殃民至此”呢？由于阶级本能使然，清朝的官僚即使对明朝最高统治者的罪恶活动，也要加以掩饰弥缝的。“可惜”得很，王士禛的主观臆测落了空，《促织》里所描写的故事背景并非出自虚构。明人朱国祯《涌幢小品》卷三十一中有一条说：

余祖月溪翁云：“蟋蟀瞿瞿叫，宣德皇帝要。”盖宣庙有此好，采之江南者。苏太守况钟被敕：“索千个，不许违误。”此宣德九年七月事也。

“蟋蟀瞿瞿叫”二语，显然是民间曾经流传过的谣谚。话虽简单，却已流露出人民对这位“令主”的不满。而“九年七月”，更是确凿有据，并非“传闻异辞”。至于《涌幢小品》里提到的况钟，不正是古典小说戏曲中经常歌颂的“况青天”吗？皇帝向他索一千个蟋蟀，他是否完成了任务，朱国祯没有说。但从“不许违误”的字样来推想，况钟应该也是如数照缴了的。蒲松龄说得很清楚：“每责一头，辄倾数家之产。”把这几种书面记载比照而观，“况青天”究竟是怎样的一位“青天”，不也足够发人深省嘛！

吴敬梓及其《儒林外史》

一　吴敬梓的家世出身[①]

吴敬梓，字敏轩，一字文木，安徽全椒人，生于公元1701年，即清康熙四十年辛巳，出身于一个“世代书香”的官僚地主家庭。他的曾祖辈弟兄凡五人：最长的名国鼎，第三个名国缙，第五个名国龙，都是进士。他的曾祖父行四，名国对，是顺治戊戌年的探花。国对的长子吴旦，即敬梓的祖父，做过州同知，死得很早。吴旦的幼弟吴升，是个举人。吴国龙的儿

① 关于吴敬梓的家世出身，我所征引的原始材料不外下列几种：一、吴敬梓《文木山房集》四卷本；二、程廷祚（绵庄）《青溪文集》《青溪文集续编》及附录；三、《全椒县志》。主要参考资料则有：一、程晋芳《吴敬梓传》；二、顾云《盋山志》；三、胡适《吴敬梓年谱》；四、商务排印本《儒林外史》所载天目山樵及黄小田的评语和所附金和的跋文。

子，一个叫吴晟，是进士；另一个叫吴昺，是榜眼，当时都很有文名。吴旦只有一个儿子，叫霖起，是康熙丙寅年的拔贡，做过一任江苏赣榆县的教谕，这就是吴敬梓的父亲。《文木山房集》卷一有一篇《移家赋》，描述霖起的为人很全面，首先是他的学问博雅，是个饱学的人：

吾父于是仰而思，坐以待；网罗于千古，纵横于百代；为天下之楷模，识前贤之纪载；实文苑之羽仪，尠沧海之流芥。

其次，他为人相当耿介，对升官发财似乎不怎么热心。赋中说他：

独正者危，至方则阂（通“碍”）。

又说：

守子云之玄，安黔娄之贫。观使才于履屐，作表帅于人伦；……门堪罗鸟，庭无杂宾；……马帐溢执经之客，鹿车骈问字之人。

以一个全椒望族中的佳子弟，而能“安黔娄之贫”，而且交往极少，除了来请教他学问的人就没有别的“杂宾”，可见他的“方”与“正”已经达到了不合时宜（“危”与“阂”）的程度。然而吴霖起却是一个笃于天性的人，非常孝顺他的母亲。在《移家赋》中，吴敬梓曾用曾参和介之推的孝亲来譬况他父亲，并且说：

……当捧檄之未决，念色养之堪娱；感蔡顺之噬指，鄙温峤之绝裾。

可见吴霖起早年本可以出去做官，而竟因“念色养之堪娱”而终于不去“捧檄”，这在二百年前的社会里，不能不说是一种好品质。

吴霖起到赣榆县做教谕时，吴敬梓才十四岁。这时吴敬梓的母亲已于前一年死去，所以他就跟着父亲到任上去。据《移家赋》注里说，他父亲曾“捐资破产兴学宫”。做官而不去贪赃枉法刮地皮，反捐了家产办教育，那显然是要招忌的，因此官也做不长正是在情理之中的事。公元1720年即康熙五十九年庚子，吴敬梓中了秀才；两年以后，他父亲就从赣榆去官回到全椒；又过了一年，即公元1723年，他父亲就死掉了。那时吴敬梓才二十三岁。

我认为，吴敬梓一生的思想行动，同他父亲对他的教养是完全分不开的。在《儒林外史》中，作者对笃于天性和疏财仗义的人都持肯定态度，这正是体现了他父亲的思想的地方。甚至吴敬梓在南京捐资卖屋修先贤祠的豪举，也同吴霖起的捐资兴学很相类。

吴霖起死了以后，家道就中落了。《儒林外史》第三十一回中杜慎卿叙述他堂弟少卿的为人，说道：

> ……我那伯父是个清官，家里还是祖宗丢下的些田地。伯父去世之后，他不上一万银子家私，他是个呆子，自己就像十几万的。……听见人向他说些苦，他就大捧出来给人家用。……

这话可能是有作者的生活实际做根据的，因为吴敬梓在《移家赋》中曾说：

> 于是君子之泽，斩于五世：兄弟参商，宗族诟谇；……若敖之鬼馁而，广平之风衰矣。

吴敬梓就这样走出了他所出生的那个大家庭，开始做官僚地主阶级的不肖子孙了。鲁迅说过，“有谁从小康人家而坠入困顿的么，我以为在这途路中，大概可以看见世人的真面目！”（《呐喊·自序》）吴敬梓后来在他的《儒林外史》中所以能把当时人的真面目穷形尽相地描绘出来，恐怕同他的穷困潦倒是大有关系的。特别是以他这样一个出身于“世代书香”的官僚地主家庭的子孙，竟能对自己原来的阶级表示深恶痛绝并有所揭露，其企图冲决网罗的精神和毅力实在是伟大，也就更值得人民尊敬。

二　吴敬梓的时代、思想渊源及其出处问题[①]

吴敬梓死于公元1754年即乾隆十九年甲戌，从他诞生之年即康熙四十年算起，照老的说法，刚好赶上了清初的盛世或治世。然而这所谓“盛世”或“治世”的形成，却是清王朝统治阶级残酷的屠杀手段与怀柔的羁縻政策双管齐下的结果。在这种高压专制与粉饰太平相结合的情况下，统治阶级的贪饕与剥削就愈益变本加厉。因此到乾隆末叶，“盛”与“治”的骨

① 这一节内容的写定，受吴组缃先生启发甚多。特此声明，以示不敢掠美。

子里早在腐蚀陵夷，封建社会制度已开始动摇并日益走向崩溃。为了下面仔细地分析《儒林外史》中所表现的现实主义精神，简括地说明康、雍、乾以来的时代背景与社会现象，是完全必要的。

清朝初叶，从清兵入关到康熙三十年前后，民族矛盾是非常尖锐的。在当时，汉族人民以武装起义作为主要斗争形式，纷纷起来与清王朝对抗。不论是民族英雄史可法、郑成功的起义失败，或是汉奸藩镇吴三桂、尚可喜等的被削平、消灭，都意味着两个民族之间的矛盾的尖锐深刻。反映在社会意识方面，则有顾炎武、黄宗羲、王夫之以及较晚的吕留良等人的民族思想在草野间流传扬播，深入人心。康熙中叶以后，武装起义的斗争形式愈来愈稀少了，清王朝大一统的局面已经形成，政权也愈益巩固了。于是统治者就把方向转到对付知识分子这一方面来，开始从思想上肃清异己，借以稳定政权。

办法一共有两套，即上面所说的屠杀手段和羁縻政策。对付知识分子的屠杀手段就是大兴文字狱，这从康熙二年庄廷鑨的《明史》案开始，康熙五十年又有戴名世的《南山集》案。雍正年间文字狱最多，从雍正三年到八年，就有汪景祺、钱名世、查嗣庭、谢济世、陆生枏、曾静、徐骏等七八起。其中曾静一狱牵连最大，已死的吕留良的尸首都被掘出来枭去头颅，连吕氏的家属、门生都遭到灭门之祸。到乾隆年间，又有沈德潜和全祖望的文字狱。我们看到当时一些文人如方苞之流，简直害怕得噤若寒蝉，自不难体会到统治阶级是如何的残酷。

羁縻政策花样就更多。最普遍的方式是因袭明代科举制度继续以八股取士，使知识分子的视野只拘囿于《五经》《四书》（而且只许读朱注）和高头讲章、时文墨卷之中，把读书人弄成孤陋寡闻、迂执酸腐的村学究。但明清之际的遗民很多，学养识见都很深远，他们不一定肯上科举的圈套。于是在正规化的科考之外，又设了一种博学鸿词科，专以名儒学者及为乡里所称誉的特殊人才为对象。此外还用编“类书”或修“全书”的方式来消耗知识分子的时间和精力（如康熙朝编纂《佩文韵府》《康熙字典》，乾隆朝修《四库全书》，都属于这一类）；并且开了明史馆，吸引一些眷怀故国的人来修《明史》。这样一来，大批的文人学者就只知沐戴天恩，忘记造反，甚至变成新朝腹心，不再替敌国守节了。在思想内容方面则又与八股文的形式相适应，从康熙初年起就大加提倡程朱理学，宣扬忠君观念，强调礼教的制约性，让老百姓好循规蹈矩死心塌地地听候宰割。有名的御用学者李光地，就是康熙朝最得宠的理学家。因此，在清朝初年，凡在行动上辞征辟、在思想上反程朱的人，就有着积极的进步性，就或多或少地表现了与统治阶级不合作的风操气节。

在经济方面，由于康、雍、乾三朝注意开发海边农利，注意修筑沿海堤塘，清初的农业生产是比较发达的，农民的生活也比较安定。但也由于官僚、地主加紧兼并土地，农民一遇到天灾，就不免饥饿穷困，像康熙四十六年大旱，饿死的人就很多。加上清王朝为了巩固政权，生怕农民造反，于是对外专门实行闭关自守政策，一变明代开拓海外贸易市场之风（主要是怕像郑成功那样的人到海外去找根据地）；对内则对地主的利益保护得无微不至，规定了永不加赋的制度：这就轻而易举地扼杀了资本主义经济从明代一点点发育起来的幼芽。

闭关自守的政策自然而然地造成了官僚、地主在中国版图以内的经济垄断与政治垄断，因而社会上在大地主与大官僚之外，又出现了两种畸形的寄生虫。一种是商业上的暴发户，这是一种与官僚、地主相表里的、专门以剥削广大劳动人民甚至剥削中小地主为生的大寄生虫。其行业则不外是盐商和高利贷商（所谓“票行”商）；而由于高利贷的特别发达，就造成了典当业的特殊势力，因此典当商在当时也是炙手可热的。另一种是小寄生虫，主要是依附统治阶级的帮闲和帮凶，从土豪劣绅及其豪奴恶仆到皂吏捕快，都在其中；而那些有“功名”的，不日即将爬到官僚阶层中去的“知识分子”也包括在内。他们或充幕宾清客，或做才子山人，或者包揽词讼，或者鱼肉乡里，总之是仰仗大寄生虫的鼻息来维持生活的。这两类人物在当时的行为，就是统治阶级统治人民的具体表现。而吴敬梓在《儒林外史》中所口诛笔伐的，刚好也就是这些人物。

另一方面，从明朝就开始逐渐发达起来的、与小农业相结合的家庭手工业者以及城市中单独或集中经营的手工业者，在闭关自守的社会中，其数量就日益普遍、日益增多起来。因而，那种以零星小贩的形式出现的市集商业也就在经济上占重要地位。这种生产结构如果给予合理的发展的机会，是可以走向资本主义道路的；但清王朝统治者为了使政权可长期保持，永无变化，就一面多方照顾大地主与大盐商的特殊利益，一面却竭力压低这种小型工商业者的社会地位，加以重重束缚和剥削，称之为贱民，打击他们，这就无形中阻碍了他们向资本主义经济发展的道路。显然，他们是自食其力的，他们在当时的阶级社会中是比较先进的，然而他们在当时是被迫害的，在二百年前的社会里，并不大有人钦佩与同情他们。可是《儒林外史》的作者吴敬梓，却在二百年前就开始颂美他们，同情他们了，这不能不说是吴敬梓的伟大。

当然，这同吴敬梓的思想渊源有关。我们知道，由于明代资本主义经济逐渐萌芽，反映在思想方面，就产生了一些对君权发生疑问、对封建社会的经济基础起动摇作用的思想。这种含有民主成分的思想由于明清之际民族矛盾的尖锐化，就伴随着遗民思想即民族观念而滋生起来——这就是顾炎武、黄宗羲、王夫之他们的主导思想。稍后，这种思想又通过颜元和李塨，成为一种新面目的儒家思想，重实学讲实践，提倡身体力行。而这些思想家对传统的程朱理学则一致反对，因为他们看穿了那不仅是束缚人性的桎梏，也隐隐约约指摘出那是强者欺凌弱者，富者兼并贫者的工具。这种思想当时流传很广，特别是在南方，几乎有星火燎原之势。但到了吴敬梓的时候，顾、黄、王一辈的强烈的民族思想已经逐渐衰微，甚至因为清王朝的文禁日严、文网日密，连颜、李的思想都已不敢公开流布（例如吴敬梓的好友程廷祚，原是李塨寄予很大希望的传人，而在他辞征辟回到南京以后，就失掉斗争的勇气，不敢再非薄程朱了）。再稍后，那就更进一步地变了质，成为乾嘉朴学，专门为考据而考据了。

从吴敬梓的著作——主要是《儒林外史》——来看他的思想，无疑是受到清初几位思想大师的影响的；当然，从他所交游的人如程廷祚来看，从他的行动有一定斗争性来看[1]，则他受颜李学派的影响也很深厚——而这些思想家之间的渊源原是一脉相承的。不过我觉得，那种富有民族意识的遗民思想给吴敬梓的影响似乎并不很明显，而另一种从清初诸大师所日渐滋生的对统治阶级深表不满的思想，以及那种反礼教、反八股的重实学、尚致用的清醒的现实主义精神和那种从颜李学派身体力行的思想所蕴蓄起来的斗争勇气，才是吴敬梓所具有的东西。这些东西也就是清初诸大师思想中的民主成分。如果我的话有几分是处，那么我们对《儒林外史》中所表现的现实主义精神将比较容易了解和掌握。

这里我愿附带谈一下吴敬梓的出处问题。我认为，吴敬梓对于自己究竟是否赴都应博学鸿词科考试一事，是经过一番激烈的思想斗争的。胡适认为，吴敬梓的不应考是因为真害病，而非用害病借口；后来爽性“弄真成假”，并且引他的《丙辰除夕述怀》诗，说他还很叹息后悔自己的不遇。我以为这话是不对的。请看他这首诗：

---

① 程晋芳《吴敬梓传》：“生平见才士，汲引如不及。独嫉时文如仇。其尤工者，则尤嫉之。余恒以为过，然莫之能禁。缘此，所遇益穷。”可见其不妥协之斗争精神是很强烈的。

……令节空坐愁，北风吹窗隙；霸子俱跳荡，莱妻只羸瘠。……入夜醉司命，陈辞多自责：回思一年事，栖栖为形役；相如《封禅书》，仲舒天人《策》，夫何采薪忧，遽为连茹阨？人生不得意，万事皆愬愬；有如在网罗，无由振羽翮！……短歌与长叹，搔首以终夕。（《文木山房集》卷二）

“霸子”“莱妻”，明白说出自己的立场是不拟出仕的隐者。“封禅书”与“天人策”，在传统的用法上并不是正面意义的典故，而是有讽刺味道的。后文从“人生”以下，既指思想斗争时的苦况，却又语语双关，并不一定专指自己的懊悔。所谓“愬愬”（音索，惊惧也）是用《易·履卦》的典故，意思说，任何事情都会使他感到惊惧。假如他有懊悔的情绪，为什么还说“愬愬”和“在网罗”呢？我们从《文木山房集》中许多作品里，固然可以看出吴敬梓是个身体不强健、时常害病的人，但是否病到不能动的程度就大成问题了。我们不否认当时吴敬梓在思想上有斗争，但他终于未去应聘赴考，总该是胸有定见，而非事出偶然。因为尽管他受顾、黄与颜、李思想的洗礼时间较晚，可是他父亲的行动已足够成为他的模楷的了。有人引唐时琳的序文证明他确实有病，我却认为反能说明他的病是借口。因为唐序说:“两月后，敏轩病愈，至余斋。……余察其容憔悴，非托为病辞者。”可见当时有不少人已明知吴敬梓的确是“托为病辞者”。至于诗中“采薪”二句，就更值得玩味。因为“采薪”典出《孟子》，根本就是装病的意思。照我的想法是，吴敬梓以小病为借口辞却荐举。如果当时他一点病也没有，可能也得上京去走一遭，但《儒林外史》中的庄征君不是去了又回来的嘛，所以我断然说，吴敬梓的不做官是下定决心的，绝对不是什么“弄真成假”。

三 《儒林外史》中所表现的现实主义精神

《儒林外史》中所表现的现实主义精神，可以从三个角度综合地来看。首先，从书中我们能亲切而深刻地看到吴敬梓所生活的时代与社会的缩影，也就是说，《儒林外史》的作者相当正确而公允地把他当时的时代风貌及客观现实反映出来：这就是《儒林外史》的现实性。其次，通过种种人物和事件的客观描述，作者无私地表襮出自己的思想实质，而这种思想在当时，是有进步意义的，它有启迪人民的作用，也有鼓励人民的作用；它是一种走在时代前列的、含有大量民主成分的思想——这就给封建社会的人民带来了莫大的同情与希望，把人民对当时社会的厌弃、对统治阶级残酷不仁的统治势力的憎恶，以及对人民自己的估计的程度加强并加深了：这就是《儒林外史》的人民性。更要紧的，作者在反映客观现实与表襮主观思想时，不是抱着一种漠不关心的，纯客观主义的，含混模糊、动摇不定的态度，而是带有一种爱憎分明、论断斩截、立场稳定的勇于斗争的精神；作者在书中，所讽刺暴露的对象与所表彰赞美的人物虽是一个个的个别的人，而其所抨击与所肯定的却是当时整个社会的制度、风气与不被当时人重视的市井小民；这就是《儒林外史》里所表现的清醒的现实主义精神。因此我以为，《儒林外史》很像巴尔扎克的《人间喜剧》反映西方法国社会所存在的一切一样，它同样无情地然而公允地反映了二百年前东方中国封建社会中所存在的一切，它是活生生的，有高度创造性的，比历史记载还要现实的社会史料。

《儒林外史》一上来就反映了封建社会统治政权的恐怖政策，包括文字狱在内。第一回中作者写危素要认识王冕，时知县派翟买办去约请，翟买办到了乡下，立时拿腔作势，恐吓王冕，那个怕事的秦老，马上用"灭门的知县"的话来劝王冕，唯恐出了乱子。这种描写虽似轻淡之笔，实已给予读者以一种低沉的气压。后来时知县因访王冕不遇，"心中十分恼怒”，就要“立即差人拿了王冕来责惩一番”。这虽未成事实，可是读者已能体会到在封建社会里即使一个小小县官也有这样大的威势。第八回中，作者又写蘧公孙周济了降顺宁王的王惠，王惠十分感激，便送给蘧公孙一个枕箱和几本残书。到了第十三回，蘧公孙把这个枕箱赏给丫鬟双红，双红的姘夫宦成问知枕箱底细，竟受了差人指使，要凭这枕箱去出首，因之蘧公孙险蒙窝藏叛逆的罪名而被捉将官里去。多亏马二先生向差人行贿，索回枕箱，此案才算了结。这故事充分说明了当时社会的恐怖气氛，更见出统治阶级为了巩固自己的政权，因此防范极严，网罗极密，胥吏的嗅觉也极灵敏，其手段真是无孔不入。至于第三十五回写卢德藏有《高青丘文集》，住在庄征君湖墅中，半夜三更，有个总兵大老爷把庄家花园团团围住；终于在次日，由卢德自己去投监；后来还亏庄征君写信去托京城里的大老，才保得卢德性命。这故事就更可怕，简直是康、雍、乾时代文字狱的缩影。据程廷祚《青溪文集续编》卷三所载的《纪〈方舆纪要〉始末》，我们知道这儿的《高青丘文集》实是隐指顾祖禹撰写的《方舆纪要》，卢德是程的好友刘著；那出首的人名叫顾爆，中山王府则指的是江浙节制李卫，总兵是中军王英。刘著原是颜李学派中人，当时确住在程廷祚家。吴敬梓的故事是有事实做根据的。但据程廷祚在文章末尾所述，刘著的结局并不像吴敬梓写的那么简单，而是落得个“……前后七年，父死家破，几至刑戮，而卒丧其书”的收场，因此“人皆怜之”。吴敬梓的笔下，对以刘著为模特儿的书中人物卢德是非常同情的，一则说“这人有武勇”，再则说他是“硬汉”，大有惺惺相惜之意。然则吴敬梓对当时文网之密的感到不满，也就不言而喻了。

《儒林外史》的作者对清王朝的羁縻政策是异常反对的，因而在书中反映得最多，也最具体。突出的表现，就在反八股与反礼教这两方面，就中反八股更是贯穿全书的主要思想。八股文的流毒无穷，归结起来大抵可分为两方面，即迂执酸腐，空疏不学与虚伪矫情，违常灭性。前者是八股文本身直接起的坏作用，后者却是与旧礼教相结合以后产生出来的恶果。关于前者，在明代初年，八股文刚一出头露面时，宋濂就很尖锐地指出了。他说：

> 自贡举法行，学者知以摘经拟题为志。其所最切者，惟《四子》一经之笺，是钻是窥；馀则漫不加省。与之交谈，两目瞪然视，舌木强不能对。（《銮坡集》卷七，《礼部侍郎曾公神遭碑铭》）

而这种迂执酸腐、空疏不学的“入彀者”，在《儒林外史》中几乎是俯拾即是的。像张静斋信口胡说，把宋代赵普的事迹算到明代刘基的账上；范进不知道苏轼是哪一朝代的人；马二先生除了举业之外一无所知，读历史只凭《纲鉴》，游西湖时路过“御书楼”就扬尘舞蹈一番——都是被吴敬梓用蜻蜓点水般的讽刺笔调加以调侃的角色。而讽刺得最深刻的，我认为无过于写鲁编修的女儿，即蘧駪夫的妻子。蘧駪夫最初本是个名士，有点瞧不起八股；可是鲁小姐从小受父亲熏陶，竟成了一位制艺时文专家。结婚以后，鲁小姐深不以乃夫为然，还因此大哭了几场。后来蘧駪夫经过妻子的潜移默化，也能同马二先生一道评选墨卷了。令人最难过的是，鲁小姐竟常常熬到半夜不睡，亲自课督她那个年仅四岁的小儿子，拘着他在房里“讲四书，读文章”。作者看到害人的八股文已经在一代糟蹋一代的情况下谬种流传，才如此同情地写出这一畸形的怪现象。其用心是非常深曲的。

至于与礼教、特别是与程朱理学结合起来的虚伪矫情，在书中作者就不只讽刺而已，而是义正词严的口诛笔伐了。虚伪矫情的人物几乎每一回里都有。用行动表现的，莫过于第四回写范进守制，不用牙筷而吃虾元子的故事最有代表性；而用言语表现的，则最普遍的是扯谎说大话，最深刻的是口是心非，口蜜腹剑。说大话的例子太多，简直不胜枚举，作者写得最出色的一个应推第四十七回里的成老爹（他向虞华轩扯谎，说方老六要请他吃饭。结果虞华轩打听得并无其事，就设法把他捉弄一番，让他挨了一天饿）。而口是心非的人则可以用严贡生和严监生为代表。严贡生口里说“从不晓得占人寸丝半粟的便宜”，可是行动上竟把邻居家的猪据为己有。严监生口里说的是骨肉情重，结发义长，心里却盼着自己的正室王氏早死，把宠妾赵姨扶正。严监生死后，严贡生却只想着如何欺侮赵姨，谋夺财产。甚至于倜傥慕义的娄氏兄弟，也不免因为好虚名而矫情干誉，把那些言行不符的权勿用（此人形象最为龌龊无聊，吴敬梓对他简直有深恶痛绝之意）、张铁臂这些小寄生虫罗致在门下。他如余大先生的受贿通关节，万里的冒充中书，都是揭露出当时上层社会虚伪矫情的典型故事。作者对这些故事，是充满了浓厚的憎恶情绪的。

然而在吴敬梓的笔下，对于当时盲目讲求礼教，结果甚至弄到灭绝人性程度的人和事，就写得格外淋漓尽致，入木三分。书中最著名的一段，即王玉辉硬主张女儿绝食殉夫，以博得朝廷旌表为烈女的故事（第四十八回），是暴露旧礼教，特别是反程朱末流的最尖锐的诛伐。这是对“饿死事小，失节事大”这一灭绝人性的封建教条的正面抨击。后来女儿死了，王玉辉反而难过，引起内心激烈的冲突。就其现实性而言，这个例子真是再鲜明、再突出不过的了。

由于八股文和旧礼教的乌烟瘴气，社会上更造成了种种不良风气，最坏的风气莫过于好名与趋利。吴敬梓对这两方面也给予了无情的讽刺与抨击。前者如赵雪斋、景兰江，都是丑态百出的好名者，最无耻的则有牛浦郎与牛玉圃；后者如成老爹、唐二棒椎，都极尽趋炎附势之能事。凡是这些描写，都将永远为读者所喜爱。因为作者严肃地指出了旧社会礼教堤防的蚁穴。

在反八股、反礼教的思想基础上，吴敬梓自然就连带着对男女问题、婚姻问题有了新看法。吴敬梓认为纳妾是不应该的，《儒林外史》第三十四回季苇萧曾劝杜少卿娶妾，少卿就回答说：

> ……娶妾的事，小弟觉得最伤天理。天下不过是这些人，一个人占了几个妇人，天下必有几个无妻之客。

后文虽未坚决反对娶妾，但这种议论已是难能可贵的了。因此，作者对一娶再娶的季苇萧就表示鄙夷与憎厌，而对沈琼枝的遭遇则寄予十分的同情。别人看见沈琼枝在南京流浪，认为她不是“倚门之娼”，就是“江湖之盗”，而杜少卿却说：“盐商富贵奢华，多少士大夫见了就销魂夺魄，你一个弱女子，视如土芥，这就可敬的极了。”（第四十一回）这实在是作者用全力来赞扬的写法。同时，吴敬梓对倪廷玺娶王太太的事，也不免感慨万端，那恐怕是看到了包办婚姻的害处才如此写的。

正因为吴敬梓看到八股流毒之大，所以才正面提倡“文行出处”。第一回楔子里，作者借王冕的话标出他全书宗旨：

> ……礼部议定取士之法：三年一科，用《五经》《四书》八股文。王冕指与秦老看，道：“这个法却定的不好！将来读书人既有此一条荣身之路，把那文行出处都看得轻了。”

又因为吴敬梓看到那些“时文鬼”空疏不学，所以才正面描写了虞博士、迟衡山等所谓通儒的提倡经学和反对迷信风水之说。这在雍、乾年间，实在是非常有进步意义的。更因为吴敬梓反对虚伪矫情，所以才正面提倡率性任真，不顾世人毁誉。如杜少卿拿了金酒杯携眷游山，大把地挥金如土，凡是他父亲门下的宾朋一律优礼相待之类，都是作者的理想的具体表现。我认为，就连五河县的开明地主虞华轩那种放浪形骸的作风也是作者理想中的标准人物所具有的超尘轶俗的表现。因为作者反对趋炎附势，所以才正面肯定辞征却聘，如庄征君和杜少卿；因为作者反对世态炎凉，所以才正面提倡尊崇古制，如修泰伯祠行古礼法。[①]他的用心是深曲的，他的见地是有正义感的，他的出发点是针对封建统治阶级种种不合理的现象，因此对人民是有利的。这就是《儒林外史》所表现出的现实主义精神，也就是它所以伟大、所以值得肯定的原因之一。

关于吴敬梓时代的经济情况，在《儒林外史》中也有所反映。首先说农村。第八回中写邹吉甫的生活逐渐小康，可能是康熙时农村中的实况。但邹家所以由佃农变成中农，主要还是仰仗娄通政家势力。因为娄家的坟山，“府县老爷们，大凡往那里过，都要进来磕头”，是连“一茎草也没有人动”的（第八回）。等到写匡超人的家境（第十六回），那就比邹家差得多了。匡超人的哥哥如果不营副业，匡超人自己如果不出来自谋生计，单靠种地就根本活不下去。然而真正倒霉的却是佃

---

① 这种复古的思想和行动是不符合社会向前发展的规律的。因而毋庸讳言，这应该是吴敬梓思想中落后的一面。作者在书中固然也反映出这种开倒车是没有出路的，但他似乎并未明确认识这种复古论的消极意义。

农。第三十六回作者写虞博士在常熟县的一处僻远村子里看到有个佃农跳河。幸亏虞博士把他救了起来，“问他因甚寻这短见”，那人就说：

小人就是这里庄农人家，替人家做着几块田，收些稻，都被田主斛的去了，父亲得病，死在家里，竟不能有钱买口棺木。我想我这样人还活在世上做甚么，不如寻个死路！

参加过土地改革工作的同志对这种情形总该不陌生，可是吴敬梓在二百多年前就注意到这种情形了。还有在第三十五回，写庄征君辞官归里，走出彰仪门不远，就遇到一幕惨剧：一对老年的农民夫妇在一昼夜中相继死掉。吴敬梓借庄征君的口发出了无限的同情与感伤：

这两个老人家就穷苦到这个地步！

清人入关以后，京畿一带的土地大抵被皇室及八旗贵族圈占，这两位老人恐怕就是辇毂之下最现实的牺牲者了。

其次，由于家口增累所引起的城市居民的生活悲剧，在《儒林外史》第二十五回里也有反映。这就是倪廷玺的父亲倪老爹的故事。倪老爹有六个儿子，死掉一个；由于衣食欠缺，活不下去，就把那四个卖掉了。最后只剩下小儿子倪廷玺，也还是养不活，于是“过继”给鲍文卿学戏，而鲍文卿却“照样送过二十两银子与老爹”，这“二十两”的数字可能是当时买卖人口最高的价格。《儒林外史》似乎真可以补“食货志”之不足了。

《儒林外史》里面的官僚、地主是很多的，不过吴敬梓本人原是官僚地主阶级出身的知识分子，他对官僚、地主以及知识分子还不能识透他们统治与剥削的本质，因此他笔下的理想人物仍不免是：像向道台那样的清官和好官，像虞博士、庄征君那样的通儒或真儒，像杜少卿、虞华轩那样的地主。从这一角度看，我们可以看出吴敬梓思想中所受的时代的局限性。然而吴敬梓毕竟走在时代前列，他对当时最反动的、在统治者中间最占优势的，也就是说，统治和剥削人民最不遗余力的大小两种寄生虫，却极端地憎恨并予以猛烈的抨击。我们可以说，一部《儒林外史》所暴露的完全是这两种寄生虫最丑恶的脸谱。

作者在第四十七回中，充分表现了对地主彭乡绅的憎恨，对盐商兼典当商方老六的鄙夷，以及对一般社会上的歪风的讥嘲。作者声色俱厉地写道：

却另外有一件事，人也还怕：是同徽州方家做亲家；还有一件事，人也还亲热：就是大捧的银子拿出来买田。

这岂不是向旧社会统治势力挑战的檄文嘛！

吴敬梓对盐商的愤慨是非常强烈的，因之暴露讽刺得也最尖锐。第二十二回、二十三回中出现的万雪斋，和第四十回中出现的要娶沈琼枝作妾的宋盐商，都是“小妾”的数目已达“第七”，而且后者还是“一年至少也娶七八个妾”的。通过对万盐商的描述，说明暴发户是怎样起家并爬上高枝儿去的！通过沈琼枝的故事，则又说明盐商的骄奢淫逸与欺诈豪横。因此，作者借子午宫的道士口中把万雪斋的下流无耻形容得穷形尽相。而宋盐商的名字叫“为富”，正是作者用《孟子》“为富不仁”的话来直接表示他的憎恨情感。当沈琼枝的父亲告到县里去时，知县先叹了一句：“盐商豪横一至于此！”等到宋家“叫小司客具了一个诉呈，打通了关节”，知县就改了作风，勃然大怒，说琼枝的父亲“是个刁健讼棍”“一张批，两个差人，押解他回常州去了”。这就看出盐商“手眼通天”的威福权势。老百姓在盐商这种飞扬跋扈的压迫与剥削之下，就难免因走投无路铤而走险。第四十三回有一个描写盐船遇劫的场面，实在痛快淋漓之至：

> 这日将到大姑塘，风色大作。……那江里白头浪茫茫一片，就如煎盐叠雪的一般。只见两只大盐船，被风横扫了，抵在岸边。便有两百只小拨船，岸上来了两百个凶神也似的人，齐声叫道："盐船搁了浅了！我们快帮他去起拨！"那些人驾了小船，跳在盐船上，不由分说，把他舱里的子儿盐，一包一包的，尽兴搬到小船上。那两百只小船，都装满了，一个人一把桨，如飞的棹起来，都穿入那小港中，无影无踪的去了。

《儒林外史》的作者对"响马"的看法并不是肯定的，第三十四回写孙解官和萧昊轩押解饷银进京，中途遇盗，最后还是把"响马"打跑了。甚至高利贷者陈正公的银子被骗，凤四老爹还替他要了回来（第五十二回）。这两件事说明吴敬梓对剥削阶级并没有极其严明的是非界限。可是这儿写盐船被劫，下文却没有交代是否把劫盐的人捉住，相反，作者倒借这一事件把那该管的县官讽刺了一通，然后不了了之，"扯个淡"，把朝奉舵工们"一齐赶了出来"（详见第四十三回）。可见作者对盐商的反感实在太深了，宁愿让"两百个凶神也似的人"把盐劫走。这种对盐商深恶痛绝的感情，我们不能否认是同当时人民的感情和利益一致的。

关于高利贷商，应以第五十二回的毛二胡子为代表。他在家乡开着当铺，自己却跑到大城市中来经商。他替陈正公放债，第一宗借出二百一十两银子，“三个月就拿回三百两”。第二宗是“对扣借一百银子”“限两个月拿二百银子取回纸笔（借据）”。这两个债务人虽说都是上层社会的“贵人”，但是行息的数字实在可惊，借债的如果是“寻常百姓”，那就非倾家荡产不可了。后来毛二胡子终于骗了陈正公的钱回家去倒盘别人的当铺，这是作者借以说明这一类型的人本质是丑恶的。等到凤四老爹替陈正公索债，作者把毛二胡子写得狼狈不堪。姑不论陈正公为人如何，只就凤四老爹的抱不平与毛二胡子的当场出丑而论，也是完全符合于当时人民的要求或愿望的。这是《儒林外史》所表现的现实主义精神的另一方面。

除此之外，我认为吴敬梓还有更了不起的一面，那就是提倡自食其力，尊重个人劳动果实，因而，间接地也就反对剥削。这也就是《儒林外史》所以成为现实主义作品的主要关键。这种思想，从明代已开始形成，这是个体经济，即小农经济与家庭手工业的发展在思想与日常生活方面的反映。这种思想表现在知识分子身上，那就是靠写字、作诗、作文，最普遍的是靠绘画来换钱吃饭的生活方式。李东阳是明代中叶的大官僚，但他在告老归田之后，一部分生活资料就靠自食其力得来。《明史·李东阳传》上说：

> （东阳）既罢政居家，请诗文书篆者填塞户限，颇资以给朝夕。一日，夫人方进纸墨，东阳有倦色。夫人笑曰："今日设客，可使案无鱼菜耶？"乃欣然命笔，移时而罢。其风操如此。（《明史》卷一百八十一）

这里所说的"风操"，正是后来人说的"清高"，因为用自己劳力换来的"鱼菜"，当然要比靠收佃租来得清高了。明代中叶以后，这种风气愈益流行，有名的画家如沈周、文徵明、唐寅[①]、徐渭等，都是靠卖画卖字来换取生活材料的。尽管他们是地主阶级知识分子，可是这种行为却必须予以肯定。

到了清初，这种自食其力又多了一层意义，那就是以遗民自居，不食新朝爵禄的表现。如傅青主的行医，八大山人的卖画，都含有这种反抗性的意义在内。到了吴敬梓，他一方面看

① 相传为唐寅所作的两句诗："闲来写得青山卖，不使人间造孽钱。"也正足以说明这些文人画家的思想。

出大官僚、大地主、大商人的残酷不仁，一方面就体会到自食其力的可贵。他开始从市井、乡村中发掘可歌颂、可同情的人物。这就是他受清初诸大师思想中民主成分影响的具体表现。在《儒林外史》第一回里，吴敬梓开宗明义地写出了一个十全十美的、善于绘画的王冕。王冕是个贫农，后来靠绘画吃饭，自始至终是自食其力的。可见吴敬梓心目中所肯定的理想人物，是有他一定的标准的。在全书的末尾，吴敬梓又正面肯定了几个手工业者和小商人，即裁缝荆元，写字的季遐年，卖火纸筒子的王太，由开当铺变成开茶馆的盖宽，以及灌园的于老者，他们也都是凭一技之长来养活自己的人。第四十一回中还出色地描写了沈琼枝的卖文糊口与靠女红过日子。此外像农民，戏子，小贩，也都是被作者肯定的。这些人既然自食其力，当然不是剥削者，因此他们的品质要比那些“寄生虫”高得多。而“寄生虫”除上述的官僚、地主、盐商、典当商外，就是那些打秋风、充清客、招摇撞骗、包揽词讼的“知识分子”了。因为吴敬梓对这些无耻之徒特别熟悉，所以他对这种人写得就格外深入，格外全面。但知识分子如果是靠坐馆（余大先生）、选墨卷（马二先生）、看地穴（虞博士）挣钱吃饭，还是为吴敬梓所肯定的；如果他们去通关节打秋风（余大先生），或是做官忘了本（匡超人），那就要被吴敬梓所讽刺、所抨击了。这种思想，在封建社会尚未崩溃之时，特别是在清初实行闭关自守的政策之时，应该是进步的，有人民性的。《儒林外史》所表现的现实主义精神，应以这方面最值得注意。

四 《儒林外史》在艺术表现方面的几个特点

最后，我想简括地谈一下《儒林外史》在艺术表现手法方面的几个特点。

第一，《儒林外史》的体制，我认为是颇有创造性的。鲁迅有几句话说得非常中肯：

> ……惟全书无主干，仅驱使各种人物，行列而来，事与其来俱起，亦与其去俱讫，虽云长篇，颇同短制；但如集诸碎锦，合为帖子，虽非巨幅，而时见珍异，因亦娱心，使人刮目矣。（《中国小说史略》第二十三篇）

“虽云长篇，颇同短制”二语，真是一针见血之谈。盖明末本为小说流行最盛之时，而当时小说的体例实有二种：一是长篇演史体，如《水浒》《三国》；另一是《三言》《二拍》体，即短篇的拟话本小说。到了明末清初，从一回一个故事的短篇又发展为几回一个故事或几回几个故事（有相对连续性却又不完全连续）的“中篇”，如《鼓掌绝尘》之类。而吴敬梓的《儒林外史》，实受这几种体例的启发和影响，用长篇的结构网罗了若干个短篇故事，既不同于短篇拟话本的每回自成起讫，又不同于《三国》《水浒》的首尾贯通。然而细按全书，脉络井然，主题极为集中，自又不同于前乎《外史》的《斩鬼传》一类流水账式的“长篇”。这种集长短篇小说体例之大成的《儒林外史》体，实在给后来的小说开无数法门，清末的《官场现形记》《二十年目睹之怪现状》《文明小史》等书，几乎全是步吴敬梓的后尘。当然，这种体制愈到后来愈滥，不免为通人所讥；但在吴敬梓当时，却有开山草创之功，其匠心独运处是不容轻易抹杀的。

第二，在古典白话小说中，以真人为模特儿，以真事为题材的写作方法，我认为实应自《儒林外史》开始。正如金和的跋文中所说：“若以雍、乾诸家文集细绎而参稽之，往往十得八九。”这也是《儒林外史》的一大特点。因为取材于真人真事，而又加以艺术化典型化，所以书中人物大都不是公式概念化的箭垛型的人而是有血有肉的普通活人。只有这样，读者才能从字里行间体会出作者所讽刺与抨击的不是某一个人而是整个的社会制度和社会风气。比如马二先生，其醉心举业是可怜、可笑，甚至可鄙的，而他能急人之难却是可爱的；然则罪在科举制度之陷溺人心，不在马二先生本身可知。又如王玉辉在女儿死后真情反而流露，可见其所以虚伪矫情，罪在吃人的礼教而不在王玉辉自己。又如潘自业，行事虽多不法，为人原甚慷慨，至少比得意以后就马上忘本负心的匡超人可爱，而潘卒不免罹于祸患者，正是作者对封建统治阶级的无情讽刺，也是对当时社会制度的鲜明指斥，而非单纯否定潘自业本人。这正是吴敬梓从事写作符合于现实主义精神的地方，也正是《儒林外史》所以伟大的地方。初学写作的人正应在这种地方向《儒林外史》学习借鉴。

第三，吴敬梓写《儒林外史》用的是史官笔法，即所谓“微言大义”或“皮里阳秋”的“《春秋》笔法”。因此，《儒林外史》的风格是“婉曲”的，是“感而能谐，婉而多讽”的，而不是“私怀怨毒，乃逞恶言”与“词意浅露，已同谩骂”的低级趣味（引文均见《中国小说史略》第二十三篇）。这就是《儒林外史》所独有的讽刺艺术。

所谓“婉而多讽”大抵可从两方面去体会。一种即是鲁迅所说的“无一贬词而情伪毕露”。这一方面的精彩处太多，例证不胜枚举。我只想举一处前人不大注意的地方，即作者对杜慎卿的讽刺（见第三十与三十一回。前人每谓杜慎卿是吴敬梓所肯定的人物，恐怕是错误的）。杜慎卿一面口里骂女人，要学朱元璋把“天下妇人都杀尽”“和妇人隔着三间屋就闻见他的臭气”，可是一面却找媒婆沈大脚张罗娶妾。他为捧小旦不惜浪费大捧银子，但一到鲍廷玺求他“出几百银子”重作戏班时，他就向杜少卿身上推，并且不许鲍说出是他的主意；而他家中摆着的几千现银子却为了中举以后留着使用。在这些地方，吴敬梓深刻地摹绘出纨绔地主的丑恶本质。杜慎卿去桂花道院寻男色，却上了当，遇见了满腮胡须的来霞士，看似作者故弄玄虚在同杜慎卿开玩笑，实际上却表明了作者对这个人物是如何地鄙弃与憎恶。这就是鲁迅说的“诚微辞之妙选，亦狙击之辣手”。

另一种“婉而多讽”的手法是用对比的技巧使读者获得格外鲜明的印象。就中以庄征君入都前出都后的描写最为深刻含蓄。我们如果仔细寻绎一下，就会发现那简直是对统治阶级极无情的抨击。在庄征君入都以前，先写大盗劫饷银；出都以后，又写他看到一对农民老夫妇在一昼夜间凄惨地死去。而统治者却一面搜刮民财（饷银），一面粉饰太平（征聘名儒），在那儿死乞白赖地维护统治，巩固政权；殊不知民间已经苦不堪言，危机四伏了。这就是所谓“皮里阳秋”式的“微言大义”，值得我们积极地探讨和合理地借鉴。

附记一　在本篇发表于1954年8月号《新建设》的同时，我读到吴组缃先生发表在《人民文学》8月号上面的那篇论《儒林外史》的大作。我同意吴先生提出来的“连环短篇”的说法。照我的看法是：《儒林外史》的体例是更接近于西洋文学作品中所谓的“短篇小说”的；而《三言》《二拍》之类，虽然篇幅很短，但每个故事有头有尾，自成段落，其写法基本上还是接近长篇小说的。这就更有力地说明《儒林外史》的体例是的确具有创造性的，因为在它以前的所谓章回小说，几乎就找不出这种“事与其（人物之）来俱起，亦与其去俱讫”的表现手法。因文中未提及，故补充如上。

一九五四年十月下旬作者记

附记二　此文于1954年写成，迄今已将二十七年。现重加修订，收入《漫稿》。

一九八一年一月作者记于北京西郊中关村

重论吴敬梓的《儒林外史》*

第一节　吴敬梓的生平、思想和创作

经过明末清初激烈尖锐的阶级斗争和民族斗争，清王朝统治者把明末农民起义的胜利果实掠夺过来，重新建立了高压专制的封建政权。清朝入关后第二个皇帝世祖玄烨（即康熙帝）在位时间较长，头脑也比较清醒，在政治、经济、军事、文化思想各个方面都采取了一系列巩固其统治的措施，对内平定了明代降臣“三藩”的叛乱，对外抵御了俄国老沙皇的侵略势力，取得了政权的稳定和版图的统一。当时耕地面积扩

---

* 本篇是在笔者1972年至1973年所写的《〈儒林外史〉简介》和《〈儒林外史〉中周进、范进的故事》两篇讲义的基础上加工写成的，作为1974年至1975年为北京大学中文系编撰的《中国小说史》所写的关于《儒林外史》的一章。由于种种原因以及参加写作的同志几经变动，这篇东西不仅没有写完，而且也未被采用。现在略加修改，收入本书。

大，人口增长，城市工商业也一度出现了超过明代中期的兴盛局面。资本主义生产关系的萌芽因素，在明末清初一度受到严重摧残之后，经过半个多世纪的休养生息，又重新得到缓慢地发展。[①]但是，从我国封建社会发展的整个历程来看，这时已处于即将走完它的漫漫历史长途的阶段，其腐烂衰朽已达到非垮不可的地步。因此，到18世纪前期，即从康熙末叶经过雍正一朝到了所谓“乾隆盛世”，在暂时繁荣的假象背后，正充满着极其尖锐复杂的社会矛盾和斗争。由于这个所谓“盛世”是建筑在农民的饥饿贫困、手工业者和小商人的苟延残喘的基础之上的，它骨子里正潜伏着一触即发、行将形成燎原之势的革命火种，而封建制度也就更加清楚地暴露出它的黑暗腐朽的本质和残酷狰狞的面目。于是，揭露和批判这个万恶的封建社会，指出它走向崩溃瓦解的必然趋势，就成为当时进步文学所应承担的历史任务。这个任务，是由18世纪中叶在我国几乎同时出现的两部现实主义杰作，即吴敬梓的《儒林外史》和曹雪

---

① 我在1954年发表的《吴敬梓及其〈儒林外史〉》一文中，曾强调清初闭关自守政策阻碍了资本主义萌芽的发展。但从60年代以来，学术界大都认为，如果资本主义萌芽不继续有新的发展，就不可能产生《儒林外史》和《红楼梦》这样的作品。因此本文订正了我自己所持的旧说。但为了存真起见，两篇论文中的不同论点一律小加改动。以下均仿此，读者鉴之。

芹的《红楼梦》，来担负的。这两部作品都具有鲜明的倾向性，在反对封建礼教和统治势力的意识形态领域内的激烈斗争中发挥了积极作用；同时也标志着封建社会文人创作的长篇小说，已进入十分成熟的阶段。它们从不同的角度向人们展示出封建末世的社会生活图景。

吴敬梓（1701—1754），字敏轩，一字文木，安徽全椒人。他出身于官僚世家，从他曾祖一辈起就靠考科举、中进士发家，自清初以来出了好几个达官显贵。吴敬梓曾在他写的《移家赋》里形容过自己家庭的显赫声势：

> 五十年中，家门鼎盛；陆氏则机云同居，苏家则轼辙并进；子弟则人有凤毛，门巷则家夸马粪；绿野堂开，青云路近。……（《文木山房集》卷一）

但到他父亲一辈，他这一支却日趋没落了，他父亲吴霖起只是一个拔贡，仅做过一任江苏赣榆县的教谕。吴敬梓从十四岁起随父亲在任所，二十三岁中秀才，就在这一年他父亲去世。从此，吴敬梓的生活发生了显著变化。他在科举场中很不得意，始终没有中举做官。由于“家本豪华，性耽挥霍”，再加上热心资助别人，没有几年就把产业卖光，因而遭到本族和亲友中富贵之家的冷遇和歧视。他在故乡住不下去了，便在三十三岁那年迁居到南京。三十六岁因安徽巡抚的荐举，参加了“博学鸿词科”的省试；但接着让他到北京参加廷试，他却托病谢绝了。后来他生活日益贫困，主要靠卖文和朋友的周济度日，有时竟达到“囊无一钱守，腹作干雷鸣”“近闻典衣尽，灶突无烟青”（程晋芳《寄怀严东友》诗）的地步。在冬季严寒的日子里，他同朋友五六人“乘月出南门，绕城堞行数十里，歌吟啸呼，相与应和。逮明，入水西门，各大笑散去。夜夜如是，谓之‘暖足’。”（程晋芳《文木先生传》，我在1954年发表的文中题作《吴敬梓传》，实为同一篇文字。）这说明他在困难面前一直是顽强而乐观的。五十四岁时，终于在穷愁潦倒中突然病逝于扬州。

吴敬梓生活于18世纪前期。当时清王朝的统治已相对稳定，统治阶级在文化思想方面的严酷统治正收到显著的反动效果。原来自清王朝入关以后，为了在文化思想方面肃清异己、加强控制，对当时的知识分子一直采用软硬兼施的手段，即一方面进行残酷恐怖的屠杀（如大兴文字狱），另一方面则采取阴险狡猾的手段来进行收买和拉拢，让读书人感到只有考科举猎取功名才是正当稳妥的出路。当时清政府除了网罗大批封建文人集中在京城里编书、修史之外，主要是把孔孟之道、程朱理学规定为合法的正统的意识形态，并沿袭明代用八股文取士的制度，以功名利禄为诱饵，以此来束缚读书人的思想，腐蚀、麻醉他们的灵魂。到了吴敬梓的时代，社会风气已十分败坏，一般封建儒生表现得尤其恶劣无耻，甚至堕落到丧心病狂的地步。而《儒林外史》正是针对这种社会现实进行了深刻的揭露和有力的控诉。在“四害”横行时，有些人根据这一点，认为吴敬梓是法家，同时把《儒林外史》看成一部尊法反儒的著作。但另外一些人又由于《儒林外史》中存在着不少复古倒退的思想，以及一些为儒家学者所宣扬、肯定的封建伦理观念，因而对这部著作采取全部否定和彻底批判的态度。我们认为，作为一部现实主义长篇白话小说，《儒林外史》以它爱憎分明的思想倾向和精湛无匹的讽刺艺术，在中国小说史上必须占有十分重要的地位。但我们并不认为吴敬梓是什么“法家”或“儒家”。作者在书中所体现的民主性精华不管是受什么“家”的影响都应该肯定；而反映在作品里的封建性糟粕，则应当具体指出并加以批判。对于《儒林外史》的精华和糟粕，我们应力图做出合乎科学的解释和分析。

我个人认为，吴敬梓的世界观中确有突破传统儒家思想的进步成分，这是《儒林外史》取得杰出成就的思想基础。这种进步成分的形成又有它的社会根源。首先，“存在决定意识”，这是马克思主义的一个基本观点。“人们的意识，随着人们的生活条件、人们的社会关系、人们的社会存在的改变而改变”（《共产党宣言》）。作为一个由所谓“名门望族”而陷于穷困的封建知识分子，吴敬梓在追求功名富贵还是甘于贫贱这两条人生道路的选择上，确曾经历了长期而痛苦的思想斗争，这在他的诗词中是有反映的。他家庭的衰落和个人的贫困，使他饱尝了封建社会的世态炎凉。他的经济地位和生活处境使他对统治阶级的真面目有所认识，对劳动人民水深火热的生活现实有所了解，因此他才能用批判的眼光看待当时的社会。他对腐朽黑暗的政治越来越不满，对腐蚀人心的科举制度和浅薄无聊的八股文越来越憎恨，对功名利禄越来越鄙弃。他的朋友程晋芳在《文木先生传》中说他“独嫉时文士如仇，其尤工者，则尤嫉之”；他自己也写出了“如何父师训，专储制举才”这样口吻愤激的诗句（全诗已佚，仅余这两句）。1751年乾隆皇帝到了南京，许多文人去“夹道拜迎”，而吴敬梓却“企脚高卧”，根本不去理会（参见金兆燕《寄吴文木先生》诗中的描述），表示了他不肯向统治者折腰屈膝的高傲态度。可见吴敬梓之所以能写出《儒林外史》这样一部具有批判现实主义精神的作品，正是他的思想随着他的生活条件和社会地位的改变而改变的结果。

其次，吴敬梓在《儒林外史》中所反映的带有民主性的进步思想，是受到从明代中叶以来这一历史阶段中所流行的新思潮影响的结果。从17世纪开始，由于封建社会已走向没落，资本主义生产关系已开始萌芽，统治阶级本身日益腐化，阶级矛盾、民族矛盾和统治阶级内部矛盾错综交织而日益激化，因而在文化思想领域里正统与反正统思想的斗争也日益尖锐，并出现了新的特点。晚明的杰出思想家（以王学左派思想家为代表）对程朱理学作了大胆而深刻的抨击和批判。到了明清之际，由于民族矛盾上升为主要矛盾，一些含有民主成分的思想如对君权发生疑问、对封建官僚机构和科举制度表示强烈不满等意识形态，就伴随着反对清王朝统治的种族观念纷纷表现出来，这就是王夫之、黄宗羲、顾炎武等人的主导思想，而王夫之的朴素唯物主义观点尤为突出。此外还有唐甄和颜元。唐甄抨击君主专制，主张男女平等，反对超经济剥削，批判当时正统派“学者”不学“军旅之事”的重文轻武思想（均见他所著的《潜书》）；颜元则重实学，讲实践，主张学习礼乐兵农，而对宋明理学和八股文采取比较坚决的否定态度，公然宣称“朱子是圣学之时文”（《习斋记余》卷三）。他们言辞激烈，旗帜鲜明，对封建礼教和社会传统观念敢于大胆批判，民主性的倾向十分明显。这个新思潮一直延续到稍后于吴敬梓的戴震。尽管这些思想家的世界观和立足点各不相同，但在反封建礼教、反程朱理学、反科举八股和提倡“经世致用”之学这些方面却基本上是一致的。吴敬梓生活在这一波澜壮阔的新思潮涌现之后，又由于自己的经济地位和生活处境的急剧转变，无疑受到这些具有民主成分的进步思想的影响。他在《儒林外史》中主要抨击的是科举制度和八股文，并对当时所谓的“儒林”（封建知识分子阶层）里面一些艳羡富贵、醉心功名、以过寄生虫生活为理想的各种大小人物作了无情的揭露和讽刺，对于在吃人礼教下的牺牲者表示了同情，这显然与上述的民主性进步思想是有着密切联系和一致倾向的。

正如上述这些卓越的思想家们各自有着他们的阶级局限和时代局限一样，吴敬梓表现在《儒林外史》中的封建性糟粕同样是明显的。吴敬梓对当时社会现状非常不满，但他却找不到正确的出路；他虽然揭露和讽刺了“儒林”群丑，却不能把自孔孟以来就开始宣扬的、为剥削阶级奉为天经地义的某些道德伦理观念从思想上分辨清楚；他在书中所歌颂赞扬的一些正面人物（所谓的“真儒”“通儒”），其形象大部分是苍白无力，甚至是迂拘可笑的。他同情一些自食其力的小市民和农民，对他们也作了不少正面描写，但他对劳动人民的生活和精神面貌并没有真正透彻的认识，而是把他们给士大夫化、风雅化了，主观上是想颂美他们，实际上却造成了对劳动人民的误解甚至歪曲。在吴敬梓的后半生，除了写成一部《儒林外史》外，他把精力都用在“治经”上，认为这是“人生立命处”。这说明他对儒家经典还是崇拜的，并把它们理想化，企图以此来挽救封建末世的衰风颓运。他曾为修复南京雨花台的先贤祠，不惜卖掉故乡全椒的老屋。在《儒林外史》中，作者还费了不少笔墨描写了祭泰伯祠的场面作为修先贤祠的写照。这段描写正好清楚地暴露了吴敬梓身上所存在的复古倒退思想。

第二节 “儒林群丑图”

《儒林外史》以讽刺科举制度和八股文为主要内容，着重从与封建知识分子关系比较密切的某些方面对当时那个腐烂透顶的封建社会进行了批判，深刻地揭露了封建统治阶级的罪恶。通过作者有力的讽刺和鞭挞，全书所展示的是一幅穷形尽相的封建知识分子群丑的画卷，其批判锋芒实质上已指向封建地主阶级所用以维护其反动统治的意识形态。这就从一个重要侧面反映了封建制度正在走向衰亡的历史必然趋势。

但作者并没有把这幅“儒林百丑图”割裂为一个个孤立而

静止的画面，而是把他所讽刺批判的人和事加以组织贯穿，并赋予它们以一个具有一定时代特征的社会背景。通过这个背景，读者可以看到统治阶级对人民的剥削和迫害，还能意识到人民在水深火热的处境中对统治者是有反抗和斗争的。然后在这个背景上面，作者把他要讽刺和批判的人和事一一展示给读者。这就使读者比较清楚地感到，这些被讽刺和被批判的大大小小的人和事都是促使那个时代必然走向没落崩溃的有机因素。

《儒林外史》一上来就反映了封建统治者欺压人民的威势。在第一回里，作者就通过怕事的秦老说出“灭门的知县”的话，说明在吴敬梓的时代即使一个小小县官已足以使百姓无法安宁度日了。第十三回蘧駪夫的枕箱事件，第三十五回卢德的《高青丘文集》事件，正是清初大兴文字狱的剪影。作者有意识地把全书故事发生的时间移到明代，正是为了避免清王朝统治者这种恐怖政策的迫害。而农村中地主阶级的剥削和压迫就更其残酷：第三十六回写一个佃农被地主逼得跳河自杀；第三十五回写北京彰仪门（今广安门）外，正当皇帝打着征聘“名儒”的幌子以粉饰太平的同时，就有一对老年农民夫妇因穷苦到极点而在一昼夜间相继死去；第十六回写匡超人家里是普通农户，但匡超人的哥哥如果不营副业，匡超人自己如果不半夜里起来磨豆腐卖，单靠种田就根本活不下去。在南京城里，靠修补乐器为生的倪老爹因为“一日穷似一日”，把四个儿子都卖到他州外府，最小的一个儿子也被迫以“过继”的名义“送”给了演戏的鲍文卿，换来了二十两银子。这个数目显然是当时买卖人口比较“公平合理”的价格了（第二十五回）。而开当铺的商人代人转手放高利贷，二百一十两银子的本钱“三个月就拿回三百两”（第五十二回）。在由陕入川途中的深山里，木耐夫妇由于“冻饿不过”，便设计装鬼拦路抢劫（第三十八回）；在山东兖州通往北京的大道上，一伙“响马”同客店主人勾结起来，公然劫走由外省解往京都的饷银（第三十四回）。特别是在第四十三回里，作者以骏快调侃的生花妙笔写到两百只小拨船洗劫盐船的生动场面。这些描写，大大有助于我们了解所谓康、雍、乾“盛世”到底是个什么样子，使我们清楚地看到作者所生活的那个时代的社会缩影。就在这个充满矛盾和斗争的封建末世的图景中，作者对科举制度和八股文进行了讽刺和鞭挞。

封建科举制度创始于隋唐，到明清两代又有较大的变化，即不再以诗赋为主要考试科目，而是规定要考八股文。这是一种内容空洞、形式僵化的文体。考题必须是《四书》《五经》中的文句。作者必须“代圣人立言”，不准称引三代以下的史实，不准把文章的内容牵涉到题目以外的意思上去，只能亦步亦趋地模仿古人的口吻和重复儒家经典中的意见，只准依照朱熹的注释来阐述文义，绝对不允许发表个人独立的见解。至于文章的规格程式，则是完全固定了的，连字数也有一定的限制。这显然是由于封建制度已经濒于崩溃，地主阶级感到自己的统治权很不巩固，才采取了这样一种反动的政治措施，其目的是进一步毒化和控制人们的思想，为封建统治阶级培养驯顺的官僚和奴才，并使一般读书人只能做毫无头脑的学舌鹦鹉，从而有利于维护其岌岌可危的封建统治。

自从明代初年推行八股文以后，就陆续受到不少具有进步思想的人的反对和批判。到明末清初，像前面谈到的王夫之、顾炎武和颜元等，更是大声疾呼反对以八股取士的代表人物。清初的蒲松龄则通过《聊斋志异》中许多生动的艺术形象，来指摘以八股取士的种种弊害。吴敬梓继承和发扬了这一进步传统，把对科举制度和八股文的批判提到了一个新水平。他以剔肤见骨、淋漓酣畅的笔锋，惟妙惟肖地勾勒出了各种类型封建知识分子的嘴脸，不仅揭发了由科举制度、八股文所造成的恶果；而且从客观效果看，实际已否定了这一制度的本身。

吴敬梓在第一回里，就通过他所塑造的理想人物形象王冕的口，揭示了全书的宗旨。他反对热衷于功名富贵的人，并认为以八股文取士的科举制度使读书人“把那文行出处都看得轻了”。紧接着书中就写了周进、范进这两个腐儒的典型，着重写出他们精神上的堕落和空虚。周进考到六十多岁还是个童生，但他热衷于科举的心始终不死，一定要去观光一下贡院。这一看不打紧，结果是“一头撞在号板上，直僵僵不省人事”。醒来后更满地打滚，“号啕痛哭”“直哭到口里吐出鲜血来”。在当时上层社会舆论压力下，他满肚子的辛酸悲恸就是由于“苦读了几十年的书，秀才也不曾做得一个”。可是他一旦考取，却俨如平步登天，“不是亲的也来认亲，不相与的也来认相与”。当初周进曾在观音庵里做塾师、教蒙童，一个王举人来了竟让周进为他打扫吃剩的鸡骨头，而这时却在庵里供上了“周大老爷”的“长生禄位牌”。范进也是个一直考到胡须花白还没有考中的穷秀才，当他向丈人胡屠户借路费去考举人时，被胡屠户骂得“狗血喷头”，说他是“癞虾蟆想吃天鹅肉”。等他乡试回来，家里已经饿了两三天，只好抱着一只母鸡去卖。当他看清了中举的报帖确已在屋里“升挂起来”，自己几十年梦寐以求的希望果真成为事实时，他却“往后一跤跌倒，牙关咬紧，不省人事”。被救活后，他又“拍手大笑”，跑到一个庙门口站着，“散着头发，满脸污泥，鞋都跑掉了一只，兀自拍着掌，口里叫道：‘中了，中了！’”直到由他平常一见就怕的丈人胡屠户打了他一个嘴巴，他才恢复了神志。作者正是通过这两个小人物的悲喜剧，对科举制度进行了无情揭露和悲愤控诉。作者把周进作为对功名科举感到绝望的人们的代表，用撞号板来揭示他的精神世界；而把范进则作为出乎意外爬上去、因而高兴得忘乎所以的人们的代表，用中举后的疯狂失态来揭示他的精神世界。他们从穷途末路一跃而飞黄腾达，从受害者变为害人者，从社会上的废人一变而为罪人，这都是万恶的科举制度造成的。而这些人之所以非走这条“荣身之路”不可的原因，则从范进中举后的生活遭遇完全可以得到解答。不但胡屠户对这位高中了的女婿完全改变了态度，从轻蔑立即转为尊敬（通过这个次要人物，作者集中刻画了炎凉的世态）；而且马上就有乡绅来送银子、送房屋、送田产，还有些破落户来投身当仆人；更重要的是通过这条渠道，一个普通的读书人就可以爬上封建官僚的地位。周进从每年馆金不过十二两银子的塾师一跃而为“绯袍金带，何等辉煌”的学道，正说明科举制度本身就是一个骗局！

作者通过周进、范进的故事还揭露了科举制度的另一个黑暗面，即一个人之被录取与否是毫无客观标准的，根本不凭任何真才实学。周进本是个冬烘学究，除了读过别人的一些试卷之外，诗词歌赋一概不懂。这样的人后来竟成了国子监司业。范进的试卷在周进眼里，原不知“说的是些甚么话”，不料看到第三遍，却忽然发现是“天地间之至文”，没等人把卷子交齐，就把范进的文卷填了第一名。周进所说的“屈煞了多少英才”的“糊涂试官”，恰好成为他不打自招的供状。而范进连苏轼是什么人也不知道，却从此一帆风顺，当上御史，并钦点山东学差，成了替朝廷选拔人才的“宗师”。这就不仅是骗局而已，在吴敬梓的笔下，科举制度实际已是犯罪行为了。

作者在书中还描写了其他不同类型的八股迷、“时文鬼”。鲁编修、高翰林之流，是靠着八股文起家，爬上了统治阶级行列的。因此把八股文吹得神乎其神，自以为找到了作八股的诀窍。鲁编修一本正经地教训女儿说：“八股文章若作的好，随你作甚么东西——要诗就诗，要赋就赋，都是一鞭一条痕，一掴一掌血；若是八股文欠讲究，任你作出甚么来，都是野狐禅，邪魔外道！”高翰林更得意扬扬地声称自己善于揣摩别人的考卷，所以写出八股文来“没有一句话是杜撰，字字都是有来历的”。其实那不过是拙劣地模拟和照搬。然而，那些“摩元得元，摩魁得魁”的庸陋浅薄的儒生却把这样的东西当成“学问”，终身钻进去而不知天地间还有其他的知识和学术。就在鲁编修的熏陶教诲下，他的女儿鲁小姐竟在“晓妆台畔，刺绣床前，摆满了一部一部的文章；每日丹黄烂然，蝇头细批”。当她发现自己的丈夫不长于此道，就整日愁眉泪眼，短叹长吁，口声声责怪丈夫误了她的终身。后来她只有寄希望于下一代，每日拘着她那刚满四岁的儿子讲《四书》，读文章。这一令人惊心骇目的事例足以说明八股文的流毒有多广，害人有多深了。

马二先生也是作者精心塑造的另一典型人物。他既是科举制度的虔诚信徒，又甘心充当“读书做官论”的义务宣传员。他补廪二十四年都没有爬上去，但对考科举、作八股并无丝毫怀疑和不满；他已变成一个呆头呆脑的迂儒而不自知，却孜孜不倦整天价毒害别人。他对蘧駪夫说：“举业二字，是从古及今人人必要做的。……到本朝用文章取士，这是极好的法则。就是夫子在而今，也要念文章，做举业，断不讲那‘言寡尤，行寡悔’的话。何也？就日日讲究‘言寡尤，行寡悔’，那个给你官做？”他还对匡超人说：“人生世上，除了这事（指作八股文、考科举），就没有第二件可以出头。……书中自有黄金屋，书中自有千钟粟，书中自有颜如玉。”这些话赤裸裸地表达了他的全部人生观，也反映了当时大多数封建知识分子的共同心理。但作者写马二先生身上还存在着某些优点，如仗义疏财、急人之难等，可见他所鞭挞的是整个科举制度，并非只对个别人进行人身攻击。

吴敬梓既反对科举制度，就必然对那些通过科举阶梯爬上去而厕身于封建官僚机构中的祸国殃民的贪官污吏，以及与他们狼狈为奸的土豪劣绅，也感到鄙视和憎恨。因此在《儒林外史》中，作者愤怒地揭发并斥责了这些家伙横行霸道残害人民的罪恶。高要县的汤知县为了博得“好官”的名声，竟听信劣绅张静斋的胡言乱语，把回民老师傅枷起来示众，还在枷上堆了五十斤牛肉，结果闹出了人命，激起回民鸣锣罢市。然而这个昏庸残暴的瘟官竟然厚颜无耻地请求上司允许他惩办带头罢市的人，好挽回自己的面子。而他在一年中搜刮到的民脂民膏便有“八千金”。南昌太守王惠念念不忘“三年清知府，十万雪花银”的“通例”，刚一上任就打听：“地方人情，可还有什么出产？词讼里可也略有些什么通融？”蘧景玉预言他衙门里必定会响彻“戥子声、算盘声、板子声”，这些话果然应验了。王惠钉了一把头号库戥，把六房书办传来，“问明了各项内的余利，不许欺隐，都派入官”。而且“三日五日一比”，把衙役百姓们打得魂飞魄散。“合城的人，无一个不知道太爷的利害，睡梦里也是怕的。”然而这个恶魔般的官僚，在上司眼里却是江西第一能员。再如彭泽县知县得知盐船在本县境内被抢，居然矢口否认这件铁一般的事实，他怒气冲冲地说：“本县法令严明，地方肃清，那里有这等事！”不由分说，竟把前来告状的舵工打得皮开肉绽。押船的朝奉求人说情，才“扯个淡”，把一干人全赶出去，案子也不了了之。总之，所谓“钱到公事办，火到猪头烂”，正是官吏们信守的格言。作者通过对这批贪婪残暴的害民贼的描写，直接揭露了清代中叶的官僚政治是多么腐朽黑暗。

这批“儒林”士子以八股文为敲门砖取得“功名”以后，即使做不成贪官，也可以充当鱼肉乡里的劣绅地主。他们不仅直接压迫、剥削劳动人民，而且交通官府，包揽词讼，擅作威福，生事害人。乡绅张静斋是举人出身，做过一任知县，回到原籍成了著名的光棍。他暗中陷害僧官以图霸占人家的田地，到了高要县，又替汤知县出坏主意，几乎被群众揪出衙门一顿打死，吓得他换了衣服溜掉了。而严贡生的行为品质则尤其恶劣。他口称自己“在乡里之间，从不晓得占人寸丝半粟的便宜”，实际上却用流氓手段霸占穷人王大的猪，还打折了王大的腿。他硬把云片糕说成值钱的药，目的是恐吓船家和水手，赖掉几个船钱。吝啬鬼严监生死后，严贡生欺他弟媳赵氏孤儿寡母，就明目张胆地派自己的二儿子去“过继”，把财产夺来了十分之七。可是他口口声声讲的是“礼义名分”，强调“我们乡绅人家，这些大礼，都差错不得的”“务必要正名分”。可见封建统治者所维护的礼教不过是这些土豪劣绅干坏事的得力工具。此外，作者还以十分憎恶的态度写了骄奢淫逸与欺诈豪横的盐商万雪斋、宋为富；对五河县地主彭乡绅和盐商兼典当商方老六，表示了极度的鄙夷和轻蔑。这说明作者从对科举制度的不满已扩展为对超经济剥削行为地抨击了。

科举制度和程朱理学原是一件事物的两个方面，它们从不同的角度来宣扬孔孟之道，借以维护封建王朝的反动统治。吴敬梓对于程朱理学的批判，主要是通过揭露某些封建道德的虚伪性和鞭挞某些封建儒生身上的丑恶品质和无耻作风来体现的。作者在书中着重写了三种人。一种是考中科举以后就开始变坏，从一个纯朴诚实的人变为虚伪矫情、厚颜无耻的人。范进在中举以前，行为并无劣迹；等到跟着张静斋到高要县去打秋风，品质就逐渐变坏，因此作者通过他吃酒时不用象牙筷子却吃大虾元子这一细节对他进行了诛心入骨的讽刺。荀玫本是年轻的读书人，在他考中后，王惠就替他出主意，让他匿丧不报，赖在京城做官，连周进、范进两位老师也认为“可以酌量而行”。这就说明年轻人进入官场后是怎样一点点变坏的。而匡超人的变化就更有典型意义。匡超人是贫苦出身的农家子弟，用自己的劳动来养活父母，品质原是纯朴的。由于当时的社会风气，加上马二先生的举业至上的宣传，他就日夜揣摩八股文的做法，终于考取了秀才。但中了秀才就是他堕落的开始。他先在杭州结识了一伙“名士”，看到他们虽然没有“功名”，却通过饮酒赋诗这种看似“风雅”的行径去交通官府，各处诗选上都刻着他们的诗，标着他们的名字，“只怕比进士享名多着呢”“才知道天下还有这一种道理”，于是便同他们鬼混在一起。后来又认识布政司衙门里的潘三，就变得越来越坏，甚至在赌场抽头、伪造印信、冒名代考，种种罪恶勾当都干出来了。等到在北京做了官，则更是变本加厉，俨然以命官自居，干出停妻再娶的犯罪行为，完全成了一个吹牛说谎、不知羞耻为何物的流氓。第二种是口头上大讲仁义道德，行为上却十分虚伪的人，所作所为同所说的一套完全对不上号。如严监生的两个妻兄王德、王仁，就是这种伪君子。他俩口里说“我们念书的人，全在纲常上做工夫，就是做文章，代孔子说话，也不过是这个理”；但眼里看的、心里想的却是银子。只要银子入了腰包，就可以毫无心肝地在他们的胞妹病危时忙着把妹夫的小老婆“扶正”，还替严监生写了一篇“甚是恳切”的“告祖先的文”，然后请客行礼，而他们的胞妹就在这大摆酒席的热闹气氛里断了气。还有第三种人，是程朱理学的笃信者，这可以王玉辉为代表。王玉辉的女儿死了丈夫，她表示要绝食殉夫。她的公婆听说，“惊得泪下如雨”，劝她“快不要如此”；她母亲听见王玉辉要去同女儿诀别，便骂他“越来越呆”。可是王玉辉却认为“这是青史上留名的事”，并对他老妻说：“这样事，你们是不晓得的。”女儿饿到第八天，终于死了，做母亲的哭得死去活来，而王玉辉却说：“他（她）这死的好，只怕我将来不能像他这一个好题目死哩！”竟仰天大笑，口里喊着“死的好！死的好！”走了出去。但当大家在烈女祠公祭，在明伦堂摆酒的时候，王玉辉却“转觉心伤，辞了不肯来”。他“在家日日看见老妻悲恸，心下不忍”，便想出外游玩。他“一路看着水色山光”，由于悲悼女儿，仍不免“凄凄惶惶”，到了苏州，看见船上一个少年穿白的妇人，“他又想起女儿，心里哽咽，那热泪直滚出来”。这段著名的文字正是暴露封建礼教最生动的描写，是对程朱理学最有力的诛伐。作者让这个程朱理学的信徒面对这一野蛮残酷的事件使自己的内心产生了尖锐的矛盾，从而把封建伦理道德的虚伪性揭露得淋漓尽致，其倾向性真是再鲜明不过了。

此外，吴敬梓还描写了许多所谓“名士”，把讽刺的投枪掷向了封建地主阶级的帮闲。这些人不过是一批江湖骗子，一伙依附于官僚地主阶级的寄生虫。在封建社会，有些知识分子爬不上去，便走上另一条“求名”的捷径。有钱的宦家子弟便做出“礼贤下士”的行为去沽名钓誉，搜罗一些“高人”“侠士”当“门客”；而那些在科举场中混了多年也爬不上去的人，就互相标榜，假充清高，在官僚地主们的豢养下捞一碗残羹剩饭。这些人实际都是科举制度的副产品。书中的娄三、娄四公子因为“功名蹭蹬”，就把一批“名士”延揽在家里，希望博取“贤公子”的名声。而那些被尊为“座上客”的杨执中、权勿用、张铁臂之流，都是下流龌龊的寄生虫。杨执中“乡试过十六七次”，都没有考取，只好在一家盐店里管账，结果却因嫖赌吃穿亏空了七百多两银子；他在一张纸上抄了半首元朝人的诗，便使娄氏兄弟佩服得五体投地，把他当成“高人”。权勿用自命“清高”，却是个好拐尼僧的恶棍，因而被官府捉去。张铁臂则把猪头冒充人头，骗了娄家五百两银子。这些帮闲身份的人不过是人类的渣滓。另外，在杭州的胡三公子本是个爱财如命的悭吝鬼，也竟附庸风雅，邀了一批“斗方名士”如开头巾店的景兰江、当江湖医生的赵雪斋之流来赋诗饮酒，丑态百出。这类人物的心理，以牛浦郎最有代表性。牛浦郎出身小商贩家庭，无钱读书，因看到牛布衣的诗稿，发现只要会作几句诗，并不一定进学中举，也能同“老爷”们来往。于是在虚荣心的支配下开始堕落，假冒了牛布衣的名字，到处招摇撞骗。事实上，这些人做了“名士”，不仅可以满足同达官贵人来往的虚荣心，而且可以不劳而食，过着追名逐利的无聊的寄生生活。作者正是通过这样一批人，从另一个侧面写出当时社会恶劣腐败的风气，而这种风气正是在科举制度和名利熏心的影响下形成的。

通过这样一幅“儒林群丑”的画卷，我们清楚地看到，在被剥削被压迫的劳动人民的上面，存在着一个庞大的寄生阶级，其中不但有通过科举渠道爬上去的大小官僚，而且有土豪劣绅和各种形形色色的寄生虫。这就是封建社会的真实面貌。

当然，吴敬梓并没有认识到，当时社会之所以腐败黑暗，并非仅仅是由科举制度和八股文这一个方面的因素造成的，而是决定于整个封建制度。因此他的讽刺和揭露也只能做到就事论事的批判，而不能真正打中封建地主阶级专制统治的要害。他所提倡的“文行出处”，归根结底不过是封建士大夫所标榜的“达则兼济天下，穷则独善其身”的翻版，充其量只能做到像王冕那样洁身自好，却无法“力挽狂澜”，因此对于整个封建社会的江河日下是完全无能为力的。至于对某些封建伦理道德观念，尽管吴敬梓对其虚伪性进行了批判，但他从根本上还是拥护的。比如对于孝和悌，从吴敬梓描写匡超人侍奉父亲的表现、郭孝子万里寻亲的行动以及余二先生出于手足情谊去包庇余大先生这些情节来看，都采取了宣扬歌颂的态度。作者虽然批判了烈女殉夫的不合理，嘲讽了那些趋炎附势的儒生恭送外姓富豪家的死人牌位入祠堂（第四十七回），但他对于把守节妇女的牌位送入节孝祠这一事实却并无批判。作为正面人物的虞华轩、余大先生，不仍然恭恭敬敬地把他们同族长亲的妇女牌位送入祠堂吗（第四十七回）？这些地方显然表现出作者思想上的严重局限，影响了他揭露和讽刺的深度和强度。

第三节 《儒林外史》中的正面人物形象

《儒林外史》在揭露批判当时社会上的各种丑恶现象的同时，也塑造了一批正面人物，以寄托作者本人的理想。这些正面人物形象是作为“儒林”群丑的对立面而出现的。他们鄙弃功名富贵，不愿与社会上的黑暗势力同流合污，有些人甚至不受封建礼教的束缚，对程朱理学表示怀疑。这在当时是有一定进步意义的。

王冕是作者心目中的主要理想人物，因此在全书一开始就用他来“敷陈大义”“隐括全文”，正面表明著书的宗旨。王冕出身贫苦，从小给人家放牛，后来一直自食其力，靠绘画为生，而且是个“天文地理，经史上的大学问，无一不贯通”的人。他的基本思想是鄙弃功名富贵，绝不与统治阶级同流合污。他不但拒绝元朝官僚的邀请，也逃避明朝皇帝朱元璋的征聘。作者在第一回篇末特别强调：“究竟王冕何曾做过一日官？”这同时也就表明了作者本身对功名富贵和封建官场的态度。书中写到明王朝建立以后，“礼部议定取士之法：三年一科，用《五经》《四书》八股文。”王冕得知这消息，便发表意见说：

> 这个法却定的不好！将来读书人既有此一条荣身之路，把那文行出处都看得轻了。

很显然，作者正是借这个人物以果敢鲜明的态度表达了自己的思想观点和爱憎感情。

然而，就在作者所精心塑造的王冕身上，我们清楚地看到了吴敬梓自己的思想局限。首先，王冕之所以不做官，是由于对母亲的孝道。因为王冕的母亲临终时叮嘱儿子不要做官，王冕是一直遵从的。可见作者心目中把“孝道”摆在了“文行出处”之上。这正是作者对封建道德观念的崇拜信仰。其次，王冕的“清高”除了继承了“独善其身”的封建士大夫传统思想外，作者还把他写成具有“儒者气象”的“高人”，他劝朱元璋应该“以仁义服人”，不可只靠“兵力”。可见作者的最高理想仍没有跳出孔孟儒家的一套“仁政”措施，而这一套归根结底都是为了巩固封建统治的。根据我们对这个被作为作者的理想人物而摆在全书第一回的王冕形象的分析，就可以看出作者本人思想上存在的局限性。

杜少卿是作者着笔最多、用力最勤的一个正面人物形象，在他身上比较全面地体现了作者的思想。他反对科举制度，瞧不起作八股文的儒生，认为“这学里的秀才，未见得好似奴才”。他极端蔑视功名富贵，甚至不喜欢人在他跟前说人做官，说人有钱。他敢于藐视封建礼教和传统习俗，竟一手拿着金酒杯，一手携着他妻子的手，去逛清凉山，一边走一边大笑，使两边的游人都不敢仰视。他甚至对朱熹公开表示怀疑。在谈到前人有关《诗经》的注释时，杜少卿曾说过这样一段话：

> 朱文公解经，自立一说，也是要后人与诸儒参看。而今丢了诸儒，只依朱注，这是后人固陋，与朱子不相干。

明清以来，朱熹对儒家典籍的注释已成为“天经地义”，是任何人不许反对的。而在杜少卿眼里却把朱熹降低到一个普通学者的地位，认为他只不过是“自立一说”，并且“要后人与诸儒参看”。这实际是对朱熹的权威地位表示怀疑和反对。所谓“后人固陋”，正是指责统治阶级硬把朱注“定于一尊”，让天下读书人盲从。后来作者又通过武书的谈话加以发挥：

> 近来这些做举业的，泥定了朱注，越讲越不明白。四五年前，天长杜少卿先生纂了一部《诗说》，引了些汉儒的说话，朋友们就都当作新闻。

可见作者心目中的朱熹并非怎么了不起，他的注解更无所谓权威性。但当时考八股文只许依据朱注，原是封建统治者的功令明文规定的；而武书却认为如果“泥定了朱注”，就“越讲越不明白”，这正反映出吴敬梓本人不仅不同意朱熹的学术见解，而且对当时统治阶级所规定的科举制度（即功令）也表示不满。这在程朱理学占统治地位、八股文风靡一代的情况下，确已是难能可贵的了。杜少卿原是个豪华公子，却非常轻视金钱，经常把大捧的银子拿出来资助别人，甚至被人把钱骗去，终于很快地把田产卖光，弄得一贫如洗，只靠“卖文为活”。但他却“布衣蔬食，心里淡然”，满足于“山水朋友之乐”。他把许多封建官僚和地主都不看在眼里，别人要他去会见现任知县，拜知县做老师，他说：“王家这一宗灰堆里的进士，他拜我做老师我还不要，我会他怎的？”当臧蓼斋贩卖他那一套赤裸裸的市侩哲学时，杜少卿对臧的结论是：“你这匪类，下流无耻极矣！”可见杜少卿身上已多少带有离经叛道的气味，同正统的儒家思想有了一定的距离。但另一方面他又同王冕一样，也很重视孝道，“但凡说是见过他家老太爷，就是一条狗也是敬重的”。这简直把孝道抬高到盲目信奉的地步了。

与杜少卿性格气质相近的正面人物，还有早于杜少卿出现在书中的蘧景玉，以及到第四十六回才出场的虞华轩。他们可以说是作者对杜少卿这个艺术形象的补充。虽然着墨不多，却都具有反功名富贵，反市侩作风的特点。可是蘧景玉的孝道，虞华轩的“知书达礼”，也同样是吴敬梓思想中所存在的正统儒家封建思想的反映。

在《儒林外史》中作为“上上”人物出现的是虞育德和庄绍光。他们甚至是杜少卿最推崇、最敬重的人。虞育德在书中被称为“真儒”，而且是当时唯一能用自己的言行去“德化”旁人的“圣贤之徒”。祭泰伯祠的“大典”就是由他“主祭”的。这个人虽有“待人厚道”的“美德”，却不大讲是非原则。根据书中所描写的他的某些行为来判断，他身上明显地存在着封建社会世俗的“中庸之道”。庄绍光是杜少卿所“师事”的人，他确有不肯屈节于权贵，不爱同官场势利中人交往的一面；但他对“君臣之礼”却很看重，有人荐举他入京去见皇帝，他还是去了。只是到了京城后，感到“我道不行”，才又回到南京，“著书立说，鼓吹休明”。尽管他辞官不做，可是皇帝赐给他一座在玄武湖的别墅，他还是老实不客气地享受了。这种讲求“文行出处”的方式，对封建统治阶级又有什么害处呢？

另外，作为杜少卿的好友，还有一个迟衡山。他的最高理想是经史上的“礼乐兵农”。他说：“而今读书的朋友，只不过讲个举业；若会做两句诗赋，就算雅极的了。放着经史上礼乐兵农的事，全然不问！我本朝太祖定了天下，大功不差似汤武，却全然不曾制作礼乐。”如何去实践“礼乐兵农”的事呢？答案是倡议修建泰伯祠，并“用古礼古乐致祭，借此大家习学礼乐，成就些人才，也可以助一助政教”。可见他所希望的仍不过是实现封建统治者所吹嘘的“德治”“仁政”，他的理想不过是理想化了的封建正统思想。迟衡山的倡议终于实现了，而且作者还把用古礼古乐祭泰伯祠当作书中特别重要的一件大事来描写，并主观臆造地夸张为“两边百姓，扶老携幼，挨挤着来看，欢声雷震”。其实，这完全暴露了作者思想中顽固落后的一面。这种复古恋旧的迂腐行动，不仅不足以挽回“世道人心”，反而使今天的读者感到荒唐可笑。

除上述人物以外，作者还写了一个正面人物萧云仙。他是武人，却读过书。在他镇守边疆时，曾鼓励居民垦荒，并动用官库钱粮兴修水利，开办学堂，这确有点实干家的味道；但作者又写他修建先农坛，行祭祀之礼，于是这个人物就成为实现迟衡山“礼乐兵农”的全部理想而设计出来的了。他在边疆上搞的那一套，实质上是吴敬梓理想中的“仁政”。可见书中所有正面人物身上所体现出来的思想和行动，其实质都是为了维护和巩固封建统治阶级利益而设想出来的。然而，不论虞育德的“以德化人”，还是庄绍光的著书立说；不论是在南京祭泰伯祠，还是在边疆推行“仁政”：到头来都不免成为风流云散一场空。杜少卿穷愁潦倒，萧云仙破产偿公，不论是文人、武人、学者、“清官”，即使他们的行动和理想主观上是为了封建统治阶级的利益，但他们在那个腐败黑暗奄奄一息的封建末世，却都是不得志的，而且是与当时的社会现实和传统势力格格不入的。这就清楚地表明，吴敬梓对于清王朝统治下的政治是不满的，但他本人又看不到出路，因此，作品后半部越来越趋向于感伤和悲凉，甚至流露出绝望的情绪。这一点，我们完全能够理解。

总之，由于吴敬梓本人毕竟是封建官僚地主阶级出身，并饱受封建正统思想教育，他所塑造的理想人物就必然是像向鼎、萧云仙那样的“清官”或“好官”；像虞育德、庄绍光那样的“真儒”或“通儒”；像杜少卿、虞华轩那样的地主阶级中的“浊世佳公子”。体现在这些人物身上的固然有不少在当时是属于有进步意义的民主性精华，但同时也存在着相当严重的阶级局限和封建糟粕。

《儒林外史》中还有一些正面人物形象并不属于封建地主阶级知识分子，而是属于城市平民或农民。他们基本上都是自食其力的劳动者。这些人中，有给娄家看坟山的邹吉甫，开小香蜡店的牛老爹和开米店的卜老爹，演戏的鲍文卿，修补乐器的倪老爹，以及第五十五回作为结束全书的四个市井“奇人”——写字的季遐年，卖火纸筒子的王太，由开当铺变成开茶馆的盖宽，裁缝荆元，以及在同一回书里出现的灌园于叟。如果凭出身，第一回里从小给人家放牛的王冕也应属于这一行列。非常明显，吴敬梓在写这些人物和他们的身边琐事时，态度是严肃认真的。他们在统治阶级心目中，是一些低下的微不足道的人，而吴敬梓恰好就对这些人表示了同情和尊重。作者对他们淳朴善良的品质和作风作了颂扬和肯定。鲍文卿虽是“戏子”，为人却有操守，富于正义感，坚决拒绝受贿并替人向官府说情。作者曾借太守向鼎的口称他“颇多君子之行”，并认为那些中进士当翰林的人都不如他。鲍文卿曾说：“须是骨头里挣出来的钱才做得肉。”这就是说，只有凭自已劳力来养活自已，才是高尚的。特别是那个裁缝荆元，竟然把他的“贱行”提到了与读书进学、弹琴作诗平等的地位。另外，作者还写了一个敢于同有钱有势的大盐商相抗拒的女子沈琼枝。她宁可靠卖诗文和做女红糊口，也不愿给盐商做妾。她从扬州逃到南京，凡是看到她的，不是把她“当作倚门之娼”，就是疑她为“江湖之盗”。可是她并不气馁，只要“有恶少们去说混话”，她“就要怒骂起来”。当杜少卿问知她的底细时，便对她说：“盐商富贵奢华，多少士大夫见了就销魂夺魄；你一个弱女子，视如土芥，这就可敬的极了！”在沈琼枝身上，迫切要求人格独立和自食其力的思想显得很突出，作者对此又给予高度评价，这充分表现了作者的具有民主性的妇女观。《儒林外史》正是通过这些正面人物形象来讽刺和批判那些出卖灵魂的“儒林”群丑和封建统治阶级及其爪牙、寄生虫的。

必须指出，尽管吴敬梓具有这样可贵的进步思想，但他对于“市井小民”本身却缺乏真正深入的了解。他是按照一个封建知识分子的思想感情去塑造和描写这些人物的。这些自食其力的“市井小民”，虽然披上了劳动人民的外衣，面孔却依然是封建知识分子。好像在吴敬梓看来，只有把他们给士大夫化、风雅化了，才算把他们的地位抬高，才算对他们进行表彰和表示尊敬。吴敬梓是以自己的封建知识分子的世界观来看待和理解这些“市井小民”的。因此，他虽然描写了农民受压迫、受剥削的痛苦生活，虽然描绘并歌颂了劳动人民善良淳朴的优秀品质，但在肯定和歌颂他们的同时，却又赞美他们的安分守己，如鲍文卿的卑躬屈节、甘居于低贱身份，以及邹吉甫父子身上的奴性等。就连他所极力渲染的正面人物如王冕、杜少卿等，尽管也写到他们同身份低下、生活穷困的人有来往，实际上表现在他们身上的“美德”，仍不过是远离人民的封建士大夫的清高孤傲而已。因而全书的收场只能归于烟消云散。就在最末一回，作者把于老者的园圃描绘成清凉山后面的“世外桃源”，把荆元所说的“每日寻得六七分银子，吃饱了饭，要弹琴，要写字，诸事都由得我；又不贪图人的富贵，又不伺候人的颜色，天不收，地不管，倒不快活”的话当成理想的人生道路，这实际上不过反映了吴敬梓本人的逃避斗争、远离现实的一种幻想，是他在无可奈何的绝望中一种自我麻醉的安慰罢了。

附　记　这篇论稿还缺第四节“《儒林外史》的讽刺艺术”没有写，当时因有别的任务摆下来了。原定要写的内容，除具体论述吴敬梓的讽刺艺术外，还想谈两点：即《儒林外史》全书的结构是有机的而非杂凑的，和吴敬梓笔下的白话文是经过文言文的训练后提炼出来的，与《聊斋志异》所用的文言文是吸收了口语然后形成的恰成对照。现已事过境迁，加以前三节也可自成段落，姑仍其旧，不必再画蛇添足了。

我治古典小说纯系工作需要。如果说对于前代几部名作有所研讨的话，那只有对《儒林外史》还算比较熟悉，二十多年来一共写过四篇文章，现在只收入主要的两篇。读者当可于此窥见其观点今昔之异同。昔人著书立说，往往悔其少作，因而晚年手订稿本，每删除年轻时的文章。我则以为对同一研究对象进行不断探讨，从而产生观点方法和材料上的异同，本属顺理成章，何必不存其本真。而对同一研究对象所撰写的文字同时收入一本书中，这在前人亦不习见。不妨就自我作古吧。读者如在比照之下发现我尚不无寸进，固然差堪告慰；倘察及我是原地踏步在炒冷饭或竟是倒退，从而提出批评，那对我更是莫大鞭策。

一九八一年二月校改后附记

关于曹雪芹生卒年问题的札记

一

吴恩裕先生在考订曹雪芹卒年的大作中屡引“脂批”，曾谈及曹雪芹在壬午年九月有向脂砚斋索书事。检《庚辰本脂批石头记》第二十一回内此段眉批，原文是这样的：

> 赵香梗先生《秋树根偶谭》内，兖州少陵台有子美祠（原吴作“词”），为郡守毁为己祠（原误作“词”），先生叹子美生遭丧乱，奔走无家，孰料千百年后，数椽片瓦，犹遭贪吏之毒手，甚矣才人之厄也！因（原误作“固”）改公《茅屋为秋风所破歌》数句，为少陵解嘲。……（此下略去所改诗句）读之令人感慨悲愤，心常耿耿。

在这段话的下面，另有一段话道：

> 壬午九月，因索书甚迫，姑志于此，非批《石头记》也。……

这里所说的“因索书甚迫”，照我的理解应该是这样的意思：脂砚斋主人借到了一本《秋树根偶谭》，《偶谭》的所有者在“壬午九月”向脂砚斋“索书”，所“索”即《偶谭》是也。由于“索”得太急迫，脂砚斋主人就匆忙地把书中有关杜甫祠的记载，过录到手边的《石头记》上，并加上几句说明——“姑志于此，非批《石头记》也”云云。可见这事不但与曹雪芹无干，甚至与《石头记》也是无干的，不过是借《石头记》的书头空白当速记簿耳。而吴恩裕先生却把它理解错了，还进一步引用了来作为曹雪芹死于癸未年的一条证据。这样的考据方法我看是欠妥的。

二

以上这则札记曾在1962年6月5日的《光明日报》东风版发表，题为《读〈脂批石头记〉随札》。我对《红楼梦》夙无研究，可以说没有发言权，平时也从不写有关“红学”的文章。1962年6月，正值影印脂批甲戌本《石头记》刚刚出版，我曾用以对照影印脂批庚辰本《石头记》翻阅了一下。披览之余，便信手写了上面的札记。在拙文发表五天之后，陈毓罴同志的大作《曹雪芹卒年问题再商榷——答周汝昌、吴恩裕两先生》也在《光明日报·文学遗产》第四一八期上发表了。文中也谈到上引庚辰本第二十一回的这一条脂批。他的意见同我是不谋而合的（我写札记时根本不知有陈文，而拙文之发表仅早于陈文五天，可见毓罴同志在写他的答辩文章时也并不知有拙文，因此不存在互为影响的问题）。到6月23日，吴恩裕先生《〈读脂批石头记随札〉读后》的大作也在东风版发表了。他指摘我没有把那段脂批的文字引全，是断章取义，各取所需。这在我是感到十分惶恐的。由于他知道俞平伯先生是我的老师，便把俞先生也牵涉进来，言外之意说我这种“断章取义”的做法也是有所“师承”的。这就带有人身攻击的味道了。其实我当时只是为了节省篇幅而已，却未想到连老师也跟着受了牵累。为了以理服人，现将当年未引的批语迻录如下：

为续《庄子因》数句，真是打破胭脂阵，坐透红粉关，另开生面之文，无可评处。

现在我们退一步说，即如吴恩裕先生所论，脂砚斋主人引《秋树根偶谭》是由《石头记》中宝玉续《庄子》（原批作《庄子因》，乃浦初林云铭所作的一部诠释《庄子》的书，兹不蔓论）之文而发，而脂批所谓的“因索书甚迫，姑志于此”的话，我以为仍当解为因索《偶谭》甚迫而“姑志于此”，单从《脂批》中无论如何也看不出“索”的主语是曹雪芹，更体会不出这个“书”字就是指《石头记》。再退一步说，即使脂砚斋主人与曹雪芹不住在一起，所“索”之“书”就是这部《石头记》，而吴恩裕先生的立论之点，乃在于曹雪芹既因儿子生病，就必然不可能“索”回这部“书”去进行修改（这里又必须假定“索书”的目的就是为了修改原稿）；如果向人“索”了“书”，则儿子必未生病；儿子既未生病，则曹雪芹必不会因痛子之夭殇而病逝于壬午年；所以曹雪芹就一定死于癸未。这种“逻辑”推理几乎全部借助于个人的主观想象，而缺乏想象力者如不佞之辈，只好是望洋兴叹，甘拜下风了。

其实当年争论曹雪芹究竟卒于壬午抑卒于癸未，本与《红楼梦》思想艺术的评价无干，只是围绕着《红楼梦》的上下四旁展开争论而已。不过从我这样一个普通读者的角度来看，总感到主癸未说者不免近于凿空而缺乏力证，不像主壬午说者毕竟还有一条甲戌本脂批可为依据。故虽不学，也不禁要来凑一下热闹了。

三

主张曹雪芹死于癸未年的同志不相信《甲戌本脂批》所说“壬午除夕书未成，芹为泪尽而逝”的话，理由是这条眉批乃“甲午八月”所记。甲午是1774年，上距壬午（1762）已十二年，因时间太久，批书人可能误记了一年。最近读《甲戌本脂批》影印本，发现批语的款式是这样的：

> 能解者方有辛酸之泪，哭成此书。壬午除夕，书未成，芹为泪尽而逝。余尝哭芹，泪亦待尽。每意觅青埂峰，再问石兄；奈（原误作“余”）不遇癞（原误作“獭”）头和尚何！怅怅！
>
> 今而后惟愿造化主再出一芹一脂，是书何幸（原误作“本”），余二人亦大快遂心于九泉矣！
>
> 甲午八月（原误作“日”）泪笔

自“今而后”以下，乃是另起一段文字；以文义论，亦可断可续，不必非上下相属不可。然则“壬午除夕”云云一段话是否“甲午八月”所批实大成问题。如果这一段话不是甲午年所写，又有什么理由硬说其中的“壬午”字样是脂砚斋误记呢！

我对于曹雪芹及其《红楼梦》实在没有研究，今写此札，乃近于南郭吹竽，殊不值专家一笑耳。

四

上面这一则文字是与前面的第一节同时刊载在《光明日报》上的。文中虽未指名道姓，实是对周汝昌先生而发，因为说脂砚斋主人误记曹雪芹卒年的论点本始于周先生。大约周先生知道我在这方面是十足外行，所以没有表示什么意见。到了1965年，我在俞平伯先生处得见南京毛国瑶先生寄来的夹存于靖宽荣氏《红楼梦》旧钞本中的一张单页，单页上录有一条脂批，基本上与上引《甲戌本脂批》的两段文字相同而合为一段，末尾一行则作“甲申八月泪笔”。如果此纸所录可信，那么写这一条批语的时间只后于壬午除夕一年又七个多月，然则脂之误记雪芹卒年的说法显然不能成立。当时我曾怂恿俞老写文章，俞老虽同意而并未动笔。1965年7月25日，香港《大公报》副刊发表了周汝昌先生的《红楼梦版本的新发现》的大作，同时还附有这张单页的照片。周先生在这篇文章中并未对这条过录下来的脂批加以否定，相反，他倒是用比较客观的语气来说明原委，给人以此纸可信的印象。及1976年《红楼梦新证》增订再版，周汝昌先生乃一反前说，在《靖本传闻录》的篇末附记中写道：

> ……甲戌本中的批语，钞写相当工整，讹错不多（与庚辰本情况大不相同，对比便见），“甲午”二字十分清楚，原件仍在，历历可考。……再说，此残叶所录的批，在甲戌本原是两条，它却接连而书。此亦十分可疑。充其量，夕葵残叶亦不过同出过录，我们能否即据此孤零怪异的残叶（它的存在好像是专为解决“甲午”问题而来的）以定甲戌本之“误”？这个问题我觉得还有商量余地。

显然对此条脂批残页又持怀疑否定的态度了。我则以为“甲午”乃“甲申”之误书，可能性是很大的。因为周先生所怀疑的几点，都可以做出实事求是的答复。第一，甲戌本也是一个过录本；不得因那张残叶是过录的就轻易否定之，贬低其价值。第二，甲戌本并非没有错字，而且错得有时还相当严重。即如这几句文字，“癞”误作“獭”，“幸”误作“本”，倘无上下文，简直不知说的是什么。特别是“甲午八月泪笔”这一行，“月”本误作“日”。夫“八月”既可误作“八日”，而“午”“申”两字本来形近，只要“申”字上端的纸墨略有坏损剥蚀，传抄时就非常容易被认作“午”字。那么又何以见得“午”字就一定不是“申”字的误字呢？当然，这种悬揣之词未必能把人说服，正如别人用这种揣测之词也未必能说服我一样。倒是我远在见到这张残页之前，就对一事感到可疑。即“甲午”这一年分（去声）上距脂批最集中的年份（如己卯、壬午、丁亥）毕竟隔得远了一些。它去壬午十二年，去丁亥亦有七年，与前面的年份差距太大。我实在怀疑脂砚斋主人是否比曹雪芹多活了这么多年。如果这批语是在甲申年写的，则上距己卯、壬午，下距乙酉、丁亥，都并不远，似乎更符合批书人的实际情况。当然，这个问题的解决，仍有待于更多的资料的被发现，这里只不过提出我个人的一点想法而已。

五

关于曹雪芹的生年，胡适主张生于1718年（康熙五十七年），俞平伯、王利器主张生于1715年（康熙五十四年），周汝昌主张生于1724年（雍正二年）左右。俞说用张宜泉《春柳堂诗稿·伤芹溪居士》自注："年未五旬而卒。"周说用敦诚《四松堂集·挽曹雪芹诗》："四十年华付杳冥。"（诗的初稿是："四十萧然太瘦生。"）我过去主观上是这样的看法：生年基本上宜从周汝昌先生说，即生于1724年或略早（"略早"与"左右"微异，这是我个人的理解）；卒年应从甲戌本脂批。原因是：胡、俞、王说皆无力证，只凭考订者的主观愿望（如希望曹雪芹赶上曹家的繁华岁月，以及什么从某年到某年乃资本主义萌芽时期这种不大科学的说法等）是说不服人的。如用周说而略有提前，则符合于敦诚诗句，且与张宜泉语亦不相悖。若谓曹之卒年为四十八九，则敦诚诗应说"五十年华"，而不应在诗的初稿、定稿中始终揪住"四十"字样不放，周说是也。

近读1979年第三期《北方论丛》，内载张锦池同志《〈红楼梦〉的作者究竟是谁？》大作一篇。文中有一节专论"作者著书时的年龄"。张锦池同志根据甲戌、庚辰等脂批本《石头记》中的三条批语，认为曹雪芹可能生在1717年（康熙五十六年丁酉）。这三条脂批是：

一、"读五件事未完，余不禁失声大哭！三十年前作书人在何处耶？"（第十三回写王熙凤协理宁国府指出府中五大弊

病，见庚辰本眉批。着重点是原引述者加的，下同）

二、“树倒猢狲散之语，余犹在耳，屈指三十五年矣！哀哉伤哉，宁不痛杀！”（第十三回之始庚辰本眉批）

三、“旧族后辈受此五病者颇多，余家更甚。三十年前事，见书于三十年后，令（原误作“今”）余悲（原误作“想”）恸，血泪盈□（原缺一字）。”（第十三回论五弊甲戌本眉批）

张文的考证步骤是：一、据施瑮《隋村先生遗集》卷六《病中杂赋》诗自注，指出“树倒猢狲散”是曹寅生前常说的话；二、列兴曹寅家中所遭到的三件大事，即曹寅之死、雍正上台和曹家被抄，从而往后各推三十五年，以确定这三条批语的时限；三、根据张锦池同志本人的分析和判断，认为这三件事中以从曹寅之死往后推算三十五年的可能性最大。所以张说实际上是以1712年（康熙五十一年壬辰）即曹寅之卒年为起点，往后推三十五年到1747年（乾隆十二年丁卯），作为这三条脂批的写定年代，然后再上溯三十年至1717年（康熙五十六年丁酉）为曹雪芹的生年。果依此说，则曹雪芹卒于壬午或癸未（张说对曹的卒年采取两存态度），年四十五或四十六，与敦诚、张宜泉两说均无大矛盾。这个说法，比胡适的主张早一年，比俞、王的主张迟两年。但张说是有具体数字作依据的，故与前人凭空臆测者并不相同。

这一新的说法究竟达到何种准确程度，还要经过检验才能判定。但我个人认为这不失为一种比较有依据的考订方法，其说服力至少比只凭主观臆测然后横加武断的做法要强些。如果说什么叫作历史唯物主义和辩证唯物主义，我看首先得持之有“故”，然后再看是否能言之成“理”。有故与成理相结合，即所谓“言之有物”。具备这个“物”，才有条件谈得上是不是唯物主义。

六

以上札记五则，于1979年8月写讫。虽炒冷饭，亦三易其稿。当时乃应《红楼梦研究集刊》之索，挥汗而作。不料《集刊》编委同志以为既属回锅剩饭，自无发表价值，遂尔搁置。原稿几经追索，直到1980年末，才物归本主。而在这一段时间里，吴恩裕先生不幸逝世，我的答辩文章，殆已近于无的放矢。现收入《漫稿》，聊志雪泥鸿爪之意而已。顷见1980年第四辑《红楼梦学刊》载有赵学端同志《对脂批“索书甚迫”的我见》一文，对当年吴、陈两家（鄙札实附陈文骥尾而已）的争议提出了新的看法，自足成一家之言。而1980年第三辑《学刊》所载香港梅廷秀先生《曹雪芹卒年新考》一文，对甲戌本脂批“壬午除夕”做了新的解释，这就给有关曹雪芹生卒年的研究工作打开了一条新路。尽管我是主张曹雪芹卒于壬午年的，但对梅文这一论断仍感到佩服。夫学问之道，“知之为知之，不知为不知”，错了就改，后来居上，本属正常现象。固执己见，于人于己两无裨益，自不免为通人所讥也。

梅文第一段详析多少年来主张曹雪芹卒于“壬午”“癸未”的两派学说，以为皆有扞格难通之处，其说甚辩。虽不无可商榷之点，以其无关宏旨，姑不详论。而文章最精彩部分乃在第二段，即“‘壬午除夕’非雪芹卒年‘明文’，乃畸笏加批所署之日期”，确乎发前人之所未发。此说倘能成立，则证成主“壬午说”者都在被胡适的错误句读牵着鼻子走（包括我自己在内），真读书得间之笔。这里只想提出一点，即作为“壬午除夕”的批语“能解者方有辛酸之泪，哭成此书”两句，与下面一段批语的内容确有相连贯之处；因为下一段批语也涉及“哭”与“泪”。这是过录者偶然把这几段批语写到一处呢，还是原应一气呵成地读下去？如属后者，则胡适之说亦并非毫无道理。正如梅文在注脚中所说，“胡适还不至这样浅薄”。即使搞错，也算“观过知仁”，是可以说得过去的。梅文第三段正面阐述了他的看法：“曹雪芹卒于甲申年春天。”在这一段末尾，梅氏认为他“得到了另一个有力的佐证”，这即我在上文谈及的“甲午八日”当依夕葵书屋过录的脂批残页所记，为“甲申八月”之误。私心窃所欣幸的是，梅文反过来也为证成鄙说找到了一个“有力的佐证”。

这篇札记写到这里，确实可以收煞了。希望在今后的岁月里，学术界对这一问题能得出更精确的结论。

一九八一年二月四日即庚申除夕写完

闲红一舸录

一　小引并释题

我治古典小说完全是工作需要。1953年，北大中文系分配我协助浦江清先生讲授宋元明清文学史。浦先生承担诗文和戏曲，我就教了小说。1957年浦先生病逝，这门课改由吴组缃先生主持。吴先生是古典小说研究专家，对《红楼梦》尤有独到见解。因此，我从这以后便不大接触古典小说。偶然讲一次小说，也把《红楼梦》跳过去，请吴先生主讲。这就是我屡次声明我对《红楼梦》是外行、没有发言权的原因。这里有必要说明一下，绝对不是故作谦虚。

然而三十年来，“红学”始终是“热门”。作为一个教书匠和学术领域中的“打杂”人，对这个“热门”无法回避。所以有时只得勉强发言。比如这篇札记式的文章就是“遵命文学”。人贵有自知之明，应当“不知为不知”。明明是外行，却硬挤到行家里手的行列中来饶舌，只能算做凑热闹。凑热闹可以起两种作用：一种是投某位专家一票，即使不随声附和，也还是要敲敲边鼓，这还是好的；不好的一种便是挤进来开搅，近于无理取闹。我谈《红楼梦》，只能算凑热闹。“闹红”也者，即在“红学”论坛上凑凑热闹之谓。但我自信尚不至于到无理取闹的地步。夫“红学”的研究如汪洋大海，专家们各驾飞舟，乘风破浪于中流，以求达于彼岸。我这凑热闹的既不会游泳，又无巡洋舰和潜水艇，只能在浅港中泛画舸以应景。于是我就借用了姜白石的一句词作为本文的题目。附带声明，我对《红楼梦》的意见也只能到此为止，凑热闹究竟不能一再为之的。

二　《红楼梦》是否政治历史小说

这是“红学”界近年来讨论较多的题目之一。首先，我以为，“政治”和“历史”并不属于同一范畴。什么叫“政治小说”？这很难说。因为古今中外的小说几乎无不与政治有关。就其狭义言之，大约像马克·吐温的《竞选州长》之类可以算得上；而广义的政治，则不独历史小说、公案小说或谴责小说中有之，即神魔小说如《西游记》《封神演义》亦无不有之。《红楼梦》又岂能例外！然而《红楼梦》毕竟不是专讲政治的。其次，我以为，只有《三国演义》《东周列国志》才算得上比较标准的历史小说。像《说岳》《说唐》，恐怕只能算做英雄传奇，它们与《水浒》为近，而不宜称之为历史小说。而《红楼梦》的作者明明一再宣称已把“真事隐去”，因此，连把《红楼梦》算做曹雪芹一家一族的“家史”都不合适（实际上，从胡适的“自传说”开始，很多研究者都是把《红楼梦》看成作者的“家史”的），何况还把它看成一朝一代史迹的翻版和缩影？如果《红楼梦》里有“政治”，也有“历史”，便把它说成“政治历史小说”，那么，我们就不必去批判《红楼梦索隐》了，也不必批“自传说”了。这岂不反而开了倒车吗？

然则《红楼梦》是否爱情小说呢？自清末民初至五四以后，有一种叫作“言情小说”的，大抵属于鸳鸯蝴蝶派的作品。我不知道现在所谓的“爱情小说”与“言情小说”有什么区别。但我认为，所谓爱情小说，应该不仅以爱情为题材，而且还须以爱情为主题，才足以当之。《红楼梦》里虽有爱情题材，但爱情却不是作品唯一的主题。如果把《红楼梦》称之为爱情小说，似乎反把它的主题给缩小了。我比较同意一种论点，即一部《红楼梦》乃封建末世的社会缩影（当然，作者不仅是客观上如实地描绘它，还表示了自己的爱憎倾向）。所以我看还是袭用鲁迅先生的旧称，把《红楼梦》称作“人情小说”或“世情小说”比较合适。“人情小说”的提法见于《中国小说史略》，但鲁迅先生在行文中却经常用“世情”这个词儿。我以为，用“世情”比“人情”似更贴切。

三 《红楼梦》是否现实主义作品

这个问题说来话长。“现实主义”这一个词（还有“浪漫主义”“自然主义”等等）原是舶来品，放在中国古典文学史中本就带有借用性质。我最初写文章，总是说某个古典作品“具有现实主义精神”，而不说它是“现实主义作品”。后来习以为常，大家都这么说、这么用，如说《红楼梦》是伟大的现实主义作品，或批判现实主义作品，人们都不言而喻，我也就随俗从众了。那么，《红楼梦》究竟是不是现实主义作品呢？

19世纪的批判现实主义，概念是清楚的；十月革命后，苏联正式提出社会主义现实主义，概念也是清楚的。20世纪50年代末，我们提出了革命的现实主义和革命的浪漫主义相结合的口号。近两年来，有人对此提出怀疑，认为从来没有什么“两结合”的作品，要么是现实主义的，要么是浪漫主义的，而不能兼而有之。我却持截然相反的看法，即古今中外凡是好的、杰出的、伟大的、不朽的作品，不管你叫它什么，基本上，或大多数，是两结合的。当然，还要有“但是”：所谓“两结合”，并非二者各占百分之五十，而是有所偏重。哪一种比重大些，成分多些，就称它为现实主义的或浪漫主义的。从这个意义上，说《红楼梦》是一部现实主义作品，并不错。不过我要强调的是，几乎没有一个好作品是纯现实主义的或纯浪漫主义的。以巴尔扎克为例。我至今以为，巴尔扎克的《人间喜剧》几乎每一部小说都具有相当浓厚的浪漫主义成分，尽管谁也不否认巴尔扎克是现实主义大师，《人间喜剧》是现实主义杰作。与此同理，我也强调《红楼梦》里的浪漫主义占很大比重。我指的还不是故事情节中的超现实的部分，如宝玉衔玉而生，宝、黛是神瑛侍者和绛珠仙子转世，警幻与太虚，等等。即以创作方法而论，书中的三个男女主人公宝、黛、钗的形象的塑造，似乎都不能照搬恩格斯说的典型环境中典型性格的原则，去往他们头上套。不少文章（包括我本人写的《中国小说讲话》）分析贾宝玉思想中的民主性精华到底从什么渠道形成的（有人说来自买来的丫鬟们和演戏的女孩子们，有人说来自大观园这个所谓的典型环境，等等），即宝玉这个典型性格是在何种典型环境中形成的，说来说去总有点勉强。就连薛宝钗，一个十几岁的闺中少女，究竟从哪儿学来的那么多的人情世故，那么圆通，那么练达？恐怕也不易溯本穷源。依我看，曹雪芹是把他们都理想化了，是用浪漫主义的创作方法来塑造他的反正两面人物的形象和性格的。甚至我认为，现实主义的创作方法如人物的典型化、个性化以及细节的“真实”等，其本身就包含着理想化、想象化、夸张、浓缩等属于浪漫主义的东西。相反，我们说屈原、李白、雨果等大师是中外浪漫主义巨匠，难道他们不植根于社会生活现实，不着眼于当时的人民大众，对当时的统治阶级邪恶势力不持批判态度，就能写出《离骚》《蜀道难》《巴黎圣母院》来吗？理论家可能笑我连文艺学ABC都不懂，但我却坚认：不管怎么说，《红楼梦》里浪漫主义比重是很大的。要让我给《红楼梦》下断语，我愿说，它是一部带有浓厚浪漫主义成分的伟大的现实主义作品。当然，这里所说的现实主义和浪漫主义，还是借用西洋文艺思潮史中的概念。

四　《红楼梦》的作者继承了哪些先进思想

“四人帮”大兴“批孔”妖风之际，曹雪芹也被打扮成“法家”。这当然很荒唐。曹雪芹与所谓“法家”毫不沾边。但他反礼教、反八股、反程朱理学则有之。于是有人认为曹雪芹是“墨家”。我以为这也不沾边。《红楼梦》第二回，作者借贾雨村口中列举出一系列既非大仁又非大恶之人，可以看出曹雪芹所继承的先进思想多属逸士高人或奇优名倡所据有，可窥消息于一斑。另一方面，《红楼梦》里佛老思想很浓厚，也很严重。过去的论文对此大都持批判态度，认为书中的色空观念、虚无主义思想都是属于消极的东西。但我们如果把作家和作品摆在当时特定的历史条件下来衡量评价，就须一分为二地看问题才更合理。1955年我写《中国小说讲话》，在《清代的章回小说》一章里谈到《红楼梦》里有“市民”思想，并略论其渊源。现在摘引一段在下面：

> 明代中叶以后（小如按，原文在这之前曾谈到此时已产生了资本主义萌芽），具有叛逆性的王学左派思想开始抬头，反对程朱理学，鼓吹男女平等，替“强盗”和娼优说话的李卓吾正是代表了市民意识的卓越的思想家。在李卓吾的大力提倡下，反映市民意识的文学作品如《金瓶梅》之类才受到当时一班文人的重视（清初的几部伟大作品如《聊斋志异》《儒林外史》《红楼梦》等都是由具有进步思想的文人写成的，这同李卓吾大力提倡市民文学不

无因果关联）。到了明清之际，一些对君权发生疑问，对封建社会的经济基础起动摇作用的思想产生了；这种含有民主成分的先进思想由于当时民族矛盾的尖锐化，就伴随着民族观念（所谓遗民思想）而孳生起来，于是出现了顾炎武、黄宗羲、王夫之等人的思想。稍后，这种思想又通过颜元和李塨，成为一种新面目的儒家思想，讲求身体力行，反对程朱理学。这种进步的思想意识，显然是由于封建社会内部已经有了新的因素才会产生的。……至于在曹雪芹的《红楼梦》里，作者所表现的那种鼓吹男女平等，替低微下贱的奴婢抱不平，肯定“情欲”而反对“天理”，歌颂爱情而反抗礼教的思想倾向，那种对封建社会的腐朽制度和虚伪面貌采取彻底否定的态度，又正是直接从李卓吾的思想体系发展下来的。因此我们可以肯定地说，《儒林外史》和《红楼梦》应该被认为是反映中国封建社会末期里未成熟的资本主义关系的具有市民思想意识的文学作品。

我的这些意见，曾遭到几位知名学者的反对。可是直到二十六年后的今天，我仍然保留这个近于外行的看法。这里还要提到李卓吾。李卓吾就是以主观唯心主义的佛家思想来反对客观唯心主义的程朱理学的。就其反对官方钦定的程朱理学而言，我们似乎不能把李卓吾身上的主观唯心主义佛家思想一棍子打死。到了明清易代之际，民族矛盾一度上升为主要矛盾，而一些带反清色彩的具有爱国思想的文艺作品，如南洪北孔的两大传奇以及略早于洪、孔的吴伟业写的《秣陵春》，都把自己的理想国位置于空门或仙境。而明末遗老出家为僧道者不少。《儒林外史》虽未写有人皈依佛老、身为僧道，却写了市井小民和隐逸之士。他们都是由于憎恶现实而又无出路才逃避现实的。这同《红楼梦》作者让主人公采取“悬崖撒手”、弃家为僧的结局并无质的差异。然则《红楼梦》里充满浓厚的佛、老思想当然也是可以理解的了。

五　《红楼梦》里有没有“史笔”

谈这个问题，先要摆一摆我对中国小说史的粗浅看法。小说起源于神话和传说。神话和传说不只是野史（即小说）的起源，也是正史的起源。正史和野史的畛域是越到后世才分得越清楚的。中国古代的史籍如《左传》《国策》《史记》，当然是历史著作。但在《左传》《史记》里，有不少内容简直就是小说。因此讲先秦两汉文学史，总要讲史传文学。而讲中国小说史，自然也必须追溯到史传文学。因为正史和野史本是同源而异派。到了魏晋时代，用鲁迅先生的话说，在志怪小说之外还有志人小说。属于“志人”范畴的作品如《世说新语》，我们很难说它是历史还是小说。这就是中国小说史上的特殊情况。而从《左传》开始，包括司马迁的《史记》，直到欧阳修的《新五代史》，都有所谓“史笔”，也叫“春秋笔法”，后世对这种写史的手法还称之为“皮里阳秋”。这种“史笔”对后世文人加工或创作的小说，包括文言小说和白话章回体小说，产生了很大影响。有的小说还在这方面有所发展，如《红楼梦》就是。把这种写史的“春秋笔法”运用到小说创作上，我以为它包含三种意思。一是指诛心之笔；二是指旁敲侧击；三是指匣剑帷灯式的含蓄手法。这三种笔墨在《红楼梦》里都大量存在着。比如第十三回写秦可卿之死，这三种手法都用上了。如贾珍哭得如丧考妣，便是“诛心之笔”；把秦可卿的死因写得暧昧含糊，即属“匣剑帷灯”的手法。尤氏称病和丫鬟殉主，则为旁敲侧击。又如第五十四回，有这样一段描写：

贾母又命宝玉道：“连你姐姐妹妹一齐都斟上。不许乱斟，都要叫他干了。”宝玉听说，答应着，按次斟了。至黛玉前，偏他不饮，拿起杯来，放在宝玉唇边。宝玉一气饮干，黛玉笑说："多谢！"宝玉又替他斟上一杯。凤姐便笑道："宝玉别喝冷酒，仔细手颤，明儿写不得字，拉不得弓！"宝玉忙道："没有喝冷酒。"凤姐笑道："我知道没有，不过白嘱咐你。"（引文据戚本）

这一段称得起地道的"春秋笔法"。宝、黛的一斟一饮，斟而不饮，饮毕复斟，说明两人关系已到亲密无间、不拘形迹的程度。不然的话，黛玉是不会把酒杯送到宝玉唇边，让他代饮的。而宝玉重斟了一杯，下文如何，书中虽未明白交代，看来黛玉也不以与宝玉同杯共饮为嫌。这才引起凤姐的旁敲侧击。这不是匣剑帷灯式的"皮里阳秋"笔法又是什么呢？

所谓"史笔"或"春秋笔法"云云，这本来也是一种借用的说法，正如把西洋的现实主义、浪漫主义等术语借来用在中国古典文学作品上一样。但对于后者，人们每视为理所当然，没有什么异议；而一用古代传统的专门术语，就有人大惊小怪，出来反对。其实是大可不必的。

我还认为，《红楼梦》受史传文学的影响远远不止"春秋笔法"一个方面。刘知几在《史通》里总结我国历史著作经验，提出了"六家"与"二体"。"二体"即指编年和纪传这两种体例。到南宋时，袁枢撰《通鉴纪事本末》，于是又有以事件为中心的“纪事本末体”。这三体，《红楼梦》里都已采用。过去已有人为《红楼梦》故事做系年工作，可见它的叙述是有时间顺序的。《史记》中的人物传记的体例，大抵有三种类型。一种是以一人为主，虽涉及多人，而主干与枝叶轻重分明，如写项羽、伍子胥等。另一种是数人合传，同时并举，如《廉蔺列传》和《魏其武安侯列传》。还有一种虽属合传，却把所写的人物以类相从。这里面又可分成两类。如屈原与贾谊合传是一类，“刺客”“游侠”“滑稽”“日者”诸传又是一类。在《红楼梦》里，写贾宝玉固然近于以一人为主，但也有与钗、黛同时并举的地方。而写尤三姐、尤二姐的几回，则显属合传体。至于以钗、黛为主，以袭人、晴雯为钗、黛之“影子”（我是同意这种看法的），又近于以类相从。而“秦可卿之死”“元春省亲”“宝玉挨打”“抄检大观园”等，则又以事件为中心。中间还穿插了刘老老数进荣国府，使故事有经有纬。这些手法，完全继承并发展了史传文学的构思、体例和布局。我们反对用影射、索隐的观点把作为小说的《红楼梦》看作历史载籍，却不能不承认曹雪芹在艺术上是大量吸收了古代良史的创作经验的。

吴组缃先生讲古典小说创作经验，经常引用《史通》的观点来阐明问题。有人不同意，认为不能把撰著历史和创作小说混同起来。其实，这才是真正抓住了中国古典小说艺术传统的本质特征，他以《史通》评史的观点来探讨章回小说的创作方法，是完全无可非议的。

六 《红楼梦》与诗赋词曲的关系

这又可分为几个问题。第一，曹雪芹本人对创作诗、赋（包括骈文）、词、曲是非常内行、十分精通的。无论是《好了歌》《红楼梦曲》《葬花诗》《姽婳词》《芙蓉诔》以及诸般分韵联句等，都能证明这一点。

然而第二，必须指出，《红楼梦》里的这些韵文创作虽出诸曹雪芹的手笔，却不等于曹雪芹本人的作品。他写这些东西只是为他的《红楼梦》中各种类型的人物服务的。它们是小说中各种人物的作品，所以风格情趣，各不相同。它们只分别地符合书中人物的性格，而不等于曹雪芹本人在抒情状物，以寄托或表达他自己的性情和思想；当然，这些作品多多少少也反映出作者自身的世界观、思想、感情以及他对古典文学的素养、观点等等，但可以肯定地说，曹雪芹的实际造诣和精通此道的程度要远比他在《红楼梦》中替那些男女角色所写的作品水平为高。更须着重指出的乃是：曹雪芹是懂得、并在艺术实践中具体通过各种体裁韵文的创作来塑造小说人物以加强刻画其性格特征的第一个人。

再说第三，由于曹雪芹真正精通诗词歌赋，他写《红楼梦》在艺术上还有一个更突出的特点。我们知道，中国是一个诗的国度，从《诗经》《楚辞》直到宋词、元曲，诗歌艺术方面的成就是说也说不尽的。我们今天讲这些作品，经常用一句烂熟的口头禅，叫作“情景交融”。照我的理解，这是指诗人在作品中总要安排一个独有的典型环境，以适合其所塑造的诗歌抒情主人公倾诉他或她所要表达的感情。这在李商隐的诗和温庭筠、晏几道、李清照等人的词里，最能体现这个特点。在《红楼梦》里，我们看到曹雪芹塑造的人物，特别是他笔下几位最出色的女性形象，基本上也是用的这种手法。比如潇湘馆之于林黛玉，简直就是把李清照的［醉花阴］或［声声慢］的那种写作技巧给散文化、小说化了。为什么有人认为《红楼梦》有些描写是诗的意境？答案是：曹雪芹就是用了诗词的情景交融的手法来写小说的。

最后还有第四点。废名（冯文炳）先生远在20世纪30年代就在他的《谈新诗》中讲到，李商隐的诗和温庭筠的词，其创作手法十分接近西方资产阶级诗人写诗的手段。我以为，自温李以迄宋代词人，他们的作品不仅在艺术表现方面接近西方作者的手法，就在思想内容方面，也有与19世纪作家笔下的人道主义有息息相通之处。50年代我讲宋词，就发现晏几道对身为歌姬舞伎的少女抱有极大的同情。虽说相思离别一类题材在词中是习见的内容，但晏几道写爱情词的最大特点却是以男女平等的身份和对女性尊重的态度来对待他所爱恋的女子的。我觉得这一点实在太接近曹雪芹了。60年代初，我在一首论词绝句中写道：

> 小山乐府泼新鲜，绝似芹溪警幻编。未必文章憎老寿，人生华实萃中年。

直到最近，我才读到1964年香港出版的《艺林丛录》第四编（1975年重印本），内有署名子樵写的《晏叔原与曹雪芹》一文，也提到小晏与曹雪芹有不少相通、相似之处。尽管我的论点同此文并不一样，却足以说明我的看法还是有共鸣者的。话说回来，谈到《红楼梦》在继承、发展诗赋词曲方面的特点，这应该是一个很重要的方面。

七 《红楼梦》与小说戏曲的关系

《红楼梦》受《金瓶梅》的影响，这已是普通常识。除这两部书都属于“世情小说”的范畴这一共性之外，我觉得，曹雪芹在从《金瓶梅》受到启发后走的是一条与《金瓶梅》截然相反的道路。可以说是“化腐臭为神奇”吧。《金瓶梅》以西门庆为中心，同时写了潘金莲、李瓶儿两个女主角；《红楼梦》以贾宝玉为中心，同时写了林黛玉、薛宝钗两个女主角。《金瓶梅》塑造了一系列丑的女性群像，《红楼梦》则塑造了一系列美的女性群像（而在一部书里写人物群像，《金瓶梅》又显然是受了《水浒传》的影响）。然而《金瓶梅》写的是丑恶、肮脏、淫乱的“欲”，《红楼梦》写的则是美好、高洁、纯真的“情”。《金瓶梅》只有揭露，在揭露中间有时不免流露出歆羡的态度；而《红楼梦》除揭露黑暗、消极的东西外，还肯定了正面、积极的东西。因此，《红楼梦》之于《金瓶梅》绝对不是照搬。而“照搬”现象（它是懒汉思想和投机取巧传统的具体反映）直到今天的文学艺术作品中还是屡见不鲜，甚至是方兴未艾的。而后世一切受《红楼梦》影响的作品，包括现、当代的张恨水的《金粉世家》或巴金的《家》《春》《秋》在内，尽管手法各异，思想水平高下悬殊，却都有一个共同点，即因袭模拟的痕迹相当明显。这就看出了曹雪芹的高明和伟大，他因袭了《金瓶梅》，却没有照搬。不少人已指出，王熙凤的形象塑造有似于《三国演义》里的曹操；我却感到，贾宝玉的形象同《西游记》里的孙悟空有某种神似之处。曹雪芹未必读过《聊斋志异》，更不可能见到《儒林外史》。但《红楼梦》里有性格、有理想的女性形象无论数量或质量都不亚于《聊斋志异》，而且不像《志异》中的女性那样分散，她们却出现在同一部作品中。此外，在《红楼梦》里，并非没有像《儒林外史》所具有的“事与其来俱起，亦与其去俱讫”的特点，可是读者丝毫觉察不到有什么斧斫痕迹。

在我国戏曲史上，有关爱情婚姻问题的戏曲作品有几部代表作。第一部是《西厢记》，主要写爱情与门第的矛盾。作者用郎才女貌来否定传统观念中的门当户对，用男女双方的一见倾心来批判维护礼教尊严的父母之命、媒妁之言。第二部是《牡丹亭》，写情与理的矛盾。素昧平生的男女双方可以在梦中、画上，在生与死之间，通情愫而达幽情。作者写爱情冲破了“天理”的藩篱，战胜了死亡的威胁。但这两本戏还没有提到更高的阶段。到了清初，出现了《长生殿》和《桃花扇》，开始直接涉及爱情与政治的关系。《长生殿》写爱情与政治有矛盾的一面，即所谓“占了情场，弛了朝纲”；也写了爱情与生死的矛盾，但爱不能战胜死，死却能成全爱——即到另一个世界去相爱。当然这实际上已是爱情悲剧。而《桃花扇》则写侯方域与李香君不仅在爱情上，而且在政治上也有共同语言，这实在比以前的作品跨进了一步。当一种政治受到另一种政治上邪恶势力的侵袭时，爱情就遭到波折；而在一种政治局面突然转变为另一种政治局面时（即改朝换代之际），爱情甚至无法继续下去了——依然是爱情悲剧。这一切，在《红楼梦》均有所继承并发展。宝、黛的爱情，不仅不停留在郎才女貌的初级阶段，而且上升到志同道合的更高阶段，这既继承了，又突破了《桃花扇》中侯、李爱情所达到的高度。《红楼梦》的爱情婚姻悲剧，既有门不当户不对的因素，又有受邪恶政治力量干扰破坏的因素，最后则一切服从于政治需要，造成爱情与婚姻几方面的悲剧。因此，从思想脉络看，《红楼梦》同这几部有代表性的戏曲著作都有着密切联系。

八　关于《红楼梦》后四十回

我对这个问题已专门写过文章，发表在《红楼梦研究集刊》第二辑。我对后四十回一直是持否定态度的。

这里我要补充两点。一、我以为，曹雪芹并没有写完《红楼梦》。这不仅有甲戌本脂批为证，而且，我感到，如果曹雪芹真有个已完成的初稿，脂批不会只是东鳞西爪地涉及一些散漫情节。另外，我还有一个大胆的臆测。即：不仅客观条件不允许曹雪芹把全书写完（因为越写到后来越干犯时忌），而且在主观能力上也不允许他写到终篇。因为无论宝玉或黛玉，作者已无力使他们的形象和性格向着更新、更高大、更完美的方面发展了。二、后四十回无论是否高鹗所续，反正它绝非曹雪芹本人手笔。近人对此或持异议，以为其中有部分还是曹雪芹的原稿。其实，后四十回的性质颇为近似出现于晋代的《伪古文尚书》。如果有阎若璩那样细心人加以疏证，是不难把续书所依据的材料逐一爬梳出来的。

一部书是否杰作，不在于它是否全璧。《史记》《汉书》都没有写完。《死魂灵》依然是世界不朽名著。《红楼梦》没有后四十回，完全不致影响它的高明和伟大。

以上这些意见，代表我对《红楼梦》一书的总看法。作为一个普通读者，只能有这点粗浅看法。此非凑热闹而何？尚祈读者谅宥之。

一九八一年惊蛰节完稿于北京

关于《红楼梦》的后四十回

一

关于《红楼梦》后四十回的评价问题，历来有两种看法，即基本予以肯定和彻底予以否定。20世纪70年代初，前一种看法一度成为“权威”意见，因此不同的观点就很少再有人提到了。1973年，李希凡同志在他的三版《红楼梦评论集》中《〈红楼梦〉的后四十回为什么能存在下来》这篇大作的《校后附记》里，发表了一个比较新的见解，现转录其文如下：

> 围绕着《红楼梦》的续书问题，在中国小说史上，曾经发生过一场长时间的严重而尖锐的斗争。清中叶《红楼梦》广泛流行以后，续书层出不穷。今天我们所能看到的，如《续红楼梦》等等，绝大多数都是高鹗续书

> 之后的续书，……概而言之，他们所以拼命要狗尾续貂，是妄图消除曹雪芹《红楼梦》的主题和情节的批判锋芒，但是，他们对高鹗续书这样的结局也还是坚决反对的。……
>
> 在中国小说史上的这场尖锐的斗争中，高鹗后四十回续书总还是站在包含有一定反封建内容的进步的方面（尽管它也有歪曲前八十回主题和情节的落后面），而同曹雪芹的前八十回《红楼梦》一起，遭到了封建制度的维护者和反动封建文人的疯狂围攻。……
>
> 因而，如何评价高鹗及其后四十回续书的问题，不能仅仅局限于真伪的考证和前后优劣的比较，而且要运用马克思主义观点从中国小说史上的这场斗争中分析其有无进步作用，才能得出正确的结论。

我对于马克思主义文艺理论的学习是很不够的，对中国小说史上的尖锐斗争更缺乏具体研究。但我对李希凡同志所提出的这一新的论点却感到不无可商榷之处。第一，大量续书“都是高鹗续书之后的续书”，并不等于这些续书的作者“对高鹗续书这样的结局也还是反对的”，更不能由于这些续书的情节是从第一百二十回以后写起的，就说高鹗所续的后四十回也“同曹雪芹的前八十回《红楼梦》一起，遭到了封建制度的维护者和反动封建文人的疯狂围攻”。这只能说在高鹗以外的那些狗尾续貂的作者既没有掌握足够的历史资料，把《红楼梦》前八十回和后四十回区别开来；又缺乏足够的识别能力（这是主要的），竟把这一百二十回《红楼梦》当成一个作者的产物，笼统地加以歪曲和反对。不能由于高鹗以外的续书作者们的思想水平比高鹗还要低劣和反动（因而他们当然看不出高鹗同曹雪芹在世界观上的鲜明对立），就得出高鹗是同曹雪芹站在一起的结论。第二，如果我们不对《红楼梦》的前八十回和后四十回进行科学的考证以察其真伪，进行具体的比较以辨其优劣，而侈言“要运用马克思主义观点从中国小说史上的这场斗争中分析其有无进步作用”，这岂不是一句空话！难道能把考证真伪、识别优劣的具体工作，同分析这一作品在小说史的尖锐斗争中有无进步作用这两者给割裂开来和对立起来吗？因此，李希凡同志的这一观点，请恕我冒昧说一句，在客观上是给《红楼梦》的后四十回罩上了一件美丽的外衣，它反而给运用马克思主义观点去分析高鹗续书的工作制造了一重障碍。

上海文艺出版社1978年10月出版的《文艺论丛》第五辑中刊登了胡文彬同志题为《论〈红楼梦〉后四十回的政治倾

向》的一篇大作。他认为："由程伟元、高鹗两次整理印行的一百廿回本《红楼梦》的后四十回，在几十种《红楼梦》续书中是以最隐蔽、最阴险的手段篡改曹雪芹原著思想主题的。""从根本上说来，续书的主导的政治倾向，是完全修正了原著的主题思想"，续作者"实际上是站在封建地主阶级立场上，为维护和巩固封建统治的利益服务的"。我基本上同意这个看法。但要补充一句，高鹗（假定续书是高鹗写的）续书的手段之所以"最隐蔽、最阴险"，正在于它貌似忠实于曹雪芹前八十回原作，并在某些故事情节的结局方面是按照曹雪芹在前八十回中所暗示的内容似是而非地续写了下来的；可是实际上续作者却在贩卖着与曹雪芹所反映的思想内容截然不同甚至全然相反的货色，以达到其偷梁换柱之目的，使读者入其彀中而不察。因此，我也同意胡文彬同志在那篇大作的结尾处所说，我们所以要重新评价《红楼梦》的后四十回，"正是要从中总结出反动阶级利用古典小说进行反革命活动（笔者按：后五字似乎改用李希凡同志所说的"尖锐的斗争"更确切些）的规律和教训"。也只有这样，才能发现我国小说史上所存在的尖锐斗争的复杂性和它的曲折隐蔽的表现形式。

二

在《红楼梦》的前八十回里，作者对封建统治阶级的罪恶的无情揭露，对封建礼教的虚伪和反动的严正批判，是触处可见的。封建统治阶级为了巩固其统治地位和加强其统治力量，也同其他阶级一样，必然要抓教育第二代、培养接班人这一重要环节（附带说一句，贾宝玉的叛逆性格正表现在他不甘心做封建统治阶级驯顺的接班人）。为了揭露封建教育的腐朽和反动，指出封建统治阶级妄图利用孔孟之道来培养第二代的彻底破产，曹雪芹曾用了不多的笔墨勾勒出一个封建家塾的罪恶场景，这就是《红楼梦》的第九回。在这个家塾中，从人与人的关系到每个人的言行举止，几乎全是丑恶淫秽、不堪入目的。读者通过这样入木三分的描写，自不难悟出，在封建社会，儿童所受的启蒙教育并不是什么圣经贤传上的大道理，而是这种腐烂透顶、令人作呕的赤裸裸的黄色垃圾。那么，由这种家塾培养出来的子弟会成为什么样的人，也就不言而喻了。试想，一个人在读书时，如果他不是薛蟠、贾瑞，就可能是金荣或贾蔷，再不然就是什么香怜、玉爱之辈。那么到他学成之后，通过科举的途径爬上上层统治阶级社会，自然就会成为贾雨村一流人物。然则封建教育和孔孟之道的破产已达到何种程度，不是已经一清二楚了嘛！正是由于作者反对这样的教育，才塑造出像贾宝玉这样的叛逆性格来。贾宝玉在“闹学堂”之后，再也没有去塾中读书，这同他的痛恨读死书、考八股以及反对用儒家礼教的教条来束缚思想这一系列言行原是一脉相承的。这正是曹雪芹本人世界观中的先进思想和民主因素在作品中的具体反映。

然而，在后四十回开宗明义的第一回书，即第八十一回里，续作者却写出了贾宝玉“奉严词两番入家塾”这样与前八十回水火不相容的文字情节来！从这以后，贾宝玉不但变成一副讨厌的道学相，大讲什么天理人欲，甚而进一步向巧姐灌输《列女传》之类的典型封建思想；而且终于走上了考科举以尽其子职孝道的“正途”。在续作者高鹗的世界观中，他认为只有追求到功名富贵，“沐皇恩”以“延世泽”，得到“兰桂齐芳”的收场结果，才是正正经经的人生道路。这不但与曹雪芹的思想相去何啻十万八千里，而且简直是对曹雪芹在前八十回中所反映的先进的民主性的思想精华来了一个釜底抽薪的反攻倒算！李希凡同志说高鹗的后四十回，“尽管它也有歪曲前八十回主题和情节的落后面”，仅用“落后面”来批评它，未免有点罚不当罪，近于蜻蜓点水了吧。

三

《红楼梦》的续作者在后四十回里曾对封建国家机器加以美化。我想就一个比较突出的事例来谈一谈，这就是关于薛蟠打死人命的具体描写。

薛蟠打死人命在前八十回和后四十回中各有一次。由于曹雪芹和高鹗这两个作者的世界观、思想水平截然不同，这两次打死人命的具体描写也恰好成为鲜明对照。

薛蟠第一次为了争买甄士隐的女儿英莲（庚辰本作英菊，亦即后文的香菱）而打死了冯渊，见于《红楼梦》第四回。这一回在近年来《红楼梦》的研究领域中是十分著名的：护官符的出现，贾史王薛四大家族的提出，贾雨村的徇私枉法以及具体包庇凶手薛蟠的事实，都是这回书的中心情节。通过曹雪芹的这些描述，读者可以深切著明地体会到：当时的封建官僚机构已经腐败不堪，统治阶级所制定的一套所谓“王法”已成一纸空文，封建国家机器实际已经瘫痪失灵，就连冯渊这样属于剥削阶级的人物在遇到比他更有钱有势的豪门贵族时也不能保全性命。夫冯渊之流尚且如此，那些生活在水深火热之中的市井小民和被剥削、被压迫的劳动者，包括本身被骗来卖去的孤弱幼女英莲，其身家性命之朝不保夕就当然不在话下了。曹雪芹对于杀人的真凶薛蟠还特意作了如下的摹绘：

> 薛蟠见英莲生得不俗，立意买他，又遇冯家来夺人，因恃强喝令手下豪奴，将冯渊打死。……他便带了母妹，竟自起身长行去了。人命官司一事，他竟视为儿戏，自为花上几个臭钱，没有不了的。

在曹雪芹的笔下，作为杀人凶手的薛蟠，对人命关天的大事，竟连一点精神负担都没有，这真是对当时豪门子弟的铸鼎燃犀之笔。更出色的是作者写贾雨村在判断此案时，居然不用等贾薛两家派人前来托情，便主动地把这桩公案糊涂了结，然后更修书给贾政和王子腾，说“令甥之事已完，不必过虑”云云以邀功讨好。从而可见当时所谓的朝廷命官，实际都是一群蝇营狗苟之徒。试想，在这群贪官污吏的统治之下，封建统治阶级的政权能不摇摇欲坠嘛！就在这着墨不多的寥寥几行中，我们正不难体会出曹雪芹在写作这部不朽名著过程中的苦心孤诣。

薛蟠的另一次命案是在续书作者高鹗笔下发生的，情节本极简单，却被续作者有意搞得很复杂。它从第八十五、八十六回叙起，到第九十九，一百回又被提及，直至第一百二十回全书结穴处才算了结。故事原委是：薛蟠在酒店饮酒，对当槽儿的伙计张三不满，竟用酒杯把张三头部打破，张三因伤重身死，于是薛蟠被捉将官里去。始而薛家买通了承审此案的知县，翻了口供；不想尸亲上诉，从县到府，然后由京营节度使申报到刑部，无论薛家怎样托情行贿，薛蟠始终未被减刑，以绞监候定罪，等待处决。直到作品结尾，贾宝玉中了举，皇恩大赦，薛家交了一笔赎金，才救得薛蟠性命。过去有的评论文章认为，这桩命案是高鹗写得比较成功的一个片段，属于后四十回中应被肯定的部分。而我则认为这一事件恰好是作为高鹗竭力美化封建国家机器、对封建统治阶级大肆吹捧的一个明证。

我以为，高鹗对这件命案的描写，完全体现出他是站在维护封建统治阶级利益的立场，为垂死挣扎的封建政权大唱赞歌，把封建官僚机构看成仍旧足以控制当时社会的有力工具。这恰好是同曹雪芹的前八十回特别是第四回所描写的内容大唱反调。试看，薛蟠在犯罪之初，元春还未病死，贾府也尚未失势，但他作为一个杀人凶手，已受到封建王法的制裁。后来薛家之所以败诉，固然由于受到贾家势败的影响，但续作者所强调的却是当时从上到下的封建司法机构执法的严明和权力的巩固，既能惩办枉法的贪官，又能秉公断狱，给杀人凶手以公正的惩处。直到作为封建统治阶级的叛臣逆子贾宝玉也俯首就范，中了举人，然后最高统治者——皇帝才龙颜大悦，感到对贾家这样的豪门世族，在已经用“大棒”痛加惩治之余，也不妨重新给一点“胡萝卜”作为甜头加以收买，于是薛蟠的一条性命才得从宽发落，绝处逢生。而薛蟠被释放后，立即发誓赌咒，表示痛改前非。这样的描述正好说明：在续作者的心目中，皇帝是掌握生杀大权的，他完全能够控制整个封建官僚机构，即使像贾、薛这样的豪门世族，最后还是要仰最高统治者的鼻息的。这不正是为了表明封建国家机器并未失灵，封建统治阶级的当权派依然能够令行禁止，封建政权仍旧牢牢在握吗？这哪里有一点点王纲解纽、大势已去、封建地主阶级即将土崩瓦解的末世迹象呢？

四

我还认为，不仅《红楼梦》后四十回的续作者的反动世界观以及在这种反动世界观指导下写出的一些荒谬反动的思想内容应该受到批判，就是对于续作者的艺术构思和后四十回的艺术性，也应该提出批评。这里只想说一点，即续作者对贾宝玉这一正面人物形象是极尽歪曲糟蹋之能事的。

曹雪芹在前八十回中，鲜明生动地塑造了一个有血有肉的贾宝玉形象，并把这一具有叛逆性格的典型人物置之于封建末世的缩影——贾府这样一个濒于衰亡崩溃的世族豪门的典型环境之中。在前八十回的几件重大事件里，如元春归省、贾政笞儿、抄检大观园以及晴雯之死等，都贯穿着贾宝玉这个主人公的言行举止和思想活动。这就是说，通过贾宝玉对这些事件的感受、态度和爱憎倾向，也反映出作者对当时社会的各种矛盾的感受、态度和爱憎倾向。因此，我们可以设想，如果曹雪芹本人从第八十一回往后续写，随着全书故事情节的向纵深发展，随着各种矛盾的愈益激化而显得复杂尖锐，在作者笔下的贾宝玉这个典型形象必然愈来愈鲜明，他的性格特征也必然愈来愈突出。当然，作者在着笔刻画这一典型人物时也必然愈写愈难，愈写愈需要严格掌握分寸。现在，曹雪芹的原稿只写到第八十回，续作者既要把这部书继续写完，他首先碰到的必然是如何进一步深入地塑造贾宝玉这个典型形象的问题，以及考虑如何把这个主人公与书中必然发生的几个重大事件有机地联系起来。这是续作者必须经受的一个重大考验。可以肯定地说，无论是天资和学力，无论是生活经历和人生理想，续作者高鹗都不可能同曹雪芹相提并论。也就是说，高鹗根本无法履着曹雪芹的足迹继续走完这条创作的道路。然而高鹗既想续写全书，他就无法回避这个首当其冲的矛盾。于是在后四十回中，我们乃发现续作者高鹗异想天开，自作聪明地（实际上是弄巧成拙地）编造了一个情节（就连这个情节也是从前八十回生吞活剥搬过来的），即贾宝玉无缘无故地失掉了他的命根子通灵宝玉。这样一来，高鹗对贾宝玉就完全“主动”了，他要宝玉干什么，宝玉就干什么，一切随续作者任意摆布，完全可以不管贾宝玉在前八十回中逐步发展起来的性格特征和鲜明表露出来的爱憎倾向。他要宝玉糊涂，宝玉就呆若木鸡，如痴如醉；他要宝玉明白，宝玉就如梦方醒，过上几天正常人的生活。请看，宝玉在自己爱情婚姻问题这一重大事件上，竟可以像木偶一样，一切听人支配；贾母之丧，续作者竟连一句单独描写宝玉的话都没有；贾府被朝廷抄家，被“强盗”抢劫，这样大祸临头的关键时刻，宝玉居然游离于七情六欲之外，宛如秦人视越人之肥瘠，丝毫无关痛痒。这样拙劣的艺术手法，既不配称为现实主义，更谈不上什么浪漫主义，不但无法与前八十回相比，甚至连被曹雪芹所讥弹的一般无聊的才子佳人小说的水平也不如。林语堂在他的《平心论高鹗》一文中，竟认为续书的作者在后四十回中所描写的人物性格“不但与前八十回连贯，天衣无缝，并且能在性格上作出出人意表的发挥和深入”。这真是不顾事实了！只要我们翻读一下后四十回原书，就会感到林语堂这样为高鹗续书唱赞歌，显然是别有用心的。然而实践是检验真理的唯一标准，这种心劳日拙的奇谈怪论亦可以休矣夫！

五

也许有人认为，高鹗的续书能使曹雪芹的未完成的杰作成为有头有尾的完整故事，毕竟满足了读者的需要；何况续作者在处理宝、黛、钗三人的爱情婚姻关系基本上是悲剧结局，总算还符合前八十回的作者所规定的情节。这不正是高鹗的功劳嘛！在我看来，如果我们果真从这方面来评价后四十回，那么这所谓的“功”恰好是续作者所犯下的无可开脱的“罪”。因为后四十回把《红楼梦》这一全面反映封建末世必然崩溃灭亡的不朽文学名著的伟大意义给歪曲和缩小了，使它仅仅成为一本宣扬“一以情死，一以情悟”（林语堂语，见《平心论高鹗》）的爱情小说。应该承认，二百年来，把《红楼梦》只看成一部专写男女爱情的故事是大有人在的，而这种看法显然是由后四十回的影响所造成的。为了使曹雪芹的这部不朽名著能够得到真正崇高的评价，对后四十回进行严肃认真和实事求是的清算是完全必要的。

附　记　1974年春天，我曾写了一篇上万字的关于《红楼梦》后四十回的评价问题的论文。由于所持的论点同当时“权威”的意见没有对上口径，而我又不愿修改自己的文章以顺应当时的潮流，这篇文章便于写成之日被搁置起来。久而久之，竟被我弄丢了。如果再想另起炉灶，重新搜集材料加以写定，对高鹗续书作出全面评价，则时间精力都不允许；因此现在只能就记忆所及，把那篇论文中的几个略有新意的论点撮要成篇，写成这篇短文，即使读者以为有些偏激过火，也在所不计了。

一九七九年八月

说《三侠五义》

一　略论我国侠客的传统及其特征

我国的侠义故事和侠客型的人物是有悠久的历史传统的。司马迁在《史记·游侠列传》序文里虽说："自秦以前，匹夫之侠，湮灭不见，余甚恨之！"但像《史记》里所描写的曹沫、专诸、鲁仲连、荆轲之流，实际上都是春秋战国时代一些带有侠气的人。《韩非子·五蠹篇》说："儒以文乱法，而侠以武犯禁。"可见当时的任侠之士的立场一般是同统治阶级对立的。游侠、刺客这类人物到了《史记》作者司马迁的笔下才得到真正的表扬。他所歌颂的是"修行砥名"的"闾巷之侠"，他给曹沫、专诸、聂政、荆轲等人写了《刺客列传》，又把汉代的侠客朱家、郭解等写入了《游侠列传》。这些侠客都不惜牺牲自己的身家性命去替别人排难解纷、报仇雪耻，等到真的把别人的困厄解除，却又"不矜其能，羞伐其德”。所以司马迁称赞他们说：“侠客之义，又曷可少哉！”

司马迁更指出了游侠之士与“侵凌孤弱”的“豪暴之徒”是有区别的。前者固然动辄“以躯借交报仇”，但同时又“逡逡有退让君子之风”，使天下不论“贤与不肖”或“知与不知”之人，都对他们仰慕尊敬；而后者则是“盗跖居民间”，成为真正侠客的羞耻。可见侠之所以为侠，主要还在于他们是真能对人民有好处的人。

侠义的传统到了唐人传奇中得到进一步的发展。侠客成为人民大众心目中的理想人物，他们的行动同人民的愿望紧密地结合起来。更值得注意的是，他们不仅具有“路见不平，拔刀相助”的血性和正义感，而且还具有神出鬼没的超人武艺。如唐人传奇中所写的昆仑奴、红线等人，无论是深宅大院或千军万马都不能阻止他们出入，这就比《史记》里面所写的刺客和游侠更加理想化了。

由此可见，所谓侠客必须具备下列几个条件：一、有血性，有强烈的正义感和责任感；二、言行深得人心，有群众基础；三、有超人武艺。缺少任何一项，都会影响他做侠客的资格。

然而，在阶级社会里，侠客虽力求不受当时社会法制的约束，却终于不能超阶级而存在。他们的立场不外：一、与当时统治阶级对立，即恃“武”而“犯禁”，做出一些同封建统治者的政令法制正面抵触的事来；二、从属或依附于统治阶级中某一正派集团或正面人物，同统治阶级中另一反派集团或反面人物对立。前者如汉时的朱家、郭解，后者如战国时的荆轲和唐人传奇中的红线。有些故事中的侠客，立场虽不鲜明，但大抵不出这两种类型之外。假如一个有武艺的人既依附于统治阶级而又同人民对立，那他就不是侠客而是帮凶了。

二　略论侠客和公案故事的关系

从宋元以来，小说和戏曲里的公案故事一直是相当发达的。公案故事中的主人公十之八九是清官。所谓清官，应该是既清廉正直而又贤能明达的人，他们虽身居于统治阶级，却比较肯替人民办事。在暗无天日的封建社会后期，人民受到的剥削和压迫更加残酷而严重了，于是他们把理想寄托在清官的身上，希望凡是“为民父母”的人都能“爱民如子”，从而保证人民可以安居乐业。这是公案故事所以广泛流行的原因。

在封建社会里，破坏法律秩序和危害人民安全的，主要是侵凌孤寡的“豪暴之徒”，其势力所及，往往弄得人民含冤负屈，抱恨终身。而清官的职责则是除暴安良，抉隐发微，使负屈含冤的人得到平反昭雪。这样就会使社会秩序暂时得到相对的安定，人民的生活在一定限度内得到保障。当然，在阶级社会里，由清官出来维护社会秩序，对统治阶级会有一定的好处；但只要这对人民也有益，我们就应该予以肯定。事实上，清官既想替人民做一点事，就必须同一些鱼肉人民的土豪劣绅、地主恶霸、贪官污吏或皇亲国戚做斗争（这些人与清官是属于同一阶级的），他的立场已比较倾向于人民这一边了。

从这里可以看出，清官和侠客在某些方面是有着相同或相通之处的。清官和侠客所斗争的对象都是骑在人民头上的剥削者；人民寄希望于清官，也寄希望于侠客。清官也同侠客一样，必须有血性，具有强烈的正义感和责任感。所不同者，清官只有“才智”而无“武艺”，侠客则不但有武艺，而且有时还“智勇兼全”。清官在断狱或除暴时，是会遇到困难的。因为作为统治阶级内部成员之一的清官，在抉隐发微时往往得不到人民的全面支持（清官私访的用意就在于隐藏其统治者的面目而深入民间）；而当他一旦遇到强横不法的地主恶霸或皇亲国戚时，如单靠“才智”而无“实力”，也不易彻底地为民除害。在一些艺术手法比较差的小说戏曲中，为了解决这方面的困难，往往由作者依靠鬼神托梦显灵或因果报应的情节来帮助清官揭晓破案，使豪强的坏人伏法。而更好的方式则是由惯打人间不平的侠客挺身出面，凭武艺来剪除这些有实力的“豪暴之徒”。所以公案故事到了后期，就逐渐同侠义故事结合起来，形成侠客和清官的合作。像晚清的《三侠五义》，就是这一类型的代表作品。

三　略论《三侠五义》的思想和艺术

《三侠五义》的作者石玉昆，大约是道光、咸丰年间一位说书的民间艺人。据此书初刻本的序文，我们知道这部作品是由清代章回体的《龙图公案》演变而成，而章回体的《龙图公案》则渊源于明末杂记体的《包公案》。因而此书亦以包拯为中枢人物。书中收集了很多来源悠久的民间传说，如乌盆和李后的故事，在元曲里即已出现了。“五鼠”本是五只成了精的老鼠，“御猫”是一只名叫“玉面猫”的神猫；“五鼠闹东京”的故事又见于明代罗懋登的神怪小说《西洋记》。但到了《三侠五义》，这些妖怪都变成了行侠仗义的英雄。根据鲁迅先生的推测，书中襄阳王谋反的故事可能是后人依照明正德年间宗室宸濠之乱附会出来的。可见这部小说虽写定于晚清，实际上是继承了从清初以来评书艺人积年累月加工创作的传统。鲁迅先生说：“是侠义小说之在清，正接宋人话本正脉，固平民文学之历七百余年而再兴者也。”（《中国小说史略》第二十七篇）对《三侠五义》来说，这个评价是很确切的。

北宋时代，市民阶层已正式抬头，而封建统治者为了巩固政权，对地主阶级中下层知识分子做了很大的让步，因此一般士人在市民阶层日趋发展的情况下大批爬上政治舞台，分享了政权。所以从历史上看，北宋的贤士大夫的人数相当多，如范仲淹、韩琦、包拯、欧阳修，直到王安石、苏轼，尽管政见各有不同，但立朝都以清明正直著称，在政治方面都力图有所建树，特别是他们都一致关心民生疾苦。其中的包拯则更是几百年来民间盛传的清官典型。《三侠五义》选择了这一时代作全书的背景，并以包拯及其门生颜查散（据把《三侠五义》改订加工为《七侠五义》的俞樾考证，“查散”应是“昚敏”的误字，这个说法有一定道理；但为了保存原书本来面目，故一仍其旧）等作为侠客们所环绕的中心，这就决定了作品的总的倾向性。就连宋仁宗赵祯在人民心目中也还算好皇帝，至少要比任用“六贼”的徽宗赵佶和听信秦桧的高宗赵构强得多。因此，书中虽把这些侠客算作依附于包拯和颜查散的属下，甚至充任皇帝的护卫，但在立场上并不等于背叛人民。况且这些侠客或出身于宦族，或出身于商贾，他们并非绿林豪杰。所以品评这部作品是否有进步意义，还要看这些侠客的具体行为。

书中前二十七回主要写包拯断狱。而作为反面人物出现的则是国丈庞吉和他那个专以克扣赈金抢夺民女为能事的儿子庞昱。从人民的立场来看，我们自然同情包拯，反对庞吉父子。包拯最先遇到的侠客是展昭，两人一见面就成为知心朋友。后来展昭帮助包拯破获过案件。庞吉派人暗害包拯，展昭却救了包拯的命。尽管作者后来把展昭写成一个“奴才相”比较浓厚的人，但展昭在总的行动上对人民并没有害处。作者说展昭，“只因见了不平之事，他便放不下，仿佛与自己的事一般，因此才不愧那个侠字”（第十三回），这话并不算溢美。与展昭几乎同时出现于书中的是白玉堂。这个人物被作者刻画得相当成功。他不但具有急人之难、扶危济困的优点，而且还有逞强好胜、目中无人的缺点。他同颜查散的交谊正足以说明清官和侠客彼此肝胆相照的特征。他在东京的杀人题诗、留刀寄柬，都是他有血性、有正义感的表现。正如宋仁宗所说，他是用“隐隐藏藏”的手段来行“磊磊落落”的事情（第四十四回）。他对宋仁宗和包拯，实际上起了监督的作用。他如智化、艾虎的盗冠出首是为了搭救清官倪继祖，铲除恶霸马强。蒋平对李平山的态度前后不同，正说明侠客对于是非爱憎的一丝不苟。这些侠客所持的是“天下人管天下事”（第四十四回）的处世态度，他们斗争的对象都是人民的仇人而不是人民。这就是《三侠五义》一书所反映的积极意义。

毋庸讳言，这部作品的缺点也并不少。首先是作者对封建社会的道德、秩序表示了衷心的拥护，特别对等级观念更是无条件地遵守：男女之间，男高女下；君臣之间，君尊臣卑；主仆之间，主贵仆贱；官民之间，官大民小。就是侠客，作者也只让他们在一定范围内进行活动而不敢稍有逾越。甚至作者对婚姻问题的看法，也远不如《今古奇观》或《聊斋志异》里所表现的那么健康、大胆。无论颜查散或施俊，都是谨守礼教、恪遵古训的君子；无论柳金蝉或金牡丹，都是久处深闺奉行三从四德的淑女：即使婚事难成，也只能安分守已地静候家长裁决。可见作者的思想深处，对三纲五常的教条是丝毫不敢背叛的。其次是作品的前半部充满了鬼神显灵托兆或因果报应之类的迷信情节。这充分暴露了作者世界观方面的弱点。此外，作者对广大的劳苦大众或农村妇女多少带有轻蔑的歧视心理，而对上层社会的达官显宦，则随时随地流露出十分歆羡的情绪，往往津津乐道，迹近谄谀。这不能不说是此书落后的一面。

然而从客观效果来细较此书的优缺长短，我们认为，它之所以拥有广大读者，实非偶然。作者虽歌颂封建道德，但在五伦中却特别突出地描写了朋友的义气。作者所看重的是人与人之间的道义关系，而对见利忘义、得势忘恩的卑劣小人则进行了无情的抨击。作者的世界观虽不免带有浓厚的宿命论色彩，但全书始终贯穿了“善人必获福报，恶人总有祸临，邪者定遭凶殃，正者终逢吉庇”的福善祸淫的精神，这就使广大的善良而正直的人民大众得到了心理上的满足。因此它正如鲁迅先生所说，是一部“为市井细民写心”的书。

《三侠五义》是评书，作者又是民间土生土长的评书艺人，所以民间说书的艺术特点几乎十之八九体现在这部作品里面。作者所塑造的人物形象，除几个主要角色如白玉堂、蒋平、智化、艾虎等写得非常生动逼真外，更使人感到心折的是作者细致而深刻地描绘了大批的善良而正直的市井小民和奴仆丫鬟的群像。即使寥寥数笔，也给人留下了不易磨灭的印象。像张别古、范胜父子、汤圆张老、渔民张立以及书童雨墨、锦笺、丫鬟佳蕙等，都写得十分纯朴可爱。在智化盗冠的故事中，作者写了一个工头王大。由于他自己是穷人，因此他懂得体贴穷人，照顾穷人，亦庄亦谐，善良而热情。有了这个人物，才更显得智化的机警沉着。这些人物都是“寻常百姓”，而作者恰恰对他们了解得最深刻、最能把握住他们的感情思想。这是作者从现实生活的海洋中把这些人物的感情思想加以汲取提炼，然后进行加工的结果。作者除了用十分气力写白玉堂、蒋平和智化外，也写出了卢方的忠厚，徐庆的耿直而粗鲁，特别是写出北侠欧阳春的狷介。欧阳春是《三侠五义》中最能洁身自好的人，他自始至终不做官不受赏（书中已暗示给读者，他的结局是出家为僧），甚至连东京也不肯到。这个人物形象给予读者的客观效果实际上已超越了作者主观中的思想局限。

《三侠五义》在故事情节和全书的结构方面也有它的特色。有些故事情节是错综变幻，令人莫测的。书中将近结尾处写蒋平因为救人以致同艾虎分了手，紧接着却写他因偷听了船家暗中算计李平山的话，就故意要同李平山结伴同行，目的是为救李一命。及至中途发现李的品质恶劣，他竟坐待船家把李平山弄死，再把船家杀掉。看去好像离奇，其实却入情入理。这正是故事发展中逻辑性和传奇性巧妙的结合。问竹主人的序上有云："无论此事有无，但能情理兼尽，使人可以悦目赏心，便是绝妙好辞。"这话是有一定道理的。

由于此书故事情节的变幻多端，在结构上因之也就有了特殊的处理手法。譬如"五鼠闹东京"是此书前半部的中心故事，破军山收钟雄是此书后半部的中心故事，但在正面写这中心故事的前后，作者仿佛信手拈来一般，穿插了若干中型故事，而在某一中型故事中又夹写了若干小故事。这就造成了大结构中间套小结构，而每一小结构又有其相对独立性的特殊场面。一个中心故事完了，则一切中、小型故事中的人物情节也都交代清楚。作者完全有把握控制这些人物和情节，随放随收，能擒能纵。有时几个人物虽同时出场，但因时、地之不同和故事情节的发展转变，往往重心屡易。像白玉堂闹东京的故事里面就套着颜查散被柳洪诬告的中型故事，白、颜虽同时出场，但在叙颜查散时，重心就由白玉堂移至颜查散身上，然而白玉堂的形象也并未冷落抛弃。这正是问竹主人所说的“接缝逗笋亦俱巧妙无痕”。这种长处虽是说书艺术的惯技，但在《三侠五义》中却写得格外出色。

四　略论其他侠义公案小说的缺点

《三侠五义》并非没有写到站在同统治阶级对立的立场的人，像飞叉太保钟雄就是个声势浩大的绿林领袖。这个英雄人物为了同宋王朝分庭抗礼，无心中就堕入襄阳王的术中，被他收买过去，作为羽翼。而襄阳王则显然是个被否定的统治阶级人物形象。他同宋仁宗的矛盾是上层统治者的内部纠纷。因而智化、欧阳春等用尽心机使钟雄脱离襄阳王投降宋仁宗，自与宋江等人受招安不同。而且作者笔下所塑造的钟雄，是个光明磊落、从善若流、有魄力有肝胆的侠义人物，丝毫没有歪曲污蔑的成分。所以《三侠五义》写侠客与绿林豪杰的关系也是比较健康的。

而在晚清的其他公案小说如《施公案》《彭公案》《永庆升平》等书中，情况就截然不同了。在这些书中，虽然也写侠客和清官相结合，但其中所谓的“侠客”如黄天霸之流，原本是绿林出身，他们在投降了统治者以后，却翻转过来帮助“康熙老佛爷”去镇压其他的绿林豪杰。当然，《施公案》等书中也写到除暴安良，但其所除之“暴”，除恶霸地主如《施公案》中的黄龙基或《彭公案》中的武文华外，更多的是农民起义领袖（如《永庆升平》即写康熙皇帝除“邪教”、平“逆匪”的故事）和啸聚山林的英雄好汉（如《施公案》中的窦尔敦）。其最大的反动性即在于把人民的敌人如恶霸地主之流与反抗统治者的人民本身等同起来以混淆视听，使人民分不清敌我。于是统治阶级趁此浑水摸鱼，一面麻痹了人民的思想，一面巩固了自己的政权。同时，以清代本朝作为这些作品的时代背景，更不无粉饰太平、麻醉人心的用意。这就对统治阶级起了歌功颂德的作用。当然，这种属于糟粕性质的东西在《三侠五义》中也并非没有，然而它们却不占主要地位；相反，在其他的公案小说中，凡是《三侠五义》中所表现的一些有积极意义的东西，反倒居于次要地位，甚至完全不见了。而在这些书中，读者所看到的主要是一些属于《荡寇志》性质的描写。无怪到了人民真正当家做主的今天，这些作品自然要被唾弃、淘汰了。

附　记　我在本文的第三节里曾说："据此书初刻本的序文，我们知道这部作品是由清代章回体的《龙图公案》演变而成，而章回体的《龙图公案》则渊源于明末杂记体的《包公案》。"所谓杂记体的《包公案》，本来也叫作《龙图公案》，我是怕前后同用一名，容易混淆，才改用《包公案》这个名称的。其根据见于鲁迅的《中国小说史略》第二十七篇《清之侠义小说及公案》：

> ……明人又作短书十卷曰《龙图公案》，亦名《包公案》，记（包）拯借私访梦兆鬼语等以断奇案六十三事，然文意甚拙，盖仅识文字者所为。后又演为大部，仍称《龙图公案》，则组织加密，首尾通连，即为《三侠五义》蓝本矣。

坊间别有一种纯用文言文写的《包公案》，疑是清初人手笔，与这里所说的《龙图公案》又名《包公案》者并非一书。附记于此，免贻读者误会。

另外，《三侠五义》里面写白玉堂误入铜网阵，阵内“机关”“消息”颇多，这种“机关”“消息”的构造很复杂，显然是当时社会已经有了从西洋传入的机器工业，说书人受到这种影响才说出、写出来的。这姑且算作当时刚进入半封建半殖民地社会所产生的文学作品中的一个特点吧。

一九五七年作

一九八一年二月改订

说《二十年目睹之怪现状》

一　试就《怪现状》论吴沃尧的反帝思想

比较系统而准确地论述《二十年目睹之怪现状》作者吴沃尧的生平和著作的，应该说是始于鲁迅先生的《中国小说史略》。阿英同志的《晚清小说史》记载得也比较详明而简当。此二书极通行，本文毋庸转引。近来蒋瑞藻的《小说考证》和孔另境的《中国小说史料》又已重新印行，里面所摘录的有关吴沃尧生平的零星事迹也不难找到，这里一并从略。只有《晚清小说史》中提到的李怀霜所作的《我佛山人传》（原载《天铎报》，“我佛山人”是吴沃尧的笔名，取我是〔广东〕佛山镇人的意思），至今尚未见有人把全文重新发表，似乎是一缺憾。

吴沃尧一生虽只活了四十多岁（1867—1910），他所著的小说却不下三十种，从数量来看是很可观的。但比较杰出的力作还得推《二十年目睹之怪现状》。照阿英同志的分析，此书有如下的几个特点：一、“所记极为广泛”，其内容“涉及范围之广，远过同时作家，且旁及医卜星相，三教九流，是亦可见实为趼人（吴沃尧的字）经验丰富之果”（引文见《晚清小说史》第二章，作家出版社1955年印）。二、作者成功地描写了当时的“智识阶级”的特色和“洋场才子”的卑污恶劣。三、“干线布绪精当，结构上似优胜于李伯元”（阿英语，见《晚清小说史》）。但我却以为此书之重要乃在于它比较全面而明晰地反映了吴沃尧对当时社会的具体看法，是我们研究吴氏思想的主要依据。同时也应该承认，此书也确是一部带有浓厚的自传性色彩的作品，用阿英同志的话讲，书中主人公“九死一生”的性格简直就是“趼人的影子”。然则我们如想了解吴氏的生平，这部书自然是必须参考的读物了。的确，我们在这部长达一百零八回的作品中是能看出作者自己的人格和思想的。

鲁迅先生说：“相传吴沃尧性强毅，不欲下于人，遂坎坷没世，故其言殊慨然。”（《中国小说史略》第二十八篇）阿英《晚清小说史》引李怀霜的话：“生负盛气，有激辄愤。”都能说明吴氏是个明辨是非，有正义感的人。在《怪现状》里所出现的正面的知识分子形象如吴继之、蔡侣笙、王端甫、王伯述、文述农以及九死一生本人，都或多或少带一些愤世嫉邪的侠情义骨，恐怕在这些人物的性格里都渗入了吴沃尧自己的个性和气质。在动乱的年代里，一个有血性的人很可能成为爱国者。据李怀霜在《我佛山人传》里论及《怪现状》时说道：

《怪现状》盖低徊身世之作，根据昭然，读者滋感喟。描画情伪，犹鉴之于物，所过着景（影）。君厌世之思，大率萌蘖于是。余尝持此以质君，君曰："子知我。虽然，救世之情竭，而后厌世之念生，殆非苟然。"

可知吴沃尧最初的抱负是希望"救世"。当时中国是半封建半殖民地社会，在社会上具体为封建王朝和帝国主义者服务，并向人民行使统治权的是各级大小官僚及其爪牙，和帝国主义者派遣来的外国人以及中国的买办阶级——所谓洋奴走狗和洋场才子。被他们直接迫害、凌辱的当然是中国劳动人民，主要是农民和城市体力劳动者，其次则是小市民和一般知识分子。吴沃尧在《怪现状》中谴责、讽刺的矛头恰好对准了官僚和买办，而其所肯定而同情的却大抵是劳动人民和小市民。对于知识分子，作者表扬那些有骨气、有见识、不肯同流合污的人物；而对“洋场才子”和专门蝇营狗苟的所谓“士大夫”则揭露斥责不遗余力。这可以初步说明此书的倾向性。而作者的“救世”，也显然是从爱国者的立场出发的。当然我们并不讳言，吴沃尧的爱国思想不免含有狭隘的民族主义成分在内；但他在反帝这一方面，确乎屡次表示出他是以一个被压迫、被侮辱的中国人民的身份来向帝国主义者抗议的。《怪现状》第十回，作者写租界巡捕仗洋人势力挟嫌报怨，把一个守备关进了巡捕房。而令人可恼又可怜的却是当时中外会审公堂上的“华官”。作者在故事结束时是这样描写的：

> 这会审公堂的华官，虽然担着个会审的名目，其实犹如木偶一般，见了外国人，就害怕的了不得，生怕得罪了外国人，外国人告诉了上司，撤了差，磕碎了饭碗。所以平日问案，外国人说甚么就是甚么。这巡捕是外国人用的，他平日见了，也要带三分惧怕，何况这回巡捕做了原告，自然不问青红皂白，要惩办被告了。

可见在半殖民地社会里，中国人民的生命财产全无丝毫保障。巡捕欺人还是小事，等到封建统治者真正遇到国家生死存亡的关头，自然要丧权辱国，摇尾俯首乞怜于殖民主义者了。作者在第十四回写兵轮自沉的事，后面又紧接着在第十五、十六回中屡次提及中法战争一败涂地的经过，都充分说明帝国主义者侵略我们的狰狞面目和清王朝官吏的阘茸怯懦，贻误戎机。作者甚至把最后的责任明显地归结为“政府”（指清政府）应该“担个不是”（第十六回），尽管他的提法非常委婉，然而胆识已是不凡了。

值得注意的是《怪现状》第二十二回。作者明确地提到帝国主义国家对中国的垂涎和沦为殖民地以后的惨状。他借王伯述的口说道：

……外国人久有一句话说，说中国将来一定不能自立，他们各国要来把中国瓜分了的。你想，被他们瓜分了之后，莫说是饮酒赋诗，只怕连屁，他也不许你放一个呢！

然后又接着说：

现在的世界，不能死守着中国的古籍做榜样的了。你不过看了廿四史上，五胡大闹时，他们到了中国，都变成中国样子，归了中国教化；就是本朝，也不是中国人，然而入关三百年来，一律都归了中国教化了；甚至于此刻的旗人，有许多并不懂得满洲话的了，所以大家都相忘了。此刻外国人灭人的国，还是这样吗？此时还没有瓜分，他已经遍地的设立教堂，传起教来，他倒想先把他的教传遍了中国呢；那么瓜分以后的情形，你就可想了。

这说明列强虎视眈眈的凶恶面貌是如何地激起当时爱国者如吴沃尧这样的人的愤慨。吴氏在这一回书里还说："我们年纪大的，已是末路的人，没用的了；所以你们英年的人，巴巴的学好，中国还有可望。总而言之：中国不是亡了，便是强起来；不强起来，便亡了；断不会有神没气的，就这样永远存在那里的。"足见他所说的"救世"是有具体内容的——最远大的目标就是把希望寄托在下一代身上，使中国强起来。这一希望，终于在中国共产党解放全国之后实现了。

另外，吴氏对于当时社会上一般人对帝国主义者的自卑媚外心理是深恶痛绝的，这正是作者强烈地仇视殖民主义思想的具体表现。《怪现状》第二十四回里吴继之说：

……那班洋行买办，他们向来都是羡慕外国人的，无论甚么，都说是外国人好，甚至于外国人放个屁也是香的；说起中国来，是没有一样好的，甚至连孔夫子也是个迂儒。

第三十回里又用外国工程师不及中国技术人员懂得业务的故事从反面来说明这个道理，证明媚外自卑适足以误国自辱。这种思想，我们在吴氏所著的文言小说《中国侦探三十四案》的“弁言”中可以得到极明确而生动的印证：

> 吾怪夫今之崇拜外人者，外人之矢橛为馨香，我国之芝兰为臭恶；外人之涕唾为精华，我国之血肉为糟粕；外人之贱役为神圣，我国之前哲为迂腐。任举一外人，皆尊严不可侵犯；我国之人，虽父师亦为赘疣。准是而并我国数千年之经史册籍，一切国粹，皆推倒之，必以翻译外人之文字为金科玉律。

在这段话的下面，他表示坚决反对用新式标点如“？”“！”之类，而以为“吾国文字，实可以豪于五洲万国”，并且激昂慷慨地说道：

> 吾怒吾目视之，而眦为之裂；吾切吾齿恨之，而牙为之磨；吾抚吾剑而斫之，而不及其头颅；吾拔吾矢而射

之，而不及其嗓咽。吾欲不视此辈，而吾目不肯盲；吾欲不听此辈，而吾耳不肯聋；吾欲不遇此辈，而吾之魂灵不肯死！吾奈之何，吾奈之何！

这种顽固的口气非常像五四时期文化革命者所反对的国粹主义派，然而我们却认为吴氏的思想远远胜过国粹主义派的冬烘腐朽之徒；尤其要强调的是：故步自封的国粹主义者是绝对不配拿吴氏作为借口的。因为吴氏对西方文化既未全盘否定，而对封建社会中所产生的种种事物也从未全盘接受。比如对于吸鸦片，他在《怪现状》里就曾正面提出应该禁止。对于作八股文，作者也极其反对。这一些我们后面还要谈到。现在再举前书《弁言》中的两段话来说明他对西方文化的态度：

孔子曰："三人行，必有我师焉。"以人遇人且如是，况以国遇国乎？万国交通，梯航琛赆，累绎所及，以为我资，舍短从长，吾未敢以为非也。沾沾之儒，动自称为上国，而鄙夷外人，吾嘉其志矣，而末敢韪其言也。大抵政教风俗，可以从同者，正不妨较彼我之短长以取资之。若夫政教风俗，迥乎不同者，亦必舍己从人，何异强方为圆，强黑为白，毋乃不可乎！然而自互市以来，吾盖有所见矣。所见惟何？曰：崇拜外人也。无知之氓，市井之辈，无论矣；乃至士君子亦如是。果为吾所短而彼所长者，无论矣，而于无所短长者亦如是。甚至舍吾之长，而崇拜其所短，此吾之不得不为之一恸者也。……虽然，就吾所言，彼族之果有长于我者，又何尝不可崇拜也。

……吾友周子桂笙，通英法文，能为辗转翻译。尝语余曰："吾润笔之所入，皆举以购欧美之书，将择其善者而译之，以饷吾国。然而千百中不得一焉，吾深悔浪掷此金钱也，非西籍之不尽善也，其性质不合于吾国人也。"呜呼！今之译书者，何不皆周子若？

可见吴氏对西方文化并未一笔抹杀，也没有一味以"天朝大国"自居，只是反对媚外自卑的盲目崇拜而已。在前一段话里所说的"无知之氓，市井之辈"，并非泛指所有的广大人民，而是指"买办、细崽、舆人、厨役"。《弁言》中说：

买办也，细崽也，舆人也，厨役也，彼仰其鼻息于外人，一食一息，皆外人之所赐也，彼之崇拜外人不得不尔也。……

吴氏把一切被外国人奴役的劳动人民都算作买办一流人物，这当然不正确；但他反对仰外国人鼻息，反对一切衣食都惟外国人是赖，却从这一段话中明显地看出来。至于主张“取长舍短”，吸取西方文化一定要求其适合我国具体性质，即使在今天，这种提法也还有借鉴的必要。我们似乎不能只就其反对标点符号或强调爱护祖国文化的见解就封他为古旧冬烘的国粹主义者，因为在辛亥革命以前，他的思想和作品对旧民主主义革命毕竟是起了一定的作用的。

二　试就《怪现状》论吴沃尧的反封建思想及其消极情绪的根源

应该承认，《二十年目睹之怪现状》在反封建一方面起了更大的作用。我在拙作《中国小说讲话》第五讲中曾说：《怪现状》在反封建方面，通过种种家庭间的丑剧来说明宗法制度、伦常关系的总崩溃，如写哥哥欺侮死去了的弟弟的孤儿寡妇，公公逼儿媳去给总督当姨太太，儿子与人合谋害死父亲以及孙子虐待祖父等等。地主阶级的大家庭一向是靠着封建道德秩序和宗法制度来维系的，大家庭内幕种种丑恶现象的被揭露，自然意味着封建社会的基层组织已在土崩瓦解。这对于当时人民了解封建社会的解体过程，是起了启示作用的。而作者对宗法制度和旧礼教的罪恶进行了猛烈的抨击和赤裸裸的暴露，对推翻旧社会更起了一定的推动作用。作者除揭露了地主阶级大家庭之间的种种丑剧外，还从官场、商业界、文教界以及典型的半殖民地的社会底层来揭露旧社会的黑暗、腐朽、堕落、丑恶，使读者通过作品获得了比较全面的认识。这一切都是《怪现状》成功的地方。

但吴沃尧并非彻底反对整个封建社会的体系和根本制度；他只是根据一些事实的现象和一些局部问题表示反对并提出抗议，尽管他的反对意见相当新颖和大胆。比如对妇女问题，吴氏就借书中主人公九死一生的族姊发表过一系列在当时看来已是比较激进的见解。她认为女子不妨“抛头露面”，反对“内言不出于阃，外言不入于阃”的教条，用强有力的理由来驳斥“女子无才便是德”的谬论，甚至说婆媳不睦的根源“总是婆婆不是的居多”。这种论断在当时确是会“令人吃惊”的（见《怪现状》初印本眉批，广智书局宣统三年第六版）。又如对禁吸鸦片问题，作者主张“不妨拿出强硬手段”，必得“通国一齐禁了”才能解决问题（第十三回）。对于作八股文，作者也极尽嘲讽之能事（书中屡见，着重地谈此问题则集中在第四十二回），并认为“八股不是枪炮，不能仗着他强国的”（第二十四回）。然而作者的立场，却仍旧站在维护封建传统道德这一方面。正如作者的朋友周桂笙所说，吴氏的作品大抵是为了“主张恢复旧道德”（鲁迅《中国小说史略》引《新庵译丛》评语）而作。比如作者主张妇女应受教育，而所举的书籍却不外《女四书》之类。对于禁绝鸦片的手段，也无非是“抽他的吃烟税”“注了烟册”“另外编成一份烟户，凡系烟户的人，非但不准他考试出仕，并且不准他大行商店”（第十三回）等等治标不治本的办法，而且作者自己还慨叹着说：“论禁烟一节，自是痛快，惜乎办不到耳。前途犹可冀乎？跂予望之。”（第十三回末总评，见初印本）足见在积极建议的后面，已含着一种无可奈何的神情了。又如作者所表扬的官吏，也只是那个明哲保身、洁身自好的吴继之；所同情的知识分子，也只是那个爱民如子而终不免革职严追的蔡侣笙；他对于政治制度和官场中的根本问题，都丝毫不曾触及。作者所歌颂的家庭，仍旧是“父子有恩”“和睦相处”的大家庭；理想的家长，也无非是知情义的吴继之的母亲和通大体的叶伯芬的老太太（第二十六回和第九十一回）。在全书中，作者对丑恶的现实不但缺乏正面斗争的勇气，甚至充满了逃避退缩的阴暗情绪。这一切，都表明吴氏思想中的根本局限。

说到这里，《怪现状》之所以触处流露出消极厌世的情绪，就不难理解了。由于吴沃尧具有强烈的爱国思想和救世热忱，他对当时社会中的“蛇鼠虫蚁”“豺狼虎豹”“魑魅魍魉”是深恶痛绝的。由于当时资本主义的新思潮和旧民主主义革命的巨浪已在国内澎湃起伏，吴氏对于社会上个别现象和个别问题自然会产生一些新见解，甚至这些见解是非常卓越、大胆的；然而由于吴氏对封建社会的根本秩序和传统的道德观念采取保守、承认和愿意停留在现阶段的态度，他总希望维护某些原有的东西或采取复古的办法来解决现存的矛盾，因此他的作品中就充满了改良主义的色彩。他不懂得必须使社会起了根本变革才能挽救濒于危亡的国势，而一味主张“恢复旧道德”，这就只能成为思想上的开倒车。然而他理想中的旧道德对于封建社会的新危机并无丝毫裨益，在他心目中再也无法找到光明新生的出路，因此他感到极大的矛盾，终于“救世之情竭而后厌世之念生”，在很多冷酷无情的现实面前，吴氏表现了相当严重的软弱无力。在走投无路的思想矛盾中，他认为自己是“死里逃生”“九死一生”，把生活的动力看成只是侥幸苟且保全，既耻于与黑暗势力妥协，又摆脱不了黑暗势力的根本桎梏，这当然就产生了阴暗悲哀的感伤情绪了。这是吴氏自己的悲剧，也是许多谴责小说所共有的特点。不过这一特点在《怪现状》里表现得格外明显突出罢了。

三　试论《儒林外史》式的题材与结构并略谈《怪现状》的缺点

“五四”以来的小说史专家都把晚清谴责小说归入《儒林外史》一类，其理由有三：一、谴责小说的内容显然是受《儒林外史》的影响，以讽刺揭露为主；二、谴责小说同《儒林外史》一样，都以真人真事做题材；三、谴责小说的结构都用“连环短篇”的形式，直接继承（或毋宁说因袭）了《儒林外史》。

但鲁迅先生在《中国小说史略》中却给《儒林外史》和后来的谴责小说做出迥不相侔的评价。他称《儒林外史》为讽刺小说，并且说：“是后亦少有以公心讽世之书如《儒林外史》者。”而在谈谴责小说时，他说：

> 光绪庚子（1900）后，谴责小说之出特盛。……揭发伏藏，显其弊恶，而于时政，严加纠弹，或更扩充，并及风俗。虽命意在于匡世，似与讽刺小说同伦，而辞气浮露，笔无藏锋，甚且过甚其辞，以合时人嗜好，则其度量技术之相去亦远矣，故别谓之谴责小说。

同时，鲁迅更具体地批评到《二十年目睹之怪现状》，说此书"惜描写失之张皇，时或伤于溢恶，言违真实，则感人之力顿微，终不过连篇'话柄'，仅足供闲散者谈笑之资而已"。这里实际牵涉到好几方面：第一，是作者的态度和立场问题。第二，是题材问题。第三，是艺术表现的优劣问题。当然这三方面又是互有密切关联的。

话要说得远些。我国的小说起源于神话、传说，这不必细表。但神话、传说也是历史的源头。在唐宋以前，亦即市民文艺正式形成以前，历史和小说的确很难严格区分。在《左传》《国语》《国策》《史记》《说苑》《汉书》以及后来的《资治通鉴》里面，都有很多鲜明生动的人物形象、精彩的故事和伟大的场面；尽管我们今天不把它们看成小说，但其表现方法实与小说并无太多的出入。另外，有很多所谓"野史"，如《穆天子传》《西京杂记》以及六朝以来的志怪、志人之作，在今天是应该划入小说领域里去的，但它们的作者在写这些作品时却像史官记载史实一样，只是在一丝不苟、无所假借地"振笔直书"。特别像《世说新语》一类作品，简直就无法把它肯定地归入小说还是归入历史。直到唐朝人写传奇小说，才"有意为之"，然而历史的影响并未脱掉，其中始终贯穿着史官写历史的那种“寓褒贬、别善恶”的态度（当然有程度上的不同）。这个传统的影响在市人小说中似乎不大，但在文人的创作中就往往非常明显地保存着；特别是清代的几个伟大的小说家，更是发展了这个传统。像蒲松龄写《聊斋志异》，吴敬梓写《儒林外史》，曹雪芹写《红楼梦》，都用了不少“春秋笔法”，即所谓“微言大义”“皮里阳秋”（这是个客观存在，读者一看便知）。因为他们都是用了史官（当然这里所说的史官是倾向于人民立场的良史如司马迁之类）写历史时所秉持的那种明辨是非的、严正的“公心”来写小说的。这是一方面。

另一方面，“小说”既是“野史”，那么，把现实社会中所产生的一些具体的真人真事无所增损地依实记录下来，应该是我国写小说的一个基本的创作方法。既然是创作方法，当然是可以（而且也必须）提高的，所以我们古代的小说作家也并非不懂概括、集中、典型化等这些较高级的表现手法。然后再谈到题材问题。一般地说，我们的古典小说在题材方面都是有真人真事做蓝本的。有的用了真事而讳言真人，这是因为在阶级社会中，如果把真名实姓都公开了自不免有违碍，只好取其事而讳其人，写成小说。有的则是直书真人的姓名而捏造故事，借小说的形式来攻讦仇人或进行诬蔑，这从唐朝人的《周秦行纪》就已开此风气了。不论是用真人或真事做题材，都必须是在小说与历史确有其血肉相连的关系这一前提下才产生的。这是中国古典小说一种特定的情况。我们今天评论《儒林外史》，说吴敬梓用的是“史笔”，就是这个道理。甚至连过去的“红学家”那种穿凿附会地给《红楼梦》作索隐工作，也是有其历史根源和客观依据的，只是他们的立场、观点、方法不对头罢了。但小说毕竟不同于历史（而且愈到后来两者的畛域也就分得愈清楚），正如绘画之不同于摄影。照着具体的人和事不折不扣地依样画葫芦究竟不是小说，至少不是好小说，所以《红楼梦》中的贾宝玉也绝对不是曹雪芹生平的翻版。

然而中国古典小说以具体的真人真事为依据，或径自取材于作者亲身的所闻所见，则是客观存在的事实。《儒林外史》就是很标准的例子。我们无法否认杜少卿和杜慎卿就是吴敬梓和吴青然的“影子”，而用“马纯上”来隐指“冯粹中”，用“牛布衣”来隐指“朱草衣”，又是显而易见的手法。尽管如此，仍旧无害于《儒林外史》的伟大。这就又牵涉到第三方面的问题了——艺术表现优劣问题。

谴责小说之所以不及讽刺小说，《怪现状》之所以不及《儒林外史》，这三方面的缺点都有，而主要是在第一点。我们先从吴沃尧的态度和立场方面来检查。前面说过，《怪现状》的作者有一颗愤世嫉邪的心，是个希望救世的爱国者。但他对社会的黑暗和丑恶太憎恨了，简直控制不住自己的感情，只图舒愤懑发牢骚而做了一泻无遗的尽情揭露。由于主观爱憎的泛滥无归，就影响了作品的质量，造成了"溢恶失实"的过火局面。盖所谓"公心"也者，除了作者有比较正确的爱憎倾向之外，还得有恰如其分的"良史"风度和明辨是非的分析能力。吴沃尧之不如吴敬梓，就是由于他不够客观，不够冷静，不够深入，不够严肃，因此他只有浅薄的谴责而缺乏深刻的讽刺。还有作者的立场模糊（甚至说立场反动）、思想矛盾也是使作品的感染力不够强烈的原因之一。正由于作者在思想、立场上模糊动摇，他不能很好地把握到客观事物的本质，只能就事物的表面现象做一些叙述。为了在这种叙述中加进作者自己疾恶如仇的情感，同时又不能抓住事物的本质打中要害，作者便只有力求在现象的描绘方面做过多而夸大的渲染来达到泄愤的目的。这样一来，表面上好像刻画得淋漓尽致，其实却因为对事物缺乏根本的理解，只能形成浮光掠影的冷嘲热骂。这就是鲁迅先生所指出的"言违真实"的道理。因此读者一眼就可觑破作者所要表达的全部内容，再也不发生那种"谏果回甘"的滋味了。何况《怪现状》本是在刊物上连载的通俗读物，为了迎合半封建半殖民地小市民阶层读者的口味，作者自不免有迁就徇俗之处，这就更无法使作品能自始至终保持均衡的水平了。

再有，吴沃尧对题材的处理也不及吴敬梓。吴敬梓在取真人真事为作品蓝本时并非没有经过选择。第一，在《儒林外史》里，吴敬梓所写的人和事基本上都是为其全书的主题服务的。第二，《儒林外史》中的人和事绝大部分是作者本人生活中最熟悉的。比如《儒林外史》里就根本没有“大观园”里的或“天子脚下”的人物，这正是吴敬梓忠于艺术的地方，因为他没有曹雪芹的身世也没有到过北京（关于《儒林外史》庄绍光入都的一节描写只着重说明庄本人来去的过程，对北京城并无深入描绘）。第三，吴敬梓对素材有割爱的勇气。《儒林外史》中的人物形象和故事情节几乎全是“特写镜头”式的，即使他写杜少卿也绝对不连篇累牍，巨细不遗。这就使得《儒林外史》具备了主题集中，人物形象饱满，笔墨精悍的优点。至于吴沃尧对于题材，则不免细大不捐，包罗万象，有很多并非作者很熟悉的材料，只是为了猎奇凑趣，才一股脑儿塞进作品里去。这样一来，很多并不足以说明问题，也不能为作者所要表达的主旨服务的冗材赘料，也都被网罗在书内，形成驳杂不纯、珠玉与泥沙混在一堆的情况。于是一部以反帝、反封建为主题的作品竟不免成为供读者茶余饭后消遣的“话柄”，以致大大损害了全书的价值。这也正是谴责小说终于不能同《儒林外史》那样的讽刺小说媲美的主要原因。

最后，我们再谈一下《二十年目睹之怪现状》的结构。还是先从《儒林外史》的结构谈起。有人认为《外史》的结构太散漫了，可长可短，不成间架。其实不然。第一，把很多短篇的情节场面串成长篇而为一定的主题服务，这是吴敬梓很了不起的创造。第二，《儒林外史》中每一情节的安排联系，都是经过一番匠心考虑的。这里不能一一分析，有机会我当专写一文论《外史》的结构。第三，《儒林外史》的首尾前后的布局皆有其必然的道理，绝对不是偶然东拼西凑起来的产物。等到晚清的谴责小说，就没有如此谨严了。像《官场现形记》，在从甲情节过渡到乙情节的地方，往往非常勉强，确乎有可长可短之嫌，而且有的材料也都是“话柄”，可有可无，甚至有了反而多余。吴沃尧在这一点上要比李宝嘉（伯元，《官场现形记》的作者）在行得多，他把主人公“九死一生”和几个骨干人物如吴继之、文述农以及几个被否定的主要对象（如苟才和“九死一生”的伯父）先固定下来，又把做生意的由盛而衰作为主要线索。对于空间上的安排，作者也比较有层次：先是“九死一生”的故乡，然后沿江各大小城市，着重点在于上海，最后集中到北京。这就使全书首尾贯穿，有了起伏照映，而不致使全局涣散零乱，也不致信笔所之大跑野马。其最大的毛病还是由于题材上的庞杂造成的：有些材料显然是被硬塞了进去，致使有些故事与故事之间的情节毫无必然联系，严重地损害了布局的谨严和集中。所以读者在读此书时，往往随处有“告一段落”的感觉，而在读《儒林外史》时，却给人以一气呵成的印象。这就是两书的优劣所在了。

当然，《二十年目睹之怪现状》的艺术水平还是相当高的，这里不过是求全责备之意。试一检《晚清小说史》，我们就可以看到当时问世的小说，在数量上是非常大的，就连吴氏本人也还写了不下三十种。但是未被时间淘汰的作品却屈指可数，《怪现状》应该说是吴氏经得起时间考验的杰出作品之一，足见它不论在思想水平或艺术成就方面都是具有独到之处的。本文只是重点地谈了几个问题，恕不全面论列了。

附记一　读《我佛山人笔记》四种，发现有两条材料是孔另境《中国小说史料》所未列入的，现在附记在这里。至“果报”一则，《史料》已载，无须转引了。

辛卯入都，道出天津，访友于水师营。见营兵肃队奏军乐，乐止，寂然无哗。问："何故？"曰："供金龙四大王也。大王昨日来，今供于演武厅。"问："可观乎？"曰："可。第宜肃穆尔。"导至厅，厅外立披执者七八人，植立屏息，目不少瞬，若木偶然。登厅则黄幔高悬，爇巨烛二，香焚炉中。掀幔以进，得方几一，上设漆盘，盘中一小蛇踞焉。审之，无异常蛇；惟其首方，如蕲州产。以其盘屈故，不辨其修短，细才如指耳。乘友不备，捉其尾，将提起之。方及半，友大惊，力掣余肘，乃置之。迨一脱手，而盘屈如故矣。时李文忠督直隶，委员来拈香，神辄附于营卒，数其无礼。文忠闻之，乃亲至谢过云。此真百索而不可解者。（《趼廛随笔·金龙四大王》条）

……以吾所见，堂堂显宦之子，明明以嫖死，以色痨死，且死于通都大邑众目昭彰之下，犹得以殉母闻于朝，特旨宣付史馆，列入孝子传者矣，遑论乡曲小人也哉！（《趼廛续笔·某富室子》条）

前一则即《二十年目睹之怪现状》第六十八回前半"笑荒唐戏提大王尾"的本事，后一则即指的是《怪现状》中第八十五、八十六两回所写的陈稗农。另外，蒋瑞藻《小说考证》所引的《缺名笔记》云：

我佛山人吴沃尧《二十年目睹之怪现状》，实近日说部中一杰作，不在南亭亭长《官场现形记》下也。书中影托人名，凡著者亲属知友，则非深悉其身世者莫辨。当代名人如张文襄、张彪、盛杏荪及其继室、聂仲芳及其夫人（即曾国藩之女）、太夫人、曾惠敏、邵友濂、梁鼎芬、文廷式、铁良、卫汝贵、洪述祖等，苟细绎之，不难按图而索也。

张文襄（即张之洞）和张彪当是第八十二回中所写的侯中丞和侯虎，聂仲芳即第九十回、九十一回中所写的叶伯芬，曾惠敏（即曾纪泽）当然就是书中所写的那位叶伯芬的大舅爷了。而梁鼎芬和文廷式，就是第一百〇一、一百〇二回里面写的温月江和武香楼。至于卫汝贵，疑即第八十三回里的叶军门（这个叶军门也可能指的是叶志超，卫、叶当时皆败于日本），第六十六回中的侯翱初，则据《海上花列传》知为当时上海文人袁翔父。至九死一生之确为吴沃尧本人写照，单从广智书局出版的此书初印本眉批和总批里就能明显地看得出来。兹摘录本书第一百〇八回末批语如下：

上回之觅弟（按，事见第一百〇七回，叙九死一生到山东沂水县赤屯庄觅弟经过）为著者生平第一快意事，曾倩画师为作《赤屯得弟图》，旋以迁徙流离，不知失落何所。……

此回之治丧（按，指第一〇八回九死一生到宜昌奔其伯父之丧的经过），为著者生平第一懊恼事。当时返棹，道出荆门，曾纪以一律云："此身原似未归魂，匝月羁流滋泪痕。犹子穷途礼多缺，旁人诽语色难扪。而今真抱无涯戚，往事翻成不白冤。回首彝陵何处是，一天风雨出荆门。"以见此虽小说（原书误作"语"），顾不尽空中楼阁也。

不仅指出九死一生与著者之为一而二、二而一，且保存了一首吴氏的律诗。从前有人替《孽海花》作人名索隐，我以为晚清小说可作索隐者甚多，这一方面可以使读者知道本事与创作之间的关系，一面也可供研究近代史的人作为参考。如果把《怪现状》和《官场现形记》也大致"索隐"一番，也许还不算是浪费时间和精力的事吧。而且目前如果不作，再过若干年，说不定就没有人能作了。

一九五七年作

一九八一年二月改订

附记二　“五四”以后，与这类小说相近者有张恨水的《春明外史》。这也是一部值得注意并加以索隐的书，对于治民国史的人有足资参考处。只是人们好像还无暇及此，等到这个世纪过完，恐怕连这一类的书都无人能读懂了。

一九八一年春节校后记

〔附〕《吴趼人传》和《趼人十三种》

近来读了两种有关吴趼人的资料：一种是李葭荣（字怀霜）写的《小说家吴趼人传》，另一种是吴趼人本人的短篇小说结集——《趼人十三种》。

《吴趼人传》对于研究吴氏的生平、思想和作品相当重要，阿英的《晚清小说史》和北大中文系五五级同学集体编写的《中国小说史稿》都引用过它。但原文迄未重新发表。今据传文所记，有以下几点值得注意：

一、吴趼人的曾祖是清代大官僚吴荣光。吴荣光镇压过瑶民起义，官做到湖南巡抚。吴趼人虽接受资产阶级改良主义思想，对清王朝表示了很多不满，但他始终站在维护封建统治阶级利益的立场看问题。这和他的家庭出身显然有关系。吴荣光又是个金石收藏家，对诗文、历史都有些研究，这对吴趼人的文化教养也会发生影响。

二、吴趼人的父辈亲支有弟兄三人，家庭矛盾很大。从传文的记载可以印证《怪现状》中所描写的九死一生的种种家庭变故，实际上都有作者的生活经历作蓝本。但小说的情节却并非作者生活实况的翻版。可见有些人动辄以历史真实或生活真实与艺术真实完全等同起来（如风行一时的关于《红楼梦》的“自传说”以及各种“自传说”的变种），并用来考证小说的取材真伪，是非常错误的。

三、吴趼人有一定的爱国思想，在参加反华工禁约运动中表现得比较好。但他也有很顽固的国粹思想和比较狭隘的乡土观念。

四、传文中对吴氏的道德品质和处世态度有较详细的描述，足资参考。

五、吴趼人对清王朝的谴责和揭露并不彻底，特别是在《怪现状》里自始至终流露出相当浓厚的消极厌世思想。这在《吴趼人传》中可以找到确切的证明：

《怪现状》盖低徊身世之作，根据昭然，读者滋感

> 喟。描画情伪，犹鉴之于物，所过着景（影）。君厌世之思，大率萌蘖于是。余尝持此以质君，君曰："子知我。虽然，救世之情竭，而后厌世之念生，殆非苟然。"闻者惜之。

这正是一个封建知识分子在尖锐的阶级斗争中看不到出路的真实反映。《中国小说史稿》强调地批判了这一点。但游国恩先生等编写的《中国文学史》在评价《怪现状》时却对此略而未及，似嫌不足。

《趼人十三种》是1910年（清宣统二年）夏历三月由上海群学社出版的，下距吴氏逝世不过半年。这本书实际上是从《月月小说》上抽出来的十三种作品的合订本，包括作者零星发表的短篇小说（这是主要部分）以及笔记、诗稿等。《中国小说史稿》曾评论说：

> 吴趼人的短篇小说不多，合刊登在《月月小说》上，后集为《趼人十三种》，大都是失败之作。……吴趼人的短篇小说，都是一九〇六年写的，对于了解他后期的思想非常重要。

这话基本上正确。不过从这本集子里几篇主要作品来看，我觉得吴氏在当时写短篇小说，还有一定的针对性。

光绪末年，以慈禧太后为代表的反动统治集团为了欺骗中国人民，曾搞了一场“预备立宪”的鬼把戏。尽管吴趼人站在维护清王朝的立场，也看穿了这场骗局的底细，对“立宪”表示了怀疑，并加以嘲讽。书中主要的几篇如《光绪万年》《无理取闹之西游记》《立宪万岁》《庆祝立宪》《大改革》等，都是针对当时的假立宪进行口诛笔伐的。如《光绪万年》一开头，作者就说：

> 自从光绪三十二年七月十三日，诏天下臣民预备立宪，于是在朝者旅进旅退，揖让相语曰：立宪立宪！在野者昼眠夕寐，引颈以望曰：立宪立宪！在朝者对于在野者，曰封、锁、拿、打、递、解、杀，立宪立宪；在野者对于在朝者，曰跪、伏、怕、受压制、逃避、入外籍、挂洋旗，立宪立宪。如是者年复一年，以达于光绪万年。

又如在《立宪万岁》中，作者把清王朝统治者比作玉皇大帝，把许多顽固腐败的反动官僚比作一群畜生。故事的结尾是这样写的：一群畜牲从报纸上看到朝廷改定官制、预备立宪的消息，政府发布诏令，添设了陆军、海军、法、度支、民政、外务、邮传、学、农商等部，然后说明："诸仙卿议定，此外不再更动，诸天神佛，一律照旧供职。"这条消息最后说：

今晨入奏，玉帝已经允准。……故今日散朝时，通明殿上，一片欢呼之声，皆曰立宪万岁，立宪万岁！

这群畜生"围观既毕"，"特（一种兽名）笑曰：原来改换两个官名，就叫作立宪！""龟"却说："不然！他这是头一着下手，以后还不知如何呢！"作者紧接着写道：

特曰：你不看"此外不再更动，诸天神佛，一律照旧供职"一句么！据此看来，我们的饭碗是不必多虑的了。群畜闻言，不觉一齐大喜，亦同声高呼"立宪万岁""立宪万岁！"

这与作者写的《俏皮话》《新笑史》等，都是同一机杼，利用寓言的形式对清末腐朽的政局进行了嘲讽和谴责。这充分说明封建统治势力已经垮台，即使像吴趼人这样的人也不能隐忍不言了。

但是，这种嘲讽和谴责看似犀利，却不深刻；虽然痛快淋漓，总觉得是泄愤的谩骂而非强有力的鞭挞。何况作者对君主立宪制度确实存在幻想，认为只要真正“实行立宪”，“大地山河”就会“变态”（见《光绪万年》）这种想法在1900年以后，当资产阶级民主主义革命正在风起云涌之际，其实质已经是反动的了。

《十三种》里面写得比较成功的，是题为《查功课》的一篇速写。这个短篇利用西洋小说的形式，通过对话和漫画式笔触，写出清政府的督学夤夜以查功课为名，跑到学堂里搜查《民报》，结果一无所获的场面。而《民报》乃是当时革命组织同盟会的机关报。这个故事反映了当时青年知识分子渴望接受革命道理的心情，也写出封建统治阶级在暴风雨前夕的张皇失措。

此外，在《义盗记》中，反映了作者对资本主义制度的迷信，妄想设置警察就会消弭“盗贼”。还有一篇《桂琬节孝记》（在该书的《趼廛剩墨》内），竟大肆宣传封建贞节思想，连早于吴趼人一个半世纪的吴敬梓的思想水平都不如，则更属一无足取的封建糟粕了。

一九六五年，北京

说《孽海花》

一

《孽海花》在晚清谴责小说中是一部值得推荐的书。由于它的写作过程比较复杂，版本也比较多，有必要先作一些常识性的说明。阿英同志在《晚清小说史》第二章里有一段介绍，称得起简明扼要。现转录如下：

> 《孽海花》二十四回，东亚病夫著。首五卷十回，光绪乙巳（一九〇五）由小说林社出版。丙午年（一九〇六）续出次五卷十回。杂志《小说林》创刊，又续作四回。丙辰（一九一六），强作解人以此四回，并所作《孽海花人名索引表》《孽海花人物故事考证》八则，及《续证》十一则，合刊为《孽海花》第三册（拥百书局版）。一九二七年，著者主编之《真美善》杂志出版，再赓续

十一回，又修改前书，成一九二八之修改本（真美善版），刊十五卷三十回，与原来计划之六十回，仍相差约二分之一。（作家出版社一九五五年第一版，页廿一）

这里还有几点补充。第一，在小说林社初印的二十回本里面，本来有作者预拟的六十回的回目。但最后只写到三十几回。第二，此书一出版，就深受当时社会的欢迎，曾再版十五次，行销不下五万部（见曾孟朴《修改后要说的几句话》，即1928年真美善书店出版的修改本序言）。第三，《小说林》杂志是1907年（即光绪三十三年）创刊的，据阿英同志说，这一次在《小说林》上发表的，实是五回，即第二十一回至二十五回（第一、二期各两回，第四期一回），而1916年拥百书局由强作解人所刊印的《孽海花》第三册，却只收入了四回（阿英《孽海花叙引》，载1955年北京宝文堂重印本卷首）。

至于流传较广的三十回本，据我所知，共有三种版本。最初的一种即1928年由作者自己在真美善书店出版的修改本。这个本子在抗日战争期间，曾于沦陷后的上海翻印过，用的仍是真美善书店的名义，而纸型则似与1928年的初印本不同。抗战胜利后，此本还重印过一两次。第二种本子是1943年孙次舟在大后方的重印本，这个本子的特点是附录了一大批有关本书和它的作者的材料。缺点是纸张质量太坏。最后一种，就是1955年北京宝文堂的重印本（后又由上海文化出版社印行）。到20世纪60年代，中华书局上海编辑所据此纸型重印，并补入了第三十回以后的几回。由张毕来同志作序。

二

《孽海花》的前二十五回是在中国旧民主主义革命进行得如火如荼的年代里问世的。1905年7月，孙中山从欧洲到达日本东京，与光复会的章太炎、蔡元培和兴中会的黄兴、宋教仁等组成了中华革命同盟会。同年10月，出版了鼓吹革命的《民报》，由章太炎任主编。这就使得革命的实力日益壮大，影响日益扩张。1907年，全国各地革命党人起义多起，徐锡麟刺死了安徽巡抚恩铭。下距辛亥革命，仅有四五年的时间了。在文化战线上，这个时候，严复正在上海埋头翻译欧洲资本主义国家的社会科学理论，鲁迅也正由仙台回到东京，正式投身于文学事业。而腐朽窳败的清王朝，在签订了丧权辱国的辛丑条约之后，恰又遇到日俄两个帝国在中国领土上作战，为了苟延残喘，竟发布了欺骗人民的“预备立宪”的“上谕”。毫无疑问，人民对帝国主义的仇恨日益加深了，对清王朝的不满也日益加重了，对革命的前途，自然抱着更殷切的希望。就在这样一个风起云涌的年代里，《孽海花》问世了，而且一二年间就行销了五万部，可见此书在当时的影响还是相当大的。

在《孽海花》的初印本上，作者是这样署名的："爱自由者发起，东亚病夫编述。"据作者1928年《修改本自序》上所说，我们知道这个"爱自由者"是作者的朋友金松岑。经阿英同志考订，金氏曾编译《自由血》一种，是讲俄国虚无党（当时称无政府主义为虚无党，实际上所指的是俄国的民粹派）的故事的，可见他的思想在当时相当进步。据作者说，此书的前四回，就有一部分是爱自由者的原稿。[①]至于作者"东亚病夫"，则为曾孟朴氏的笔名。

曾孟朴本名曾朴，江苏常熟人，生于1871年。父曾之撰，字君表，是作八股文的名手。曾孟朴于1892年中举人，后入同文馆习法文，还做过几天京官。戊戌政变以后，紧接着八国联军入侵，曾氏深切痛恨清廷的腐败，乃决心别寻发

---

① 据袁鸿寿先生谈："金松岑为吴江同里镇人，寓苏州濂溪坊。尝语予云：'《孽海花》头四回，完全是我写的。'后因事停笔，曾孟朴见而悦之。金遂以全书构想及前四回手稿授曾。"又云："金为人执拗，乡人称之为'金皇帝'。章太炎晚年寓苏州锦帆路，与金初甚相得，继而相轻，终则互不见面。予尝欲调停之，而双方弟子门户之见甚深，不果。金于解放初病逝于苏州云。"谨志于此，以为治近代文学史者谈助。（1981年加注）

展的途径。他曾在家乡办教育，为当地旧势力所排挤；到上海办丝业，又因外丝倾销而亏累不堪。1904年，与友人丁芝孙、徐念慈等合资创立一家专门发行小说的书店，命名为“小说林”，《孽海花》写作即从此时开始。当时作者一面经营出版事业，一面参加民众运动，曾与彼时进步人士如张謇、马相伯等公开反对清政府向英国借款修沪杭甬铁路。秋瑾遇害，浙江省人民群起反对巡抚张曾扬，曾氏在江苏与一班同志也联名响应，竟使清政府下密电要逮捕他。后来张曾扬调任陕西，风波才得平静。

辛亥革命前夕，作者还一度当过满人端方的幕友，并在宁波官地局做过会办。革命爆发，作者才卸职返沪。入民国后，曾氏加入了以张謇为首的共和党，做了江苏省的议员，并与国民党有联系。军阀时代，他屡任江苏省各个财政机关的头脑，周旋于卢永祥、齐燮元、张宗昌、孙传芳等大军阀之间。1926年大革命以后，他才回到上海开真美善书店，续写并修改《孽海花》。终因书店赔累，于1932年秋歇业返里。1935年6月病逝。[①]

---

① 关于曾孟朴的传记材料，主要参考了他儿子曾虚白所写的《曾孟朴先生年谱》。

从上述曾氏的简历看，他在清末却是一个思想激进的旧民主主义者。辛亥革命以后，他就变成一个依附于反动势力的落后的官僚地主了。他晚年的政治立场和文学思想则显然与新民主主义革命的路线背道而驰。我们把《孽海花》的初印本和修改本拿来比较一下，就可以看出作者的思想是在开倒车。因为在修改本里，艺术技巧虽然显得更成熟一些，而在初印本里面的激烈的言论，却有很多被删掉了。然而我们必须肯定：《孽海花》对于旧民主主义革命所起的作用，是远在当时其他的谴责小说如《文明小史》《老残游记》等书之上的。曾氏本人的思想，也比李伯元、刘鹗等进步。首先，他在《孽海花》里明确地提到民族主义（修改本第二十九回），因此他对孙中山等革命党人推崇备至，十分肯定；而对慈禧太后、李鸿章以及丧权辱国的庄仑樵（即张佩纶）之流则给予了尖锐的讽刺。同时，他也明确地指出西方帝国主义者是“魔王”，对东方时时存心侵略，把中国当成肥肉，早已“看得眼红了”。因此他借书中人物薛淑云和金雯青的对话，批驳了“列强无野心”的谬论（修改本第十八回）。还有，他一面树立起明确的反帝旗帜，一面却强调要向西方的文化、科学（即当时所谓“西学”“洋务”）学习，要讲求世界大势，明察国际关系，因此他肯定像薛淑云（即薛福成）、王恭宪（即黄遵宪）、章直蜚（即张謇）、闻韵高（即文廷式）一类思想比较开明、见识比较通达、爱国心比较强烈的人。而且作者在书中还不止一次地谈到经济和国防的重要性。在文学方面，作者也主张“言文一致”，提倡小说和戏曲等有通俗性的文学作品，这显然已在启五四的先河了。另外，我们还看到作者通过许多具体事实，对自由、平等的要求也很强烈，而对专制独裁的抨击则不遗余力。这也正是资产阶级革命阶段所提出的东西。阿英同志在《晚清小说史》中说：“《孽海花》不比当时秘密发行的文学作品，是公开发卖的。在清室的淫威之下，作如此描写，作者的思想胆识，也就可见了。”（作家出版社本，第二十三页）这话并不算溢美。

然而我们在读《孽海花》时也必须认识到，这部作品毕竟只是旧民主主义革命时期的产物，在思想上自有其一定的局限性。如对清王朝之所以灭亡，对殖民主义者之所以侵略中国，都没有做出正确的答案。特别是他对俄国沙皇时代的虚无党人采取了全盘肯定的态度。这种肯定的态度出自一个半封建、半殖民地国家的旧知识分子，我们当然认为难得；但在今天看来，就同我们的观点有很大距离了。作者在书中还写到了日本武士道在那里尽量扩张“大和魂”，主观上虽未予以正面肯定，实际上却起了鼓吹提倡的作用。这种替殖民主义思想张目的内容当然是我们所不能接受的。所以我们在肯定此书的同时，也必须指出它的缺点所在。

三

一部小说之所以成功，单靠长篇大论的说教是不解决问题的。《孽海花》的作者也已看到了这一点。作者在修改本的《自序》里说道：

> ……在我的意思……想借用主人公做全书的线索，尽量容纳近三十年来的历史，避去正面，专把些有趣的琐闻逸事，来烘托出大事的背景，格局比较的廓大。

正是道中了此书的特点之一。全书虽未写完，但从同治末年写到戊戌政变的前夕，这一段时间里的政治、外交和社会变革，还是比较具体地写了出来的，而且写得相当有艺术性。照我的看法，作者确能用相当经济的笔墨勾勒出那个时代的精神面貌。从人物看，全书以男主角金雯青为中心，作者写出了将近五十个正面和反面的当时在朝在野的官僚知识分子，更写出了一个绘声绘色的女主角傅彩云。此外则上自慈禧太后、清德宗，下至“娼优隶卒”，外至俄国人、日本人、德国人，作者都网罗无遗。从情节看，除以金雯青、傅彩云两人的爱情事件为中心线索外，像中法马尾之战，康梁变法前公羊学派的盛极一时，甲午中日之战和李鸿章的出使议和，慈禧太后和清德宗之间的内部矛盾，孙中山、史坚如等革命党人在广州的活动，都很概括而生动地写入书中。这对于了解近代史实和晚清社会，都有一定的帮助。

正与《儒林外史》相类似，《孽海花》的作者对于清末的那些官僚知识分子也不惜用了大量篇幅来进行尖锐的讽刺。这些官僚知识分子的特点是身居显要而伧俗昏聩。他们大都是一些讲考据，讲版本，赏鉴古玩，赋诗作文的“风雅”人物。表面上看去，他们不像《儒林外史》里面的知识分子有市侩气，也不像《官场现形记》里面的官僚有铜臭气，而是有着一种非常“斯文高雅”的风度的大员能吏。可是剖开躯壳去检查一下他们的灵魂，就发现有更本质的东西在。他们讲学问，全不顾国计民生的实际，只是为自己炫鬻标榜。他们自以为学问渊博，见识高明，其实大都是吃饱了无事做的大浑虫。金雯青就是极其典型的例子。这位状元老爷又是外国使节，研究了一辈子历史舆地之学，结果却受了外国人的骗，把国家的疆界划错，白白丧失了八万里土地（第十二和

第二十回）。当金雯青在出洋的轮船上，听见西人毕叶谈论俄国虚无党又革沙皇的命时，竟自“大惊失色”，及至听到革命党中还有女子，竟说出“男的还罢了，怎么女人家不谨守闺门，也出来胡闹！”（第十回）的话来。两相映衬，这班封建士大夫昏聩腐朽的神气便跃然纸上了。在这些官僚知识分子“赏鉴古物”的背后，我们看到的乃是贪得无厌、诛求不已的地主阶级的丑恶本质。第十九回写鱼阳伯为了买官做，竟下绝情坑陷一家孤儿寡母，把一幅王石谷的画硬抢了来送给京城中炙手可热、专门收藏王石谷作品的庄小燕。这就非常形象地说明这一群收藏家实际上不亚于贪酷的大腹贾和杀人不眨眼的刽子手。在他们一脉斯文、揖让从容的神情后面，隐然透出了一股血腥气。这一切，正是作者无情揭露封建统治者狰狞面目的地方。

在《孽海花》里，作者除了写一个俄国女虚无党人夏雅丽曾有一段真挚动人、纯洁无邪的爱情故事之外，其余的男女关系都写得非常暧昧丑恶。最主要的当然是金雯青和傅彩云的事件。作者写金雯青在母亲的热丧中纳妓女傅彩云为妾，然后带她出使外国。在国外，傅曾与外国军官以及外国轮船船主发生不正当的男女关系，并与金的男仆私通；归国后，傅又与伶人暗中姘度，以致把金气死，傅则终于潜逃。其中作者还穿插了一段近似迷信的情节，说傅彩云是烟台妓女梁新燕转世投胎。梁在生前曾助金成就功名，等金中状元之后，竟背弃前情，把梁抛弃了，梁就自缢而死。所以金在临死时，认为傅是梁新燕投了胎来索命的。前人因此就认为《孽海花》是在宣扬迷信。其实把这件事情归为有因果报应在内纯属无稽之谈，只从事实来看，已足以说明当时的官僚地主无非是拿一些青春少女当玩物。高兴时奉若神明，兴尽时置之脑后。梁新燕的悲剧正是敫桂英、杜十娘故事的继续。所不同的是，在晚清的社会里，傅彩云不再甘心做男子的玩物，她也翻转来玩弄金雯青了。当然，作者对傅彩云也是加以批判的，因为傅所追求的并非纯洁的爱情而是淫荡的色欲。但傅之所以一心追求纵欲生活，却是由于她的社会地位和环境习染所造成，换句话说，她的堕落是要由当时的社会环境来负责的。与此相映照，《孽海花》里还写了不少官僚名士通仆妇、挟男妓的罪行和丑态，这使我们看到那群自命风雅的文人墨客和达官显宦，骨子里都是卑劣透顶的秽浊东西。相形之下，傅彩云的放荡行为还算比较光明磊落的了。然而做丈夫的在外面狎妓宿娼或者往家里讨姨太太就名正言顺，朋友们还可以赋诗送礼来道贺祝颂；而妻妾一有外遇就成为大逆不道的行为。这正是男性中心社会的真实写照。而傅彩云恰好就在这一点上给金雯青以相当沉重的反击。金雯青的死说明封建礼教的制约力量已经完全失效了。

作者在第二十六、二十七两回书中还写了光绪帝和宝妃（即珍妃）爱情不自由的故事。这正反映了专制的淫威和帝王的苦闷。作者在描写中是非常同情光绪帝的。其所以同情正是为了更严正地鞭挞、斥责慈禧太后。作者是用反衬的讽刺笔法来刻画这个反动透顶的女统治者的。作者借宝妃的口说："老佛爷实在太操心了！面子上算归了政，底子里哪一件事肯让万岁爷做一点主儿呢！现在索性管到咱们床上来了。"试想，身为皇帝，连爱一个女子的自由都没有，还谈什么国家大政！这正是作者有意在用"因小见大""洞烛几微"的手法来说明封建王朝即将崩溃的曲笔。

《孽海花》在结构方面，不仅吸取了《儒林外史》的长处，形成了"连环短篇"；在表现手法上，还竭力走《红楼梦》的路数。作者对一些暧昧情节，从不用正面揭露的手法戳穿，而只是用旁敲侧击或前呼后应的方法，以及各种间接交代的伏笔、衬笔，由浅入深地把事实勾勒出来，让读者自己去体会。这样就更使读者对书中人物加强了鄙夷和憎恶。这正是《红楼梦》的手法。在人物描写方面，作者因受了西洋小说的影响，力求脱开章回小说的俗套。更值得注意的是，作者竟用了带有我国民族传统色彩的描写手法去写外国人物，如书中的女虚无党人夏雅丽、德后飞蝶丽以及瓦德西、克兰斯等，都具有一种独特的风貌。这不能不说是当时一种富有创造性的崭新的尝试。可惜这种写法仅仅“昙花一现”便中断了，没有引起当时和后来的人应有的注意。

总之，《孽海花》在晚清小说中应给予合理的评价和比较突出的地位。这里我只不过是粗浅地介绍一下，聊供读者参考而已。

一九五七年六月初稿

九月上旬改写

一九八一年二月重订

附　记　“文化大革命”前夕，康生唆使某些人对《孽海花》展开了声势浩大的批判，有些同志并因此而受到牵累。今天重读拙文，认为所论尚能自圆其说，不为无理。故复收入《漫稿》，也算“立此存照”吧。

一九八一年二月作者附记

关于王昭君故事的札记

不久以前为了准备讲授马致远的《汉宫秋》杂剧，读了一些有关王昭君的材料，也读到翦伯赞、洁芒和刘知渐三位同志先后在《光明日报》上发表的三篇文章。感到有些点滴意见，写了这篇札记。不揣谫陋，现在也拿出来请大家指教。

一

关于王昭君的史实，最初见于《汉书·元帝纪》和《匈奴传》，内容十分简单，今具录如下。《元帝纪》云：

> 竟宁元年春正月，匈奴虖（呼）韩邪单于来朝。诏曰："匈奴郅支单于背叛礼义，既伏其辜，虖（呼）韩邪单于不忘恩德，乡（向）慕礼义，复修朝贺之礼，愿保

塞传之无穷，边垂（陲）长无兵革之事。其改元为竟宁，赐单于待诏掖庭王樯（原文如此）为阏氏。”（应劭注云：“郡国献女未御见，须命〔待命〕于掖庭，故曰待诏。王樯，王氏女，名樯，字昭君。”文颖注云：“本南郡秭归人也。”）

《匈奴传》云：

竟宁元年，（呼韩邪）单于复入朝，礼赐如初……单于自言，愿婿汉氏以自亲。元帝以后宫良家子王墙（原文如此）字昭君赐单于。单于欢喜……王昭君号宁胡阏氏，生一男伊屠智牙师，为右日逐王……呼韩邪立二十八年，建始二年死……（子）雕陶莫皋立，为复株累若鞮单于……复株累单于复妻王昭君，生二女，长女云为须卜居次，小女为当于居次。

这就是《汉书》里面有关王昭君的全部材料。《元帝纪》里面的诏书，东汉末年的荀悦还把它改写入《汉纪》。应劭、文颖都是东汉人。从应劭注中可以知道王昭君是“郡国”所献之女，未被元帝“御见”而待命于掖庭。从文颖注中则可以知道王昭君的原籍。材料虽极可贵，但仍嫌过于简单。

根据以上这些材料，我们有理由说，关于王昭君的史实，直到东汉末年，只不过是这个样子。到了刘宋王朝，范晔撰写《后汉书》，才又在《南匈奴传》中写入了王昭君的事迹：

> 知牙师（按：即《汉书》所说的伊屠智牙师）者，王昭君之子也。昭君字嫱，南郡人也。初，元帝时，以良家子选入掖庭。时呼韩邪来朝，帝敕以宫女五人赐之。昭君入宫数岁，不得见御，积悲怨，乃请掖庭令求行。呼韩邪临辞，大会，帝召五女以示之。昭君丰容靓饰，光明汉宫，顾景（影）裴回（徘徊），竦动左右。帝见大惊，意欲留之，而难于失信，遂与匈奴。生二子。及呼韩邪死，其前阏氏子代立，欲妻之。昭君上书求归，成帝敕令从胡俗，遂复为后单于阏氏焉。

范书写定时去西汉已久，中间历东汉、三国、两晋，相距逾四百年。东汉人所不能详言的事，范晔反能娓娓陈述，这不能不令人怀疑。根据我的印象，范书晚出，其叙事颇采民间广泛流传的琐闻轶事。从另一方面看，这未始不是它的长处；

但从“信史”的要求出发，这段史料的可信程度就要大打折扣。刘知幾在《史通·采撰篇》中就曾对范晔这种修史的做法提出过较严厉的批评：

> 至范晔增损东汉一代，自谓无惭良直。而王乔凫履，出于《风俗通》；左慈羊鸣，传于《抱朴子》。朱紫不别，秽莫大焉。（按：王乔、左慈事，皆见于《后汉书·方术传》）

其实除王乔、左慈的故事外，范书广收民间传说入史的例证还不少，如严光、范式等人的故事，都近于小说家言。这里姑不详论。至于《南匈奴传》里的这段材料，当然范晔必有所本；但照我看，已经是吸收了民间传说的结果，像文学描写而不像历史实录，带有浓厚的想象虚构成分了。如“昭君入宫数岁，不得见御，积悲怨”云云，或从应劭的注文发展而来；而“丰容靓饰”的一段描绘，更是文艺味十足，为后世歌咏昭君的篇什开启了无数法门。而王昭君之成为一个悲剧性人物，亦即从《后汉书》开始。

二

然而《后汉书》的寥寥数语，还是远不能令人满足。为什么昭君“入宫数岁”竟“不得见御”呢？为什么她要“积悲怨”，乃至“请掖庭令求行”呢？于是有了《西京杂记》卷上里面的传说：

> 元帝后宫既多，不得常见。乃使画工图形，案（按）图召幸之。诸宫人皆赂画工，多者十万，小者亦不减五万。独王嫱不肯，遂不得见。匈奴入朝，求美人为阏氏。于是上案（按）图，以昭君行。及去，召见，貌为后宫第一。善应对，举止闲（娴）雅。帝悔之，而名籍已定。帝重信于外国，故不复更人。乃穷案（按）其事，画工皆弃市。籍其家资，皆巨万。画工有杜陵毛延寿，为人形，丑好老少，必得其真；安陵陈敞，新丰刘白、龚宽，并工为牛马飞鸟众势，人形好丑，不逮延寿；下杜阳望，亦善画，尤善布色；樊育亦善布色：同日弃市。京师画工，于是差稀。

《西京杂记》经历代学者考订，已确认为六朝时人的作品。其记王昭君与画工一段瓜葛，或许是好事的士大夫所附会；但我看，出自民间传说的可能性也许更大些（下面再谈）。从此昭君故事就愈传愈多，像《琴操》和《乐府古题》所述，内容距原始面目愈远，而且彼此互相矛盾，这里就不一一细谈了。

问题在于：不论《后汉书》也好，《西京杂记》也好，故事叙述者的态度显然对王昭君抱有无限同情，并且为她深感不平。这是为什么？这种同情和不平值不值得肯定？这一层必须搞清楚。

照我看，摆在具体历史条件下，这种同情和不平是应该而且必须肯定的。理由很简单，西汉和匈奴在当时是敌体的两个政权，即使汉元帝时呼韩邪因匈奴统治阶级内部矛盾日益尖锐而一再入朝于汉，也仍然是两个各自具有统治政权的独立王朝而不是一个统一政权中的两个民族。以王昭君一个弱女子而竟担荷了两个敌体政权之间的和亲重任，远嫁异域，这一事情本身就值得同情。纵使王昭君是派遣出去的，也已足够了不起，何况她还可能是自动“求行”的。但和亲之举不始于王昭君，何以像《汉书》有明文记载的乌孙公主的和亲故事反没有昭君这样轰轰烈烈，流芳千古？那是因为昭君出身“良家子”，她不是汉朝刘家的贵族，而只是一个普通的待诏掖庭的宫女，是一个被压迫、被损害者。因此，为昭君感到不平的思想感情也就产生了。这种同情和不平是有着人民的立场观点在内的。这是针对着西汉最高统治者而对王昭君发出的同情和不平，与匈奴并无关涉。因此根本谈不到什么“屈辱”问题。于是《后汉书》把昭君写成天姿国色：“丰容靓饰，光明汉宫”；可是皇帝事先却一无所知，才有“大惊”“欲留”的行为表现出来。这里面蕴蓄着人民的爱憎和理想：多么可爱的王昭君！多么糊涂的最高统治者！于是，《西京杂记》把罪状加到画工头上。因为画工受贿，才使昭君直到和亲以前都没有出头露面的机会。通过昭君的不肯行贿，就愈益丰富了她的性格和提高了她的品质，使之表现得更为优美。至于毛延寿之类死得冤屈与否固然还可以讨论，但有一点却毋庸置疑：大量向宫女索贿总不是件好事，贪污徇私总是人民最痛恨的。因此产生置他们于死地的情节，也是可以理解的。至于这两种叙述为什么对汉元帝都不作正面批判？这也许是由于故事叙述者的阶级局限和历史局限，对封建皇权以及皇帝本人有所顾虑和保留。不过两个故事都肯定元帝“重信于外国”，那主要是因为王昭君到匈奴去确使双方人民有好处。对于民族团结也确乎起了好作用。从来没有人抹杀、否定这一点。

三

由于王昭君不属于刘家贵族，只是一个普通的待诏掖庭的身份卑微的宫女，因而更多地为人民所歌颂，所同情，所不平，这一点很值得注意。班固在《汉书·西域传》里记乌孙公主的事迹要比在《匈奴传》里记昭君的事迹详细生动得多：

> 汉元封中，遣江都王建女细君为公主，以妻焉。……赠送甚盛。乌孙昆莫以为右夫人。……公主至其国，自治宫室居，岁时一再与昆莫会，置酒饮食，以币帛赐王左右贵人。昆莫年老，语言不通，公主悲愁，自为作歌曰："吾家嫁我兮天一方，远托异国兮乌孙王。穹庐为室兮旃为墙，以肉为食兮酪为浆。居常土思兮心内伤，愿为黄鹄兮归故乡！"天子闻而怜之，间岁遣使者持帷帐锦绣给遗焉。昆莫年老，欲使其孙岑陬尚公主。公主不听，上书言状，天子报曰："从其国俗，欲与乌孙共灭胡。"岑陬遂妻公主。昆莫死，岑陬代立。

可是就在封建社会，班固的这段记载除了少数士大夫还偶然提及，一般人，特别是民间众口相传，却极少引起注意。大家并不很关心那位细君公主的命运。而西晋石崇的《王明君词》的序文，就更带启发性：

> 王明君者，本是王昭君，以触文帝（按，指司马昭）讳改焉。匈奴盛，请婚于汉，元帝以后宫良家子昭君配焉。昔公主嫁乌孙，令琵琶马上作乐，以慰其道路之思。其送明君，亦必尔也。其造新曲，多哀怨之声，故叙之于纸云尔。（《昭明文选》卷二十七）

王昭君与琵琶有着不解之缘，这好像本是天经地义。其实昭君与琵琶并无任何关系，有关系的是那位细君公主。石崇只是"想当然耳"，硬把"琵琶马上作乐"的传说强加在昭君的头上。从此众口相传，琵琶竟为昭君所专享，谁也不提起那位细君公主的故事和歌词了，尽管班固所记录的那首骚体歌词绝对不逊于石崇所写的比较词费的《王明君词》。是不是可以说，石崇的意见便"一言九鼎"，再也更改不得，以致连后世的人都得跟着石崇跑呢？不可以。因为把琵琶的所有权由细君公主转移到王昭君名下，虽说由石崇"始作俑"，但如果广大人民群众对王昭君没有兴趣，那么石崇的意见纵好，也终必不为人注意。要知道一个传说所以能在民间广泛流行，主要是靠人民群众的力量，个人的作用不宜估计太高。班固对细君公主的详尽描述对于另一故事的流传，不依然是无能为力的嘛！王昭君故事之所以家喻户晓，泽久流长，这绝对不是少数封建知识分子所能搞得出来的局面。

四

王昭君出塞和亲是好事。后世诗人描写她却不免把她写得悲怨愁苦，“哭哭啼啼”。这算不算歪曲了正面人物形象，甚或应该加以“反动”的罪名呢？我看还要从长计议。

古人说：“远托异国，昔人所悲。”我国是长期封建社会，又是以农立国的，土地私有制使人们养成了安土重迁的风俗习尚。从秦汉到唐宋，人们总把出塞远行看作大事、难事，甚至苦事。即以汉武帝遣嫁乌孙的两个公主而论，第一个细君公主的父亲江都王刘建，是以淫暴自杀的。汉遣公主和亲时，江都国除已十四五年。第二个解忧公主的祖父楚王刘戊，已在汉景帝三年因谋反伏诛。这两个公主虽名为贵族，实则已是罪人的后裔，在皇族中已失去了高贵的等级地位。至于王昭君的身份则尤其卑微不足道。这充分可以说明，汉王朝的统治者是不肯把身份高贵、真正出于帝裔嫡系的女子远嫁出去的。至于被遣嫁者本人，即使是她自动请行，而当她在远离父母之邦的时候，也难免有所系恋，引起凄恻缠绵的故国之思。在封建社会，连统治阶级中有较高社会地位和优越文化教养的男子，尚且不免对出塞远行感到思想矛盾，情绪波动；何况那个时代的一个并无社会地位和独立自由的孤弱女子！更不要说她明知一去之后，再回来的希望已非常渺茫了。然则我们却要求王昭君在去往匈奴时和到匈奴之后，内心竟毫无矛盾斗争；要求封建社会的诗人在作品中把王昭君塑造成一个具有大心胸、大见识的女子，这未免有点脱离实际吧！

有的文章说："……应该看到她对匈奴和亲是有一定认识的。固然，我们不必把她的认识故意抬高，……然而她认识到匈奴和亲是一件有益于国家民族，能够给人民带来和平和安宁的好事，……这却是可以肯定的。不然，我们就无法解释在临行的宴会上她为何能那样'丰容靓饰'！"（1961年4月19日《光明日报》：《在艺术形象上还王昭君本来面目》）单凭昭君在临行的宴会上"丰容靓饰"就断定她有这样的认识，并肯定地说她必须是"高高兴兴，欢欢喜喜"的形象，说服力似乎不够强。前面谈到，《后汉书》的描写是否可信已可怀疑；即令确凿可信，也未必就能得出这样的结论。试想，在这样盛大隆重的宴会上，即将远嫁的王昭君纵有内心矛盾，她能乱头粗服地出场嘛！纵使她不想化妆美容，恐怕也由不得她自己吧。正因为她表面上“丰容靓饰”而内心却未必平静无事，我们古代许多杰出的诗人（如杜甫、王安石）才各自从不同角度试图探抉她的灵魂深处，而同时却又对这个女性形象进行大力揄扬和表示十分同情，这正是理所当然。如果我们一看到古人写昭君悲怨愁苦就一概加以否定，那恐怕只有按照今人意图写出来的作品才不致受到批判了。

当然这也不应一概而论。我们必须坚持对不同作家的具体作品进行具体分析的实事求是原则。我们更必须承认，有些咏昭君的诗词确乎反映了大民族主义思想或宣扬封建奴才道德观念。可是我看到有的文章为了突出强调王昭君的有功于民族团结，却对古代绝大多数诗人有笼统地责备之、一股脑儿批判之的趋势。即如杜甫的《咏怀古迹》，我看就不能轻易加以否定。即使把它归类为“基本上都是同情王昭君个人，而没有把王昭君的悲剧命运和历史联系起来，社会意义是不大的”（1961年5月7日《光明日报》：《关于〈汉宫秋〉的评价问题》），也不够公允。我们且看这首诗:

群山万壑赴荆门，生长明妃尚有村。
一去紫台连朔漠，独留青冢向黄昏。
画图省识春风面，环珮空归月夜魂。
千载琵琶作胡语，分明怨恨曲中论。

一二两句虽从“古迹”谈起，实点明昭君是“民间良家子”出身。第三句写她生离祖国的京师，远嫁单于；第四句写她终老异域，没有回来。从这两句形象极为鲜明的描写，我们不难看出杜甫对昭君有着深厚的同情，而且也寄托了诗人自己的故国之思和身世之感。五六两句表面上虽写昭君，实对西汉最高统治者深表不满。“画图”句固然讽刺皇帝的昏聩糊涂，所谓“省识”正是“不省”的反语（此用浦起龙《读杜心解》之说，金圣叹《杜诗解》释“省”为“省略”之义，则是从正面说，意思是一样的）；而第六句写得尤为深刻有力。诗人的意思是说，昭君是眷爱祖国的，死后魂魄也要在月夜归来。可是皇帝是昏瞀无情的，她的魂魄归来以后将向谁倾诉呢？谁又是她的知音呢？所以才用了“空归”字样。只有这样讲，末句的“怨恨”才有着落。这也正是王安石《明妃曲》所谓“咫尺长门闭阿娇，人生失意无南北”和“汉恩自浅胡自深，人生乐在相知心”数语所自出。不过王安石写得更愤激尖锐，杜甫说得比较含蓄深刻罢了。然而有的文章却仅仅肯定王安石，而对杜甫则冷漠视之，甚至把诗人所深刻描绘的昭君爱国之忱曲解为她对汉元帝个人的眷恋，把这句诗讲成“带着原来的环珮，回到她的‘亲爱的’皇帝的身边”，这恐怕无论如何也不能令人心服吧。

关于古人歌咏昭君的诗词，我的意见到此为止。不可能按照《青冢志》之类的书籍逐篇地对古人作品加以品评。不过刘知渐同志指出元人虞集的《题昭君出塞图》不宜肯定，我是同意的。因为撇开具体历史条件和作家的阶级立场，来悬空谈其“胸怀眼界超众”，从而把他站在汉奸士大夫立场写的诗算作“正面宣扬民族友好思想”的作品，是容易出毛病的。那甚至连岳飞的《满江红》也有导致被否定的危险。

五

关于《汉宫秋》，刘知渐同志的文章已谈了很多，我不想深谈。我以为，马致远的《汉宫秋》是有较多的爱国思想的，这与他本人做过元朝的官并无直接联系。

《汉宫秋》的取材固然根据历代相传的昭君故事，但出入是很大的。简括言之，约有四端：一、汉元帝时匈奴因统治阶级内部分化剧烈，已由强转弱。而《汉宫秋》则把匈奴写得十分强盛，汉朝反而衰微软弱，这也许从石崇《明君词》序言中“匈奴盛”一语敷衍而成，但更主要的显然是以当时实际的元王朝作为蓝本的。二、毛延寿不仅是贪污分子，而且被刻画成汉奸，这也与《西京杂记》不同。这一改动，显然也是马致远在民族矛盾尖锐时对女真、南宋的投降分子表示愤恨而加以谴责的具体表现。三、王昭君在未出国境时投水而死。这是受吴兢《乐府古题》记昭君“仰药而死”的情节启发而重新创造的。这一情节在具体历史条件下应看作昭君对祖国忠贞不贰、对匈奴宁死不屈的表现，不宜给她扣以“封建专制主义最驯服的奴才”的帽子。四、情节上最大的变动是汉元帝在与匈奴和亲以前同王昭君发生了爱情。我以为，这一情节实际上是把昭君与元帝之间的矛盾给冲淡、调和了，把《后汉书》上昭君“数岁”“积悲怨”的事实硬给弥缝上了，确是全剧严重局限所在。

元代杂剧中描绘汉族皇帝多带粉饰美化成分，《汉宫秋》如此，《梧桐雨》亦然。这当然可以解释为在民族矛盾尖锐的时代，人民群众由于思念故国，因而对汉族皇帝不免回护偏爱。但是，从人民立场看问题，过于美化皇帝，甚至把缺点说成优点，总是不对的。

汉元帝用画图征歌选色，是荒淫无道；一任毛延寿索贿，是昏庸腐朽。可是马致远把火力集中到毛延寿身上，轻轻放过了汉元帝，进而还把荒淫昏聩的皇帝写成风流情种，此可批判者一。汉元帝骂文臣武将固然痛快，可是剧本中通过最高统治者的口来骂他们，恰好意味着皇帝的头脑还清楚。这实际上是作者替皇帝开脱。可批判者二。杂剧第四折写汉元帝对着残灯孤雁大为思念王昭君，充满感伤情调，很不健康，而作者却把这种没落阶级的情调当作正面的思想感情来宣扬，可批判者三。我不大同意这样的说法："也还有千千万万的丈夫，像剧中的汉元帝一样失掉妻子而失声痛哭。"因为汉元帝的伤心痛哭并不太像人民大众的思想感情。

因此我觉得，《汉宫秋》的严重缺点在于强烈地美化汉族皇帝，在于突出了民族矛盾而忽略了皇帝的阶级本质，在于抹杀或冲淡王昭君和亲以前的"积悲怨"，而不在于宣扬大民族主义和驯服的封建奴才道德。

六

最后谈两句关于塑造新的王昭君艺术形象的话。把她写成文成公主式的人物，如果对今天民族团结有好处，我没有意见；但顾虑艺术效果是否会好。如果说“在艺术形象上还王昭君的本来面目”，我不知道什么样的形象才是王昭君的本来面目。《汉书》里的王昭君根本没有形象，更谈不到“面目”。《后汉书》和《西京杂记》里的王昭君，是有“积悲怨”的一面的。这种“积悲怨”的思想感情是否在决定和亲以后就会完全消失，甚至于她的自动“求行”有类于我们今天志愿报名申请去北大荒搞生产，我表示怀疑。反正我觉得，凡是简单地把王昭君写得“高高兴兴”“欢欢喜喜”，绝非她的“本来面目”。

附　记　此文写于1961年5月，距今已二十年。但这个问题在目前学术界并未得出一致结论，我也就不顾“炒冷饭”之嫌，附编在这本小书里了。

一九八一年一月校订讫

漫谈我的所谓“做学问”和写文章

我一生只干过两种工作。一是教书。从1943年到1946年在中学教语文，1947年到1948年教家馆（当时是兼操副业），1949年到1980年一直在大学中文系。二是当编辑。那是在1948年，由于混几个编辑费，便由沈从文师介绍给一家报纸编了不足一年的文学副刊。虽属业余性质，总算是另一种工作。今后如果更换职业，我也只想离开高等学府去当编辑。至于学写文章，则从1934年即开始试着给报刊投稿，比教书早了近十年。

我最初的梦是当作家。后来知难而退，改钻故纸堆。一度也试图搞翻译，无奈外文过不了关，解放后又多年不动，就更不敢问津了。不过想当作家和想搞翻译却使我养成爱杂览的习惯，因为当时并不懂得生活才是创作的源泉，而是迷信“读书破万卷，下笔如有神”的。即以小说这一门而言，始而是爱看故事，后来便由于想当小说作家而来看小说了。从上小学时我就爱读《三国》《水浒》《说唐》《七侠五义》以及《施公案》之类，后来便扩充到神魔小说、谴责小说、武侠小说、侦探小说甚至于新老鸳鸯蝴蝶派的作品。与此同时，我也学着写过章回体、志怪传奇体的小说。进了初中，开始读鲁迅、茅盾、老舍、冰心等大师五四以来的作品，后来就拼命吞噬翻译小说（也读过一部分英文原著和英译本小说）。当然，我写的东西也由“话说”“某生者”改成带洋味的短篇了。尽管“写”的梦早已消失，但读小说的习惯却一直未改。粉碎“四人帮”后，情不自禁地对当代作品发生了兴趣，这也是风气使然吧。至于其他书籍，尽可依此类推，恕不自我标榜了。

做学问诚然必须读书，而读书却不等于做学问。直到1938年入高中，开始听朱经畬老师讲语文课，这才算沾上“学术”的边儿。朱老师从《诗经》《楚辞》讲起，然后是先秦诸子，《左传》《国策》《史记》《汉书》。我在课堂上知道了康有为、梁启超、胡适、钱玄同、顾颉刚、罗根泽这些学者的著作和观点，从而也知道治《诗经》有姚际恒、方玉润，治《左传》要看《新学伪经考》和《刘向歆父子年谱》，读先秦诸子要看《先秦诸子系年考辨》和《古史辨》，以及什么是经学上的今、古文，史学上的“六家”与“二体”，等等。1939年天津大水，我侍先祖母避居北京，每天无事，便钻进北京图书馆手抄了大量有关《诗经》的材料。到20世纪40年代，又因读程树德的《论语集释》而勤搜有关“四书”的著作。考入北大中文系后，先后从俞平伯师受杜诗、周邦彦词，从游泽承（国恩）师受《楚辞》，从废名（冯文炳）师受陶诗、庾子山赋，从周燕孙（祖谟）师受《尔雅》，从吴晓铃师受戏曲史。每听一门课，便涉猎某一类专书。这就使我扩大了学术视野。于是我沾沾自喜，以为也在“做学问”了。但这时还未完全甘心放弃笔杆子，时而写点文章求沈从文师指正。自1949年入大学教书，这才闭口不谈创作，一心妄想挤进学者行列，分享“学术”的一杯羹了。

从所谓“做学问”这方面看，我受三位老师的影响最深。第一位就是前面说过的朱经畬老师。第二位是俞平伯先生。俞老无论是治经、史、诗、词，还是研究《红楼梦》，始终是从原始材料出发，经过独立思考，在具体问题上时出新见和胜解。俞老所走的正是他曾祖曲园先生所开创的一条治学途径。而我在从俞老受业时因之也学会了如何有根有据地开动脑筋。有一次我曾请教俞老：怎样才能把一篇作品中典故的出处注释确切、讲解清楚？俞老说：“查典故出处首先要求熟读作品。比如注唐诗，最好唐以前的书你都能熟读。但这显然不可能。那么，至少你必须把所要注的那个作品熟读。然后你只要遇到有关材料，立即会想到那篇作品，从而可以随时随地加以蒐辑，自然就得心应手了。”从此，每当我想搞通某一篇作品时，便首先把它记熟，使之寝馈在念；然后再去广泛蒐辑资料，庶几一触即发。第三位是逝世已逾两年的游国恩先生。为了悼念游老，今年夏天我写过一篇回忆文章，里面谈到游老怎样治学问和带徒弟。现在我把它摘抄下来，以供参考。因为其中不仅有游老本人的经验，也包括了我自己的点滴体会：

> 游老治学的方法和途径，照我个人的体会是：首先尽量述而不作，其次以述为作，最后水到渠成，创为新解；而这些新解却是在祖述前人的深厚基础上开花结果的。因此，本固根深，枝荣叶茂，既不会风一吹就倒，更不是昙花一现，昨是今非。所谓述而不作，就是指研究一个问题、一个作家、一篇作品或一部著作，首先掌握尽可能找到的一切材料，不厌其多，力求其全。这是第一步。但材料到手，并非万事大吉，还要加以抉择鉴别，力求去伪存真，汰粗留精，删繁就简，惬心贵当，对前人的成果进行衡量取舍。这就是以述为作。如果步前贤

之踵武而犹不能达到解决问题的目的，就要根据自己的学识与经验，加以分析研究，最后得出自己的结论，这就成为个人的创见新解。游老毕生孜孜不倦地致力而终于未竟其业的《楚辞长编》，是最能体现这个精神的……

我在游老主持下，编注了先秦、两汉两本分量较重的文学史参考资料。这实际上是游老在把着手教徒弟。……我通过这一工作，深感游老带徒弟的办法是很科学的。归纳为一句话，即严格要求与放手使用相结合。工作开始时，从选目、体例以及注释中应注意的事项，游老无一不交代得有条不紊。一部分初稿写成，游老仔细批改，连一个标点也不放过。等到我摸熟门径，并表示有信心和决心完成任务时，游老就郑重宣布："以后由你自己放手去做吧，该怎么做就怎么做，不必事事请示，我也不再篇篇审阅了。"这就最大限度地调动了我的积极性，从而发挥了主观能动性，使我也敢于动脑筋了……总之，游老对我是既抓得紧又放得开，既关心又信任，使我这负责具体工作的人既培养了独立工作的能力，又体会到做学问的甘苦，既敢于承担重任，又时时不忘游老所指出的方向。

当然，除这三位老师之外，五十年来，从我上小学直到今天，凡是我接触到的师、友和我教过的青年同学，有不少人都曾给我以启发和影响，有很多值得我学习的长处。这里就不一一絮表了。

说到写文章，我格外感到惭愧。萧伯纳有句名言："能者干，不能者教。"我之从梦想当作家而终于变成摇唇鼓舌的教书匠，正说明我是一个无能之辈。十几岁时，我学过作桐城派古文，后来试作骈文不成，才改为模拟魏晋六朝笔记体，即以《世说新语》为范本，力求文字简洁，不用虚词。结果却使文字失去了光泽，有点像清人写注疏，但又只见其干枯而无其缜密。至于写白话文，始而学老舍，学周作人；继而学沈从文的《湘行散记》，学何其芳的《画梦录》。结果学成了四不像：学老舍而失其风趣，成了贫嘴聒舌；学周作人而失其蕴藉，成了文白夹杂；学沈从文而失之艰涩；学何其芳而失之堆砌。记得在中学作文，有一次老师加的批语是："文章颇像林语堂的'论语'体，油腔滑调。"这使我大吃一惊。从此大加收敛，力求横平竖直，再不敢故弄玄虚，装腔作势。所以我一度曾专门师法朱自清、叶圣陶、丰子恺等先生的文章，尽量做到不求有功，但求无过。只是由于太爱见异思迁，浅尝辄止，不肯痛下苦功，终于没有把文章写成气候。全国解放以后，文风似乎趋向整齐划一，无论写长篇大论或杂文小品，仿佛都存在一种固定的不成文的模式，当然我也如法炮制，并不例外。有时为了想避开这种框框，宁可用浅近文言来写三言五语的札记和随笔，看似开倒车，其实我原是另有考虑的。

说到写学术论文或读书札记，我目前只抱定两条宗旨：一是没有自己的一得之见绝不下笔。哪怕这一看法只与前人相去一间，却毕竟是自己的点滴心得，而非人云亦云的炒冷饭。否则宁缺勿滥，绝不凑数或凑趣。二是一定抱着老老实实的态度，不哗众取宠，不看风使舵，不稗贩前人旧说，不偷懒用第二手材料。文章写成，不仅要言之成理，首先须持之有故。要自信，却不可自命不凡；要虚心，却不该心虚胆怯。因为只有昧着良心写文章的人才会心虚胆怯的。

一九八〇年国庆节写于京西中关村

作者后记

这本小册子共收录十五篇文章。其中《唐代传奇小说简介》《从关羽祢衡的问题谈到对历史人物的分析和评价》《吴敬梓及其〈儒林外史〉》《说〈三侠五义〉》《说〈二十年目睹之怪现状〉》《说〈孽海花〉》六篇，曾分别收在《中国小说讲话及其他》和《读人所常见书日札》两书内。这两本小书久已绝版，现在把上述几篇重新修订，收入本书，作为我治古典小说历程中几个脚印。

其余的文章，有的曾在报刊上发表过，有的则是从这一次收集子才开始同读者见面。书的最后附有两篇不属于古典小说研究范围的文章，但或与当前文坛所讨论的题目有关，或为个人大半生文字生涯的简单写照，所以也一并收入，供读者参考。

近来颇听到关于我的一些议论，比如说我并无一技专长，只是个小小的“杂家”，是“万金油”干部云云。这些意见我都乐于承受。我认为，在今日学术领域中，专门家固不可少，小小“杂家”似乎也还需要。只是从“十家九流”的传统来看，我为学术界所作的贡献比起《吕览》《淮南》，却未免相形见绌，望尘莫及。故我仅能算是“杂”，或曰“打杂”，而这本小册子就是我几十年来“打杂”的“成果”之一。至于“家”则唯有敬谢不敏。是为《后记》。

一九八一年二月在北京西郊

国家新闻出版广电总局
首届向全国推荐中华优秀传统文化普及图书

大家小书书目

国学救亡讲演录	章太炎　著　蒙　木　编
门外文谈	鲁　迅　著
经典常谈	朱自清　著
语言与文化	罗常培　著
习坎庸言校正	罗　庸　著　杜志勇　校注
鸭池十讲（增订本）	罗　庸　著　杜志勇　编订
古代汉语常识	王　力　著
国学概论新编	谭正璧　编著
文言尺牍入门	谭正璧　著
日用交谊尺牍	谭正璧　著
敦煌学概论	姜亮夫　著
训诂简论	陆宗达　著
金石丛话	施蛰存　著
常识	周有光　著　叶　芳　编
文言津逮	张中行　著
经学常谈	屈守元　著
国学讲演录	程应镠　著
英语学习	李赋宁　著
中国字典史略	刘叶秋　著
语文修养	刘叶秋　著
笔祸史谈丛	黄　裳　著
古典目录学浅说	来新夏　著
闲谈写对联	白化文　著
汉字知识	郭锡良　著
怎样使用标点符号（增订本）	苏培成　著
汉字构型学讲座	王　宁　著

诗境浅说	俞陛云　著
唐五代词境浅说	俞陛云　著
北宋词境浅说	俞陛云　著
南宋词境浅说	俞陛云　著
人间词话新注	王国维　著　滕咸惠　校注
苏辛词说	顾　随　著　陈　均　校
诗论	朱光潜　著
唐五代两宋词史稿	郑振铎　著
唐诗杂论	闻一多　著
诗词格律概要	王　力　著
唐宋词欣赏	夏承焘　著
槐屋古诗说	俞平伯　著
词学十讲	龙榆生　著
词曲概论	龙榆生　著
唐宋词格律	龙榆生　著
楚辞讲录	姜亮夫　著
读词偶记	詹安泰　著
中国古典诗歌讲稿	浦江清　著
	浦汉明　彭书麟　整理
唐人绝句启蒙	李霁野　著
唐宋词启蒙	李霁野　著
唐诗研究	胡云翼　著
风诗心赏	萧涤非　著　萧光乾　萧海川　编
人民诗人杜甫	萧涤非　著　萧光乾　萧海川　编
唐宋词概说	吴世昌　著
宋词赏析	沈祖棻　著
唐人七绝诗浅释	沈祖棻　著
道教徒的诗人李白及其痛苦	李长之　著
英美现代诗谈	王佐良　著　董伯韬　编
闲坐说诗经	金性尧　著
陶渊明批评	萧望卿　著

古典诗文述略	吴小如　著
诗的魅力	
——郑敏谈外国诗歌	郑　敏　著
新诗与传统	郑　敏　著
一诗一世界	邵燕祥　著
舒芜说诗	舒　芜　著
名篇词例选说	叶嘉莹　著
汉魏六朝诗简说	王运熙　著　董伯韬　编
唐诗纵横谈	周勋初　著
楚辞讲座	汤炳正　著
	汤序波　汤文瑞　整理
好诗不厌百回读	袁行霈　著
山水有清音	
——古代山水田园诗鉴要	葛晓音　著
红楼梦考证	胡　适　著
《水浒传》考证	胡　适　著
《水浒传》与中国社会	萨孟武　著
《西游记》与中国古代政治	萨孟武　著
《红楼梦》与中国旧家庭	萨孟武　著
《金瓶梅》人物	孟　超　著　张光宇　绘
水泊梁山英雄谱	孟　超　著　张光宇　绘
水浒五论	聂绀弩　著
《三国演义》试论	董每戡　著
《红楼梦》的艺术生命	吴组缃　著　刘勇强　编
《红楼梦》探源	吴世昌　著
《西游记》漫话	林　庚　著
史诗《红楼梦》	何其芳　著
	王叔晖　图　蒙　木　编
细说红楼	周绍良　著
红楼小讲	周汝昌　著　周伦玲　整理

曹雪芹的故事	周汝昌 著 周伦玲 整理
古典小说漫稿	吴小如 著
三生石上旧精魂——中国古代小说与宗教	白化文 著
《金瓶梅》十二讲	宁宗一 著
中国古典小说十五讲	宁宗一 著
古体小说论要	程毅中 著
近体小说论要	程毅中 著
《聊斋志异》面面观	马振方 著
《儒林外史》简说	何满子 著

我的杂学	周作人 著 张丽华 编
写作常谈	叶圣陶 著
中国骈文概论	瞿兑之 著
谈修养	朱光潜 著
给青年的十二封信	朱光潜 著
论雅俗共赏	朱自清 著
文学概论讲义	老 舍 著
中国文学史导论	罗 庸 著 杜志勇 辑校
给少男少女	李霁野 著
古典文学略述	王季思 著 王兆凯 编
古典戏曲略说	王季思 著 王兆凯 编
鲁迅批判	李长之 著
唐代进士行卷与文学	程千帆 著
说八股	启 功 张中行 金克木 著
译余偶拾	杨宪益 著
文学漫识	杨宪益 著
三国谈心录	金性尧 著
夜阑话韩柳	金性尧 著
漫谈西方文学	李赋宁 著
历代笔记概述	刘叶秋 著

周作人概观	舒　芜　著
古代文学入门	王运熙　著　董伯韬　编
有琴一张	资中筠　著
中国文化与世界文化	乐黛云　著
新文学小讲	严家炎　著
回归，还是出发	高尔泰　著
文学的阅读	洪子诚　著
中国文学1949—1989	洪子诚　著
鲁迅作品细读	钱理群　著
中国戏曲	么书仪　著
元曲十题	么书仪　著
唐宋八大家 ——古代散文的典范	葛晓音　选译
辛亥革命亲历记	吴玉章　著
中国历史讲话	熊十力　著
中国史学入门	顾颉刚　著　何启君　整理
秦汉的方士与儒生	顾颉刚　著
三国史话	吕思勉　著
史学要论	李大钊　著
中国近代史	蒋廷黻　著
民族与古代中国史	傅斯年　著
五谷史话	万国鼎　著　徐定懿　编
民族文话	郑振铎　著
史料与史学	翦伯赞　著
秦汉史九讲	翦伯赞　著
唐代社会概略	黄现璠　著
清史简述	郑天挺　著
两汉社会生活概述	谢国桢　著
中国文化与中国的兵	雷海宗　著
元史讲座	韩儒林　著

魏晋南北朝史稿	贺昌群 著
汉唐精神	贺昌群 著
海上丝路与文化交流	常任侠 著
中国史纲	张荫麟 著
两宋史纲	张荫麟 著
北宋政治改革家王安石	邓广铭 著
从紫禁城到故宫 ——营建、艺术、史事	单士元 著
春秋史	童书业 著
明史简述	吴 晗 著
朱元璋传	吴 晗 著
明朝开国史	吴 晗 著
旧史新谈	吴 晗 著 习 之 编
史学遗产六讲	白寿彝 著
先秦思想讲话	杨向奎 著
司马迁之人格与风格	李长之 著
历史人物	郭沫若 著
屈原研究（增订本）	郭沫若 著
考古寻根记	苏秉琦 著
舆地勾稽六十年	谭其骧 著
魏晋南北朝隋唐史	唐长孺 著
秦汉史略	何兹全 著
魏晋南北朝史略	何兹全 著
司马迁	季镇淮 著
唐王朝的崛起与兴盛	汪 篯 著
南北朝史话	程应镠 著
二千年间	胡 绳 著
论三国人物	方诗铭 著
辽代史话	陈 述 著
考古发现与中西文化交流	宿 白 著
清史三百年	戴 逸 著

清史寻踪	戴　逸　著
走出中国近代史	章开沅　著
中国古代政治文明讲略	张传玺　著
艺术、神话与祭祀	张光直　著
	刘　静　乌鲁木加甫　译
中国古代衣食住行	许嘉璐　著
辽夏金元小史	邱树森　著
中国古代史学十讲	瞿林东　著
历代官制概述	瞿宣颖　著

宾虹论画	黄宾虹　著
中国绘画史	陈师曾　著
和青年朋友谈书法	沈尹默　著
中国画法研究	吕凤子　著
桥梁史话	茅以升　著
中国戏剧史讲座	周贻白　著
中国戏剧简史	董每戡　著
西洋戏剧简史	董每戡　著
俞平伯说昆曲	俞平伯　著　陈　均　编
新建筑与流派	童　寯　著
论园	童　寯　著
拙匠随笔	梁思成　著　林　洙　编
中国建筑艺术	梁思成　著　林　洙　编
沈从文讲文物	沈从文　著　王　风　编
中国画的艺术	徐悲鸿　著　马小起　编
中国绘画史纲	傅抱石　著
龙坡谈艺	台静农　著
中国舞蹈史话	常任侠　著
中国美术史谈	常任侠　著
说书与戏曲	金受申　著
世界美术名作二十讲	傅　雷　著

中国画论体系及其批评	李长之　著
金石书画漫谈	启　功　著　赵仁珪　编
吞山怀谷 ——中国山水园林艺术	汪菊渊　著
故宫探微	朱家溍　著
中国古代音乐与舞蹈	阴法鲁　著　刘玉才　编
梓翁说园	陈从周　著
旧戏新谈	黄　裳　著
民间年画十讲	王树村　著　姜彦文　编
民间美术与民俗	王树村　著　姜彦文　编
长城史话	罗哲文　著
天工人巧 ——中国古园林六讲	罗哲文　著
现代建筑奠基人	罗小未　著
世界桥梁趣谈	唐寰澄　著
如何欣赏一座桥	唐寰澄　著
桥梁的故事	唐寰澄　著
园林的意境	周维权　著
万方安和 ——皇家园林的故事	周维权　著
乡土漫谈	陈志华　著
现代建筑的故事	吴焕加　著
中国古代建筑概说	傅熹年　著
简易哲学纲要	蔡元培　著
大学教育	蔡元培　著 北大元培学院　编
老子、孔子、墨子及其学派	梁启超　著
春秋战国思想史话	嵇文甫　著
晚明思想史论	嵇文甫　著
新人生论	冯友兰　著

中国哲学与未来世界哲学	冯友兰　著
谈美	朱光潜　著
谈美书简	朱光潜　著
中国古代心理学思想	潘　菽　著
新人生观	罗家伦　著
佛教基本知识	周叔迦　著
儒学述要	罗　庸　著　杜志勇　辑校
老子其人其书及其学派	詹剑峰　著
周易简要	李镜池　著　李铭建　编
希腊漫话	罗念生　著
佛教常识答问	赵朴初　著
维也纳学派哲学	洪　谦　著
大一统与儒家思想	杨向奎　著
孔子的故事	李长之　著
西洋哲学史	李长之　著
哲学讲话	艾思奇　著
中国文化六讲	何兹全　著
墨子与墨家	任继愈　著
中华慧命续千年	萧萐父　著
儒学十讲	汤一介　著
汉化佛教与佛寺	白化文　著
传统文化六讲	金开诚　著　金舒年　徐令缘　编
美是自由的象征	高尔泰　著
艺术的觉醒	高尔泰　著
中华文化片论	冯天瑜　著
儒者的智慧	郭齐勇　著
中国政治思想史	吕思勉　著
市政制度	张慰慈　著
政治学大纲	张慰慈　著
民俗与迷信	江绍原　著　陈泳超　整理

政治的学问	钱端升　著　钱元强　编
从古典经济学派到马克思	陈岱孙　著
乡土中国	费孝通　著
社会调查自白	费孝通　著
怎样做好律师	张思之　著　孙国栋　编
中西之交	陈乐民　著
律师与法治	江　平　著　孙国栋　编
中华法文化史镜鉴	张晋藩　著
新闻艺术（增订本）	徐铸成　著
经济学常识	吴敬琏　著　马国川　编
中国化学史稿	张子高　编著
中国机械工程发明史	刘仙洲　著
天道与人文	竺可桢　著　施爱东　编
中国医学史略	范行准　著
优选法与统筹法平话	华罗庚　著
数学知识竞赛五讲	华罗庚　著
中国历史上的科学发明（插图本）	钱伟长　著

出版说明

“大家小书”多是一代大家的经典著作，在还属于手抄的著述年代里，每个字都是经过作者精琢细磨之后所拣选的。为尊重作者写作习惯和遣词风格、尊重语言文字自身发展流变的规律，为读者提供一个可靠的版本，“大家小书”对于已经经典化的作品不进行现代汉语的规范化处理。

提请读者特别注意。

北京出版社